国家古籍整理出版专项经费资助项目

○闲雅小品丛书○

主编 曹亚瑟

落叶半床书
——书香小品赏读

苗怀明 注评

中州古籍出版社
·郑州·

图书在版编目（CIP）数据

落叶半床书：书香小品赏读 / 苗怀明注评 . —郑州：中州古籍出版社，2018. 1（2023. 6 重印）
（闲雅小品丛书）
ISBN 978-7-5348-7440-6

Ⅰ.①落… Ⅱ.①苗… Ⅲ.①小品文 – 作品集 – 中国 – 古代 Ⅳ.① I262

中国版本图书馆 CIP 数据核字（2017）第 269450 号

LUOYE BAN CHUANG SHU：SHUXIANG XIAOPIN SHANGDU

落叶半床书：书香小品赏读

丛书策划	梁瑞霞
责任编辑	梁瑞霞
责任校对	吕兆厂
装帧设计	知耕书房

出 版 社	中州古籍出版社（地址：郑州市郑东新区祥盛街27号6层 邮编：450016 电话：0371-65723280）
发行单位	河南省新华书店发行集团有限公司
承印单位	郑州印之星印务有限公司
开　　本	890 mm×1240 mm　A5
印　　张	10.5
字　　数	200 千字
版　　次	2018 年 1 月第 1 版
印　　次	2023 年 6 月第 3 次印刷
定　　价	29.00 元

本书如有印装质量问题，请联系出版社调换。

前言

提到书籍，人们很自然就会想到著名作家高尔基那句流传甚广的名言：书是人类进步的阶梯。这个比喻很准确也很形象地道出了书籍对人类的重要性。对人类来说，书籍和空气、面包一样，都是生活中必不可少的，即便人类已进入手机阅读的电子时代，书的载体和形态发生了很大改变，但它仍与人们如影随形，不可或缺。古代如此，当下也是如此。

一

先哲也有很多强调书籍重要的名言，比如《左传》一书中就有立德、立功、立言三不朽的说法："太上有立德，其次有立功，其次有立言；虽久不废，此之谓不朽。"（《左传·襄公二十四年》）司马迁同样看重自己的著述："仆诚以著此书,藏之名山,传之其人,通邑大都,则仆偿前辱之责,虽万被戮,岂有悔哉。"(司马迁《报任安书》)这两种说法很有代表性,都是将著书立说看得非常神圣,作为藏之名山的事业。在皇帝曹丕的眼里,著书立说似乎比管理国家更为重要,他曾明确提出"文章经国之大业,不朽之盛事"(曹丕《典论·论文》)。面对瘟疫的威胁,面对朋友的死去,他想到了人生的意义,思考如何才能不朽,他的选择是著书。这种选择让他在面对死神的威胁时,多了几分淡定和从容,"讲论大义,侃侃无倦"(曹丕《与王朗书》)。

正是因为如此重要,古人轻易不敢著书,就连顾炎武这样的大学问家,都感叹著书之难,对之慎之又慎,不敢轻易落笔,担心"读书不多,轻言著述,必误后学"(顾炎武《与潘次耕札》)。即便是已经写出的文章,也要不断修改,如果不满意,甚至都要废弃。也正是这种慎重给了顾炎武学术上的自信,使他能够通古今之变,成一家之言,写出《日知录》这样的传世之作。

通过陆机、钟嗣成、吴承恩、归有光、汤显祖、张岱、陈忱、纪昀、王国维等人对个人著述写作过程及其中甘苦的介绍可以看到,经典之所以能成为经典,并非偶然,亦非运气,而是有其必然性的。"凡诸材料,皆余所蒐集;其所说明,亦大抵余之所创获也。世之为此学者自余始;其所贡于此学者,亦以此书为多"(王国维《宋元戏曲史》自序),王国维生前就知道自己的这部书必将成为经典,有这份自信的并不仅仅是他一个人。作者不管是身居显达,还是落魄潦倒,都是有感而发,充满情感,对待自己的著述极为用心,为避免"意不称物,文不逮意"(陆机《文赋》序)而反复修改打磨,达到"批阅十载,增删五次"(曹雪芹《红楼梦》第一回)的程度。也许他们对待社会人生的思想、态度迥然各异,但对自己的著述,则是一致的。首先要打动自己,才能去打动读者。

事实上,能做到像顾炎武这样严谨的作者少之又少,为稻粱谋、沽名钓誉而著书者所在皆是,用书为自己及家族洗白者亦有之,如蔡絛的"以奸言文其父子之过",渲染自己家的"可丑可羞之事"(费衮《蔡絛著书》)。著书者动机的不同也就使书籍带有不同的色彩,良莠不齐,书籍重要不等于每本书都是经典,"尽信书,则不如无书"(《孟子·尽心下》),早在两千多年前,有位圣贤就曾发出这样的告诫。古人反复强调选择好书精读的必要性,并非无因。

不仅著书的重要性被古人反复提及,就连与之相关的校对、刊印、批点等,也都被提到很高的高度,正如张之洞所言:"其书终古不废,则刻书之人终古不泯。"(张之洞《劝刻书说》)因此,每一个环节都要认真对待,"不欲草草成之"(陈宏绪《与张天生》)。在这些问题上,正面的典范和反面的教训都有很多,任何一个环节的失误都会影响到书籍自身的质量,一字之差,谬之千里,使作者一生的心血付之东流,产生误人子弟的严重后果。"校订断非易事"(蔡澄《朱彝尊刻书》),不管是校书是如扫尘,还是如扫落叶,说法不同,命意则一,都是对其中甘苦的生动描述。对著述的慎重是一种责任感,也是一种对文化和传统的敬畏与尊重。

二

至于读书,同样被古人视为神圣、庄严的事情,作为一个人安身立命的重要基础,受到特别的重视。像大学问家郑玄,不仅自己手不释卷,而且家中"奴婢皆读书"(刘义庆《世说新语·奴婢读书》),由此可以想见其家的读书氛围。

也正是因为这个缘故,读书劝学几乎成为古今家训的必讲内容,无论是父亲面对儿子、兄长面对弟弟,还是老师面对弟子、后辈,即便是大臣张居正面对年幼的万历皇帝,无不苦口婆心,谆谆教诲,劝导他们读书。"自古圣人虽聪明出于天赋,莫不资学问以成德"(张居正《帝鉴图说·竟日观书》),话都说到这个份上,一般人还有不好好读书的理由吗?

有趣的是,在谈到读书这一话题时,即便是身为朝廷重臣的左宗棠、孤傲冷峻的郑板桥,无不放低身段,如叙家常,吐露肺腑之言,言语之间,透出关爱和温情,读后令人为之动容。显然,读书并不仅仅是为了获得知识和愉悦,它已经变成一种对文化的自觉传承,不管读书者自己是否意识到。这份关爱和温暖也并非仅仅属于父亲、兄长、教师，它来自源远流长、生生不灭的民族文化，温暖并滋润着一代又一代的读书人。

说到如何读书，则有多种意见，可谓众说纷纭，难定一尊，或云"知人论世"，或云"不求甚解"，或云"须用精熟一部书之法"（梁章钜《退庵随笔·读书法》），"尽心于一两书，其余如破竹节，皆迎刃而解也"（黄庭坚《与王子予书》），或云"读书先宜校书"（张之洞《輶轩语》），还有像袁宏道那样"以一婢自监"的（袁宏道《答王以明》），也有将繁重的读书任务分解为"日读三百字"的（阮葵生《茶余客话·日读三百字》）等等。总之，有多少读书人就会有多少种读书方法，就能开出多少种阅读书目，不过适用性不同而已。有人如司马光，对如何拿书，如何翻书，都有极为细致、严格的要求，达到手头常看的书籍读了几十年而"皆新若手未触者"的程度（费衮《司马温公读书法》）。当然也有人劝告子孙，"切莫惜书"，"看坏一本，不妨更买一本"（孙枝蔚《示儿燕》）。

读书不仅是一件难事，也是一件苦事，这可以从匡衡凿壁偷光、贾逵隔篱听读等传奇故事看出。如果不是这么难和苦，像玩游戏那么轻松，长辈也就没有必要那么苦口婆心地对后辈劝学了。秦观对此有十分精当的总结："虽有强记之力，而常废于不勤"，"虽有勤劳之苦，而常废于善忘"（秦观《〈精骑集〉序》）。读书不是一时的事情，而是终生的事业，用心、毅力、坚持，都是古人勉励子弟时经常提到、不断重复的词汇。不管天分如何超群，不管用什么方法，不管别人怎么提醒，读书都没有什么捷径可走，该受的难和苦照样都要一一经历，否则只能是走马观花，花拳绣腿。欧阳修如此，苏轼如此，顾炎武也是如此。书里的内容如果不装进自己脑子里，怎么说都是没有用的，聪明如苏轼者照样采取背诵的方法去学习《汉书》，难怪那位亲眼目睹的朱载上对着儿子感叹道："东坡尚如此，中人之性，可不勤读书耶？"（陈鹄《东坡抄〈汉书〉》）

当然，难和苦只是读书的一个方面，风雅和快意则是读书的另一面，两者缺一不可，否则古人就不会这样乐此不疲了。"窗明几净，开卷便与圣贤对语，天壤间第一快乐事也"（黄图珌《看山阁闲笔·诗书》），对于读书的快乐，古人也说得十分充分，或云读书避暑，或云读书救贫。对于读书的时间、地点、场景、氛围，古人有着太多的讲究，不管是哪种，都是在用心营造一个幽静宜人、诗情画意的书香世界，它可以是野外，可以是书房，由此而将读书变成一门享受的艺术。

由读书而谈及书房，那更是古人津津乐道的话题，也涌现出许多名篇，如苏轼的《李氏山房藏书记》、苏辙的《藏书室记》、陆游的《书巢记》、刘克庄的《味书阁记》、归有光的《杏花书屋记》、袁宏道的《文漪堂记》、汪琬的《传是楼记》、郑日奎的《醉书斋记》、袁枚的《所好轩记》、姚鼐的《陈氏藏书楼记》等。不管是藏书万卷、宽敞明亮的阁楼,还是杂乱拥挤、仅可容身的书巢,都是文人安身立命的所在,其中自有情趣在,难与外人言。有的人从这里走向庙堂,有的人则终老于此,房屋与书籍、书籍与主人、主人与房屋,由此构成了一个和谐共生的奇妙空间,由此也可以看出一个人的思想和境界。

三

著书毕竟是一件少数人才能做到的事情,看似方块字的简单排列组合,实则蕴含着无穷的奥秘和智慧。相比之下,藏书则更容易做到,也更为普及。古人对著述的神圣庄严感使书籍成为文化的一种标志,拥有书籍,不仅仅是对书籍的占有,也意味着对文化乃至权力的占有,以至于有人发出"丈夫拥书万卷,何假南面百城"(《魏书·李谧传》)的感叹。"购求书籍是最难事,亦最美事,最韵事,最乐事"(孙从添《藏书纪要·购求》),那种快乐,那份自豪,非亲身经历者不能体会。从宫廷到民间,都在乐此不疲地搜罗典籍,先后涌现出一大批藏书家。伴随着出版业的发达,图书收藏至明清时期达到顶峰。为了搜得一本好书,不少人费尽心力,甚至到了要用心爱的美婢去交换的程度,"非此不能得",以至于酿成悲剧而不觉(吴翌凤《逊志堂杂钞·美婢换书》)。

藏书家的苦心经营和精心呵护使珍贵的文化

典籍得到保存,不管是有意的还是无心的。对藏书家们来说,在把玩品赏自己的珍藏之余,也难免有身后之忧,他们渴望自己毕生积累的收藏能作为一份家业,一份比房屋、土地、金钱更为珍贵的家业,传诸子孙,世世代代妥善保管,并为此想尽了办法,或立碑警示,或塑像告诫。用心可谓良苦,但事实往往是残酷的,不遂人愿。"古人积金以遗子孙,子孙未必能尽守;积书以遗子孙,子孙未必能尽读",司马光的这句家训之所以能引起很多人的共鸣,就在于他道出了事实的真相。一部图书收藏史同时也是一部不忍直视的血泪史。随着王朝的更迭,随着战火的燃烧,作为藏书重镇的宫廷往往难逃浩劫,动辄上万卷乃至几十万卷的珍籍付之一炬,许多书籍从此绝迹,巨大的损失难以估量。至于民间的藏书,或水火,或战乱,或子孙不肖,大多逃不过三代散失的历史怪圈。有人为之感叹:"藏之之难不若守之之难。"(汪琬《传是楼记》)聚书与散书,成为中国藏书史上的一场拉锯战,一直伴随着中国典籍的流传和传播,从没有停息过。

"聚而必散,物理之常"(周煇《清波杂志·藏书》)。既有收书之喜,就难逃散书之恨,不少藏书家面对多年心血聚集的藏品,内心是矛盾的、煎熬的。不是所有的人都能像袁枚那般洒脱,藏书失去了,还称"散得其所"(袁枚《散书记》),并连着撰写两篇文章《散书记》《散书后记》自我安慰一番。虽然也有人宣称"买书盖以自娱，特未即弃去耳，非积之以为子孙遗也。子孙之读不读，听其自然"（陈第《〈世善堂书目〉题词》），但轻松之语背后的凄凉和无奈是可以感受到的，哪有辛勤搜罗一生而不关心自己藏书下落的。相比之下，也许杨继振的办法更为实际，他把自己的藏书——盖上长达二百多字的藏书印，让后世的藏家知道这部书曾被自己收藏过。

围绕着书籍，还产生了借书与还书、藏书与读书、读书与用书、人误书还是书误人的矛盾与质疑。限于家世、财力，不是所有的人都能成为藏书家。对许多出身贫寒的年轻士子来说，"书非借不能读也"（袁枚《黄生借书说》），这成为他们成才之路的必经阶段。"余幼时即嗜学，家贫，无从致书以观，每假借于藏书之家，手自笔录，计日以还"，宋濂在《送东阳马生序》一文中生动地描绘了自己早年借书求学的艰辛，这也是天下读书人寒窗苦读的一个缩影。"借书一瓻，还书一瓻"还是"借书一痴，还书一痴"，一字之差，借书者与还书者的境界判然不同。

一方面是借书苦读，另一方面则是有书不读。苏轼曾感叹"昔之君子见书之难，而今之学者有书而不读为可惜"（苏轼《李氏山房藏书记》），袁枚在《黄生借书说》一文中更是写出人生的这种尴尬。早年求学，无书而借读；发迹之后，则有书而不能读，要么没时间，要么没心情，由此形成一个难以走出的怪圈。对藏书家来说，家中藏书万卷，未必就等于自己博通百家，书只有亲自读过，装在自己脑子里，才算真正属于自己，正如有人所言，"藏而不善读，犹不藏也；读而不善用，犹不读也"（黄仲元《东野书房记》）。

作者著述动机各异，士人读书、藏书目的不同，以至于有人总结出好书者的"三病"（谢肇淛《五杂俎·好书者三病》），藏书家也可以由此分出数等来，或为治学，或为品鉴，或为升值，可见世态人情。而居于其间的书贾虽为牟利而来，被称作"掠贩家"（洪亮吉《北江诗话·藏书家有数等》），但他们在客观上还是促进了典籍的流通，其中也不乏向学之士、高人奇才，归有光、唐顺之笔下的童子鸣、胡贸这两位书贾形象也许可以改变人们对这一特殊群体的不良印象。

四

诚如古人所言，"书为文人至重之宝"（黄图珌《看山阁闲笔·书卷》），"夫典籍，天下之神物也"（归有光《送童子鸣序》）。为了这些魂牵梦绕、割舍不下的珍本秘籍，古人撰写了很多显性情、见才华的文字。这类文字与其他题材的文学作品相比，有其特有的文化内涵和表达方式。其作者不乏饱学之士或藏书大家，因而所谈内容多为有关学术者，或书籍的版本、校勘，或书籍的思想、艺术，具有浓厚的学术色彩，从中可见学识与功力。

作者本人或为著书者，或为收藏家，这种身份又为这类文章注入了很多感情色彩，情感真挚、坦诚,未失李贽所说的"童心"。"天下之至文,未有不出于童心焉者也"(李贽《童心说》),这话用在这些书香小品文字上,也颇为恰切,由此可见个人的性情与修养。严肃而不失灵动,厚重而不失情趣,这正是这类文字的特点。话题虽是书籍,但远可观历代兴亡,近可知人世沉浮。王士禛翻阅早年读过的旧书,"如遇贫交于契阔死生之后,其悲愉感慨有出于寻常相万者"(王士禛《世说侯鲭录》《世说新语》跋),这种复杂的情感多数读书人都有。由书籍这个特殊的视角,也是可以看出世间百态的。

总之,书籍是一个永远都说不完的话题,哪怕将来电子书完全取代纸质书,只要人类还在,只要文化还需要传承,它依然是人类文明的主要载体,依然是人们热衷谈论的话题,时代在变,书香依旧。

本书从古代各类典籍中选收与书籍有关的小品文字一百余篇,一方面为大家提供一部优美风趣、可读性较强的书香小品集,供欣赏品鉴,另一方面也是在介绍古代和书有关的人与事。全书选编原则遵从全套丛书的安排,篇幅以千字为限,一些文章因长度超过规定而割舍,所选皆为全文,没有节选者。全书以类编排,根据内容分为四卷,卷一主要谈著述、校勘、批点等话题,卷二主要谈读书,卷三主要谈藏书,卷四主要谈书的功用、掌故等。

对所选文字,采用较好的版本为底本,以相

关版本为校本,因非学术著作,不再出校记。原文有题目的,采用原先的题目;没有题目的,为方便阅读,拟写一个题目。注释主要包括人物掌故、书名地名、物品器具、难解词语等。赏读部分则针对文章内容,偏重对作者意旨的解读,并略作发挥,有话则长,无话则短,希望没有画蛇添足之嫌。自问做得还比较用心,但其中必定还存在不少问题,敬请读者诸君批评指正。

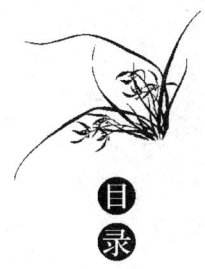

目录

卷一 著书之难

曹 丕	与王朗书	3
陆 机	《文赋》序	5
沈 括	校书如扫尘	7
苏 轼	以意改书	9
朱 弁	宋次道	11
	穆修伯长	13
费 衮	著书称谓	15
	蔡絛著书	17
钟嗣成	《录鬼簿》序	19
吴承恩	《禹鼎志》序	22
归有光	《尚书别解》序	24
陈宏绪	与张天生	26
张 岱	《陶庵梦忆》自序	28
	《韵山》	32

顾炎武	著书之难	35
	与潘次耕札	38
雁宕山樵	《水浒后传》序	40
余　怀	《板桥杂记》自序	45
纪　昀	《滦阳续录》自序	50
蔡　澄	朱彝尊刻书	52
张之洞	劝刻书说	54
徐　珂	顾涧蘋喜校书	56

卷二　读书之乐

孟　轲	知人论世	61
葛　洪	穿壁引光	63
王　嘉	贾逵舌耕	65
陶渊明	五柳先生传	68
刘义庆	奴婢读书	71
欧阳修	三上	73
王安石	答曾子固书	75
苏　轼	记六一语	78
秦　观	《精骑集》序	80
黄庭坚	与王子予书	82
费　衮	司马温公读书法	84
陈　鹄	东坡抄《汉书》	87
朱　熹	答吕子约	90
周　密	读书声	93

张居正	竟日观书	95
卢维祯	诸生论读书	98
江盈科	《文选纂注》	100
袁宏道	与李龙湖	102
	答王以明	105
	文漪堂记	108
钱谦益	《吴越春秋》跋	111
孙枝蔚	示儿燕	113
郑板桥	潍县署中寄舍弟墨第一书	115
	潍县寄舍弟墨第四书	118
黄图珌	诗书	120
赵 翼	皇子读书	122
阮葵生	读书强记法	125
	日读三百字	128
姚 鼐	与师古儿	130
梁章钜	读书法	132
左宗棠	致霖儿	134
张之洞	读书先宜校书	137

卷三　藏书之苦

王 嘉	曹曾石仓藏书	141
庾 信	汉武帝聚书赞	143
沈 括	馆阁藏书	145
苏 轼	李氏山房藏书记	147

苏 辙	藏书室记	151
叶梦得	余家藏旧书	156
陆 游	书巢记	159
周 煇	藏书	162
刘克庄	味书阁记	164
黄仲元	东野书房记	168
陶宗仪	庄蓼塘藏书	172
孔 齐	别业蓄书	175
归有光	杏花书屋记	178
陈 第	《世善堂书目》题词	182
张 岱	梅花书屋	184
	三世藏书	186
汪 琬	传是楼记	190
郑日奎	醉书斋记	195
黄图珌	书卷	199
弘 历	文源阁记	201
袁 枚	所好轩记	203
姚 鼐	陈氏藏书楼记	206
吴翌凤	《绛云楼书目》跋	209
洪亮吉	藏书家有数等	211
杨继振	藏书印文	215

卷四 好书之癖

| 孔 丘 | 诗可以兴观群怨 | 221 |

孟　轲	尽信书不如无书	223
刘义庆	郝隆晒书	225
晁公武	《郡斋读书志》自序	227
道山先生	书换铜器	231
洪　迈	书籍之厄	233
陆　游	教官改题	238
周　煇	借书	240
刘　祁	借书不还亦一痴	243
宋　濂	送东阳马生序	245
徐　咸	景清借书	249
归有光	书斋铭	251
	送童子鸣序	257
唐顺之	胡贸棺记	261
陈皋谟	书低	265
张大复	小青	267
江盈科	伪古书	269
朱国祯	书仆书佣	272
谢肇淛	好书者三病	274
袁宏道	与董思白书	276
钟　惺	书宋板《世说新语》	278
丁雄飞	古欢社约	280
王士禛	《世说佞鲭录》《世说新语》跋	283
孙从添	购求	286
	曝书	289

袁枚	黄生借书说	291
	好书之癖	294
	散书记	296
	散书后记	299
纪昀	书痴	302
	刘羽冲泥古	305
吴翌凤	美婢换书	308
林纾	书痴	311

卷一

著书之难

与王朗①书　曹　丕②

生有七尺之形，死唯一棺之土③，惟立德④扬名，可以不朽；其次莫如著篇籍⑤。

疫疠数起⑥，士人凋落，余独何人，能全其寿？故论撰所著《典论》⑦、诗、赋，盖百余篇。集诸儒于肃城⑧门内，讲论大义，侃侃无倦。

《三国志》

【注释】

①王朗（？～228）：字景兴，东海郡郯（今山东郯城）人。汉末至三国魏时经学家。汉末曾任会稽太守，入魏后官至司空，封乐平乡侯。

②曹丕（187～226）：即魏文帝。字子桓。曹操次子。220年代汉为帝。三国时期著名政治家、文学家。在文学上颇有建树，与父亲曹操、弟弟曹植合称"三曹"。著有《典论》《燕歌行》等，后人辑有《魏文帝集》。

③"生有"二句：语出《淮南子·精神训》："吾生也有七尺之形，吾死也有一棺之土。"

④立德：《左传·襄公二十四年》："太上有立德，其次有立功，其次有立言；虽久不废，此之谓不朽。"后世以立德、立功、立言为人生不朽事业。

⑤著篇籍：著书立说。

⑥疫疠（lì）数起：建安二十二年（217）瘟疫盛行，许多文士因此丧命，如建安七子中的徐幹、刘桢、陈琳等相继离世。

⑦《典论》：曹丕的一部著作，今仅存《论文》一篇，余皆散佚。

⑧肃城：洛阳城门名。

【赏读】

这篇书信篇幅不长，但内涵相当丰富，其中有两个地方给人印象深刻：

一是作者面对死亡的那份从容和淡定。当时瘟疫盛行，不少人为此丧命，其中有一些是作者的朋友，他却还能谈文论道，乐此不疲，这本身就是一种境界。并不是对朋友的去世漠然，而是面对无常人生的一种态度和方式，虽然贵为世子，也并没有逃脱死神的优先权，同样面临着瘟疫的威胁。

二是作者的人生价值观。曹丕看重的不是权力和财富，而是著书立说，以此追求不朽，在其《典论·论文》中也有类似的说法："盖文章，经国之大业，不朽之盛事。"比起那些将心思用在修仙成道以求长生的帝王来说，曹丕的境界不知道要高出多少。从古至今，每个人都在追求不朽，到底何为不朽，如何才能做到不朽，曹丕用行动给出了自己的答案，话虽不多，但耐人深思。

《文赋》①序 陆 机②

　　余每观才士之所作③,窃有以得其用心④。夫其放言遣辞⑤,良⑥多变矣,妍蚩好恶⑦,可得而言。每自属文⑧,尤见其情。恒患意不称物⑨,文不逮意⑩,盖非知之难,能之难也。故作《文赋》,以述先士之盛藻⑪,因论作文之利害所由,他日殆可谓曲尽其妙。至于操斧伐柯⑫,虽取则不远,若夫随手之变,良难以辞逮。盖所能言者,具于此云尔。

《文赋》

【注释】

　　①《文赋》:陆机所写的中国文学批评史上最早的一部系统完整的文论著作,通篇采用赋体。

　　②陆机(261~303):字士衡。吴郡吴县华亭(今上海松江)人。西晋著名文学家、书法家。父祖皆为东吴名将,吴亡后入晋,官至平原内史,后人称其为"陆平原"。与弟弟陆云并以文学知名,时称"二陆"。主要著述有《文赋》等,后人辑有《陆士衡集》。

　　③每:每每、常常。才士:文人。所作:文章。

　　④得其用心:可以了解其用心所在。得,领悟,领略。

　　⑤放言:立言,用语言阐明观点。遣辞:遣词造句。《文选》李善注:"放其言,遣其理。"

　　⑥良:很,实在。

⑦妍蚩好恶：美丑好坏。妍蚩，美丑。
⑧属文：撰文。
⑨意不称物：构思不能完全反映事情。
⑩文不逮意：文章不能完全反映自己的构思。
⑪先士之盛藻：古代才士的作品。
⑫操斧伐柯：执斧砍伐斧柄，比喻可就近取法。语出《诗经·豳风·伐柯》："伐柯伐柯，其则不远。"

【赏读】

　　作者在这篇序言里谈的虽然是《文赋》的写作缘起，却也道出了著书的秘诀，那就是要先认真揣摩前人的著作，通过"得其用心"，才能具备辨别"妍蚩好恶"的能力。在参考借鉴前人的基础上，可以归纳总结出一些可贵的经验。这些写作经验对自己有用，对别人也同样重要。因此，《文赋》在中国文学批评史上有着重要的地位，并非偶然。

校书如扫尘 沈 括①

宋宣献②博学，喜藏异书，皆手自校雠③。常谓："校书如扫尘，一面扫，一面生。故有一书每三四校，犹有脱谬。"

《梦溪笔谈》

【注释】

①沈括（1031~1095）：字存中，号梦溪丈人，钱塘（今浙江杭州）人。北宋政治家、科学家。嘉祐八年（1063）进士。历官司天监、翰林学士等。著有《梦溪笔谈》《长兴集》等。

②宋宣献（991~1040）：宋绶，字公垂，谥宣献。赵州平棘（今河北赵县）人。北宋著名学者、藏书家，官至参知政事。学识渊博，家富藏书。

③手：亲手。校雠（chóu）：校对、核对。一人独校为校，二人对校为雠。

【赏读】

事非经过不知难。很多事情从表面上看起来很简单，但只有亲身经历过之后才知道其中的甘苦。比如校对，在一些人看来，这不过是一项简单机械的工作，谁都能做，实际上要想写出或整理出一部错误很少乃至没有错误的著作，是一件非常辛苦且困难的事情。且不说书自身的内容，仅是其中的错字，就很难完全避免，即便校对很认真，反复多遍，仍难免错误。宋绶是位藏书家，有着丰富的校对经验,对这一问题有着深切的体会。他将校书比作扫尘,十分贴切形象,扫地能否真正做到一尘不染呢?明白这一点,也就可以知道校书能否做到一字不错。

以意改书　苏　轼①

近世人轻以意改书，鄙贱之人好恶多同，从而和之，遂使古书日就讹舛。孔子曰："吾犹及史之阙文也②。"蜀本③《庄子》云："用志不分，乃疑于神④。"此与《易》"阴疑于阳⑤"、《礼》"使人疑女于夫子"同⑥。今四方本⑦皆作"凝"。陶潜诗："采菊东篱下，悠然见南山。"采菊之次，偶然见山，境与意会。今皆作"望南山"。杜子美云："白鸥没浩荡。"盖灭没于烟波间，而宋敏求⑧云："鸥不解没，改作波。"二诗改此两字，觉一篇神气索然。

《仇池笔记》

【注释】

①苏轼（1037~1101）：字子瞻，号东坡居士，眉州眉山（今四川眉山）人。嘉祐二年（1057）进士。北宋著名文学家、书法家、画家。历任密州、徐州、湖州、杭州知府。以文学知名，在诗词、散文、书画等多个领域皆有建树，与父亲苏洵、弟弟苏辙合称"三苏"。著有《苏东坡集》《东坡乐府》《东坡志林》《仇池笔记》等。

②"吾犹及"句：语出《论语·卫灵公》。阙文，存在疑问的地方。

③蜀本：宋代四川地区刊印的版本。

④"用志"二句：语出《庄子·达生》："孔子顾谓弟子曰：

'用志不分，乃疑于神，其痀偻丈人之谓乎。'"意思是用心专一，聚精会神。"疑"今本作"凝"。

⑤阴疑于阳：语出《周易·坤卦》："阴疑于阳，必战。为其嫌于无阳也，故称龙焉。"意思是阴阳势均力敌。

⑥"使人"句：语出《礼记·檀弓上》："曾子怒曰：'商，女何无罪也？吾与女事夫子于洙泗之间，退而老于西河之上，使西河之民疑女于夫子，尔罪一也。'"意思是你不称孔子为老师，让当地百姓以为你就是老师，弄不清你和孔子的师生关系。

⑦四方本：指当时除蜀本之外的其他版本。

⑧宋敏求（1019~1079）：字次道。北宋文学家、藏书家。平棘（今河北赵县）人。宋绶之子。宝元二年（1039）进士，官至史馆修撰、龙图阁直学士。家富藏书，著有《春明退朝录》《长安志》等。

【赏读】

苏轼在《答晁君成一首》一文中亦曾提及此事："苦寒，审尊履佳胜。新文极为精妙，久不见之，甚慰喜。《庄子》：'用志不分，乃疑于神。'古语以'疑'为似耳，如《易》'阴疑于阳'，世俗不知，乃改作'凝'，不敢不告。人还，草草。"可见他对这一问题是相当看重的。

上一篇谈的是校书之难，要尽最大可能避免错误。这一篇谈的则是校书之慎。在校书过程中，要尊重作者本人的意愿，校书毕竟不是写书，不能按照自己的喜好妄改，否则，尽管只有一两个字的修改，也会带来问题，特别是诗歌，会造成全诗的"神气索然"。校书实际上是对作者的一种尊重，也可以说是向作者表达敬意的一种方式。

宋次道 朱 弁①

宋次道龙图②云：校书如扫尘，随扫随有。其家藏书，皆校三五遍者。世之蓄书，以宋为善本。居春明坊③，昭陵④时，士大夫喜读书者，多居其侧，以便于借置故也，当时春明宅子比他处僦直⑤常高一倍。陈叔易⑥常为予言此事，叹曰："此风岂可复见耶？"

《曲洧旧闻》

【注释】

①朱弁（1085~1144）：字少章，号观如居士，婺源（今属江西婺源）人。南宋官员、文学家。建炎元年（1127）使金，被拘十六年，拒受金国官爵，守节不屈。绍兴十三年（1143），和议成，始得归。后任宣教郎、直秘阁、奉议郎等。著述有《风月堂诗话》《曲洧旧闻》等。

②宋次道龙图：即宋敏求，曾任龙图阁直学士。

③春明坊：北宋时期开封城东水门之内一个住宅区，为当时名宦显贵聚集之地。

④昭陵：宋仁宗的代称。宋仁宗葬于永昭陵，故有此称。

⑤僦（jiù）直：房租、租金。

⑥陈叔易：即陈恬（1058~1131），字叔易，号存诚子、涧上丈人。阆中（今四川阆中）人，居阳翟（今河南禹州）。曾任校书郎。

工诗文，著有《涧上丈人诗》等。

【赏读】

　　宋绶、宋敏求父子俩都是当时的藏书大家，不仅收罗丰富，而且精于校勘。同时他们又都很大方，允许别人借阅自己的珍藏，因而士大夫都愿意住在他家附近，结果竟然抬升了房价，由此可见当时读书风气之盛。

　　不知道这算不算是中国最早的"学区房"。当时陈恬就感叹"此风岂可复见耶"，可见他是没有信心的。现在学区房热度不减，但都是围绕着中小学升学而来，并不是奔着图书馆或藏书家，此风早已绝迹了。

穆修伯长① 朱弁

穆修伯长在本朝为初好学古文者。始得韩、柳②善本,大喜,自序云:"天既餍③予以韩,而又饫④我以柳,谓天不予飨⑤,过矣。"欲二家文集行于世,乃自镂板⑥,鬻于相国寺。性伉直不容物。有士人来,酬价⑦不相当,辄语之曰:"但读得成句,便以一部相赠。"或怪之,即正色曰:"诚如此,修岂相欺者?"士人知其伯长也,皆引去⑧。

《曲洧旧闻》

【注释】

①穆修伯长(979~1032):穆修,字伯长,郓州汶阳(今山东汶上)人。曾任泰州司理参军等职。北宋古文运动的先驱。著有《穆参军集》。

②韩、柳:指韩愈、柳宗元。

③餍(yàn):喂饱,满足。

④饫(yù):喂饱,满足。

⑤飨(xiǎng):犒赏,慰劳,招待。

⑥镂板:在木板上刻字,用以印书。

⑦酬价:出价,开价。

⑧引去:离开。

【赏读】

  这位穆修可谓韩愈、柳宗元的后世知音，得到韩、柳集子的善本后非常开心，但并没有深锁高阁，而是将其刊刻，以广流传。

  当然，他的卖书方式也与众不同。他显然不是为了牟利，而是为了寻找志同道合者。如果给的价格不合适，他很不开心，提出如能"读得成句"，便可以免费赠送一部。可以想象，如果读不成句，估计出高价也买不到。但结果似乎不理想，那些士子被吓得"引去"，这也正应了一句老话：曲高和寡。

  那些士人为何要"引去"呢？是读不成句而心虚，还是被穆修的气势吓住了？文章的结尾值得玩味。

著书称谓 费衮①

　　古人文字间于辈行称谓极严，凡视子犹父者则名之，马大年②尝论退之③作诗，名籍、彻而字东野④，则知东野乃其友，而籍、彻辈则弟子也。大观、政和⑤间，有达官著书，于欧阳叔弼⑥、苏叔党⑦，皆直名之，如曰"予见棐言"，又曰"予见过当问之"之类，此达官于六一、东坡⑧既非辈行，以前辈著书之法观之，恐不当名其子也。

《梁溪漫志》

【注释】

①费衮（生卒年不详）：字补之，南宋无锡（今江苏无锡）人。幼承家训，博学工文。著有《梁溪漫志》《续志》《文章正派》等。

②马大年：字永卿，扬州（今江苏扬州）人。一说名永卿，字大年。

③退之：韩愈，字退之。

④名籍、彻而字东野：韩愈在其诗中，对张籍、张彻直呼其名，对孟郊则称其字东野。张籍（约767~约830），字文昌，吴郡（今江苏苏州）人。唐代诗人。历官太常寺太祝、秘书郎等。韩愈曾推荐其为国子博士。张彻，韩愈的弟子，又是韩愈的侄女婿。孟郊（751~814），字东野，武康（今浙江德清）人。唐代著名诗人。擅写五言古诗。与韩愈并称"韩孟"。著《孟东野诗集》。

⑤大观、政和：宋徽宗年号。即1107年至1110年、1111年至1117年。

⑥欧阳叔弼（1047~1113）：即欧阳棐，字叔弼。欧阳修第三子。历任襄州、潞州、蔡州等地知府。

⑦苏叔党（1072~1123）：即苏过，字叔党，号斜川居士。苏轼少子。曾任右承务郎。善书能文，时称"小坡"。著有《斜川集》。

⑧六一：欧阳修，自号六一居士。东坡：苏轼，号东坡。

【赏读】

杜甫在其《偶题》一诗中曾说道："文章千古事，得失寸心知。"言下之意，文章既然是千古流芳的事业，不能不慎重，其中的优劣得失，作者自己心里其实是最清楚的。这一方面是把文章看得很重，看成"千古事"，另一方面也是对著书甘苦的感慨，自己要表达的意思，读者未必能明白，因而受到误解或指责，也是常有的事情。

当然也有心中没数的，没数的一个重要原因是不懂得著书的规矩。本文即讲了这样一个规矩，那就是古人对人物的称呼有着严格的要求，不是可以随便乱叫的。如果是长辈对晚辈，可以直呼其名；对同辈人，则要称其字。有位达官不懂这一规矩，随便乱喊，让人感到别扭，这样的书自然也就难以流传下去。可见不是什么人都可以随便写书的，每一行都有自己的规矩。

蔡絛①著书 费衮

蔡絛奸人，助其父为恶者也，特以在兄弟间粗亲翰墨②，且尝上书论谏，故在当时稍窃名③，著书甚多，大抵以奸言文④其父子之过，此固不足怪。至《谈丛》⑤所载其家佞幸滥赏、可丑可羞之事，反皆大书特书以为荣。此乃窜南荒时所作，至是犹不悟，真小人而无忌惮者哉！

《梁溪漫志》

【注释】

①蔡絛（tāo）：字约之，号百衲居士、无为子。蔡京之子。仙游（今福建仙游）人。曾任龙图阁直学士兼侍读，代为决事，窃弄权柄，恣为奸利，著有《铁围山丛谈》《西清诗话》等。

②翰墨：笔墨，这里指文章。

③窃名：以不正当手段获得名声。

④文：掩饰。

⑤《谈丛》：指《铁围山丛谈》，应作"丛谈"。《铁围山丛谈》，是蔡絛流放白州时所作的一部史料笔记。记载了从宋太祖建隆年间至宋高宗绍兴年间约二百年的朝廷掌故、宫闱秘闻、历史事件、人物轶事、诗词典故、文字书画、金石碑刻等诸多内容。白州境内有山名铁围山，位于今广西玉林西，古称铁城。

【赏读】

有想著书以追求不朽者，也有想通过著书来洗白自己者，可见著书的动机不见得都是高尚的。

这位蔡絛稍通文墨，有点小名声，感觉特别良好，竟然想以著书的方式来帮父亲蔡京洗白，这是典型的文过饰非。蔡京虽然官至宰相，但做了不少坏事，名声并不好，这些都是有目共睹的，不是靠掩饰就能遮盖的。蔡絛对自己的文笔过于自信，其结果只能是越描越黑，自取其辱。

更为可笑的是，这位蔡絛的人生观和价值观显然是有问题的，他竟然将自己家一些丑陋、难以启齿的事情大书特书，不以为耻，反以为荣。这样的书不如不写，写了也是垃圾。即便是流传下来，也是作为反面典型供人批评和嘲笑。

《录鬼簿》①序 钟嗣成②

贤愚寿夭、死生祸福之理，固兼乎气数而言，圣贤未尝不论也。盖阴阳之屈伸，即人鬼之生死。人而知夫生死之道，顺受其正③，又岂有岩墙④、桎梏之厄哉。

虽然，人之生斯世也，但知以已死者为鬼，而不知未死者亦鬼也。酒罂饭囊、或醉或梦、块然泥土者，则其人虽生，与已死之鬼何异？此曹固未暇论也。其或稍知义理，口发善言，而于学问之道甘为暴弃，临终之后，漠然无闻，则又不若块然之鬼之愈⑤也。

予尝见未死之鬼，吊已死之鬼，未之思也，特一间⑥耳。

独不知天地开辟，亘古迄今，自有不死之鬼在，何则？圣贤之君臣，忠孝之士子，小善大功，著在方册者，日月炳焕，山川流峙，及乎千万劫⑦无穷已，是则虽鬼而不鬼者也。

余因暇日，缅怀古人，门第卑微，职位不振，高才博识，俱有可录。岁月弥久，湮没无闻，遂传其本末，吊以乐章⑧。复以前乎此者⑨，叙其姓名，述其所作。冀乎初学之士，刻意词章，使冰寒于水，青胜于蓝⑩，则亦幸矣。名之曰《录鬼簿》。

嗟乎！余亦鬼也，使已死未死之鬼，作不死之鬼，得以传远,余又何幸焉。若夫高尚之士、性理之学,以为得罪于圣门者,吾党且啖蛤蜊[11],别与知味者道。

至顺元年龙集庚午月建甲申二十二日辛未[12],古汴[13]钟继先序。

《录鬼簿》

【注释】

①《录鬼簿》:钟嗣成所著的一部曲学著作,收录从金到元中期152位曲家的小传以及458种杂剧作品的名录。

②钟嗣成(约1275~约1345):字继先,号丑斋,大梁(今河南开封)人,寓居杭州(今浙江杭州)。元代文学家、散曲家。在杭州官学进学,后任江浙行省掾史。除《录鬼簿》外,还著有杂剧《寄情韩翊章台柳》等,均已佚。

③顺受其正:顺应自然之理,即寿终正寝。语出《孟子·尽心上》:"莫非命也,顺受其正,是故知命者不立乎岩墙之下。尽其道而死者,正命也;桎梏死者,非正命也。"

④岩墙:有倾倒危险的墙。

⑤愈:胜,较好。

⑥特一间:只不过相差无几。特,只不过。一间,很小的差别。

⑦劫:佛家词语,天地从形成到毁灭为一劫。

⑧吊以乐章:作者在《录鬼簿》一书中为十八位曲家写有《凌波仙》悼词。

⑨前乎此者:这里指前辈曲家。

⑩冰寒于水,青胜于蓝:语出《荀子·劝学篇》:"青,取之于蓝,而青于蓝;冰,水为之,而寒于水。"

⑪啖蛤蜊:典出《南史·王融传》:"沈昭略不识王融,曰:

'是何年少?'融曰:'仆出于扶桑,入于旸谷,何人不知,而卿此问?'昭略曰:'不知许事,且食蛤蜊。'"这里是说,不必理会别人的评价,只和那些志同道合者谈论。

⑫至顺元年:1330 年。至顺为元文宗的年号。龙集:岁次。龙,岁星。月建甲申:本月干支为甲申,即农历七月。

⑬古汴:旧日的汴梁,即今河南开封。

【赏读】

一本书能否从众多书籍中脱颖而出,成为传世经典,不是作者个人的主观意愿所能决定的,而是取决于书籍自身的内容,关键看这部书到底为读者提供了什么。迎合读者,可能会风行一时,但风声一过,往往会湮没无闻。曲高和寡,当时可能受到冷落,但也许可以在后世找到知音。

钟嗣成的《录鬼簿》一书显然属于后者,他特立独行,不同时流,要为那些沉居下层、才华得不到承认和尊重的曲家立传,让他们借自己的著述而传世。尽管此举会"得罪于圣门",但他并不屈服,而是有着高度的自信,因为他看懂了生死之道,明白有些人虽然死了,但还活着;有些人还在活着,却已经死了。正是他的这份自信,成就了一部经典。如今《录鬼簿》已成为曲学研究的必读书目,而那些迎和世俗的书籍早已湮没在历史的陈迹中,即便存世,也很少有人提及。

《禹鼎志》①序　吴承恩②

余幼年即好奇闻。在童子③社学④时,每偷市野言稗史,惧为父师诃夺,私求隐处读之。比长,好益甚,闻益奇。迨于既壮,旁求曲致,几贮满胸中矣。尝爱唐人如牛奇章⑤、段柯古⑥辈所著传记,善模写物情,每欲作一书对之,懒未暇也。转懒转忘,胸中之贮者消尽。独此十数事,磊块尚存;日与懒战,幸而胜焉,于是吾书始成。

因窃自笑,斯盖怪求余,非余求怪也。彼老洪⑦竭泽而渔⑧,积为工课,亦奚取奇情哉?虽然吾书名为志怪,盖不专明鬼,时纪人间变异,亦微有鉴戒寓焉。昔禹受贡金,写形魑魅,欲使民违弗若⑨。读兹编者,傥慺然易虑⑩,庶几哉有夏氏⑪之遗乎?国史非余敢议,野史氏其何让焉。作《禹鼎志》。

《吴承恩诗文集》

【注释】

①《禹鼎志》:吴承恩创作的一部志怪小说集,参考了《玄怪录》《酉阳杂俎》等书。今已佚。

②吴承恩(约1500~约1582):字汝忠,号射阳山人,山阳(今江苏淮安)人。明代杰出小说家。屡试不第,嘉靖中补岁贡生,任长兴县丞,不久辞归。《西游记》外,著有《射阳存稿》《续稿》

等，还编有词集《花草新编》。

③童子：孩童，明清时期亦指未获得功名的读书人。

④社学：明、清时期官府在乡镇设立的学校。

⑤牛奇章（780~848）：即牛僧孺，字思黯，安定鹑觚（今甘肃灵台县）人。隋朝奇章公牛弘之后，贞元间进士，官至宰相。牛李党争中的牛党领袖。著有《玄怪录》。

⑥段柯古（约803~863），即段成式，字柯古，临淄（今山东淄博）人。历任秘书省秘书郎、尚书郎、江州刺史、太常少卿等。著有《酉阳杂俎》。

⑦老洪：所指不详，或系《禹鼎志》书中人物。

⑧竭泽而渔：语出《吕氏春秋·义赏》："竭泽而渔，岂不获得？而明年无鱼。"

⑨"昔禹受贡金"三句：语出《左传·宣公三年》："昔夏之方有德也，远方图物，贡金九牧，铸鼎象物，百物而为之备，使民知神、奸。故民入川泽、山林，不逢不若。螭魅罔两，莫能逢之。"

⑩傥：倘若。悚（sǒng）然：恐惧的样子。易虑：改变想法。

⑪有夏氏：即夏后氏，上古部落名，相传禹为其首领，后来禹子启建立夏朝。

【赏读】

儿时的爱好对一个人今后的成长有着深远的影响，这种影响甚至比课堂上的学习还重要，吴承恩的这篇序文生动地诠释了这一点。

如果吴承恩小时候因大人的反对而放弃了喜爱奇闻这个爱好，不去阅读大量志怪传奇故事的话，缺少个人的兴趣和阅读的积累，后面也就不会有《禹鼎志》一书的创作，也很可能不会有《西游记》这部传世之作了。这既是一个文学创作的问题，也是一个如何教育孩子的话题。遗憾的是《禹鼎志》这部书如今已经失传，否则我们对吴承恩可以有更为全面、深入的了解，有关《西游记》的许多谜团也许可以就此解开。

《尚书别解》①序 归有光②

嘉靖辛卯③,余自南都④下第归,闭门扫轨⑤,朋旧少过⑥。家无闲室,昼居于内,日抱小女儿以嬉。儿欲睡,或乳于母⑦,即读《尚书》。儿亦爱弄书,见书辄以指循行,口作声,若甚解者。故余读常不废,时有所见,用著于录⑧。意到即笔不能留⑨,昔人所谓兔起鹘落⑩时也。无暇为文章⑪,留之箱箧,以备温故。章分句析,有古之诸家在,不敢以比拟,号曰《别解》。

余尝谓:观书若画工之有画⑫,耳、目、口、鼻、大小、肥瘠无不似者,而人见之,不以为似也,其必有得其形而不得其神者矣。余之读书也,不敢谓得其神,乃有意于以神求之云。

《震川先生集》

【注释】

①《尚书别解》:归有光所著的一部探讨《尚书》的著作。

②归有光(1507~1571):字熙甫,号项脊生、震川,昆山(今江苏昆山)人。明代著名文学家。嘉靖四十四年(1565)进士,授浙江长兴县令,官至南京太仆寺丞。他是唐宋派的代表人物,其创作以散文成就最高。著有《震川先生集》。

③嘉靖辛卯：嘉靖十年，即1531年。嘉靖为明世宗朱厚熜年号（1522~1566）。

④南都：南京。

⑤闭门扫轨：闭门谢客，不与外界往来。语出《后汉书·杜密传》："闭门扫轨，无所干及。"

⑥少过：少有过往。

⑦乳于母：母亲喂奶。

⑧用著于录：记下，写下。

⑨笔不能留：无法停笔。

⑩兔起鹘（hú）落：比喻文思稍纵即逝。语出苏轼《文与可画筼筜谷偃竹记》："执笔熟视，乃见其所欲画者，急起从之，振笔直遂，以追其所见，如兔起鹘落，少纵则逝矣。"鹘，鹰一类的猛禽。

⑪为文章：修辞词句。

⑫有画：绘画，画画。

【赏读】

《尚书别解》是归有光所写的一部学术著作，内容尽管读起来未必有趣，但它的写作过程则是充满温馨色彩。这篇文章写于作者二十六岁时，这一年他科举失利，心情是相当沮丧的，为此闭门谢客，不与外人往来。是女儿的天真可爱给了他极大的精神安慰，在天伦之乐中，他逐渐平复了自己的心情，而且学有所得，在陪伴女儿的过程中完成了一部《尚书别解》。这是一份独到的人生体验，也使《尚书别解》一书多了一层别致的内涵。

本来枯燥、单调的写书过程被作者写得充满情趣，呈现出一幅温馨的生活画卷。生活是再平常不过的日常生活，事情也都是每天发生的细碎琐事，但是在作者笔下，焕发出异样的神采。

与张天生　陈宏绪①

《宋文鉴》②尚批阅③未竟,不欲草草成之,诚以古人之批阅,皆能与其书并传。宋之谢叠山④、娄迂斋⑤,近之唐荆川⑥、茅鹿门⑦,皆以著书之精神而为批阅,其批阅亦即其著书之一种也。若其草草塞责,漫加之以点抹议论,则是古人之精神,反因我之点抹议论而湮没矣。夫点抹议论,本以显古人之精神,而其弊反至使古人之精神湮没,则不如去其点抹议论之为愈。此弟所以迟之而不敢轻耳。

兹因小价⑧鬻⑨金陵至阊门⑩,附此转寄。不尽缕怀,嗣当再悉。

《明二百名家尺牍》

【注释】

①陈宏绪(1597~1665):字士业,号石庄。新建(今江西南昌)人。曾任晋州知州。明亡后,以遗民自居。好藏书。著有《宋遗民录》《石庄集》等。

②《宋文鉴》:原名《皇朝文鉴》,是南宋吕祖谦所编的一部北宋诗文总集,共一百五十卷。

③批阅:批点,即后文所云"点抹议论",是古人评论文章、发表意见的常用方式。

④谢叠山(1226~1289):即谢枋得,字君直,号叠山,弋阳

(今江西弋阳）人。宝祐四年（1256）进士，官至江西招谕使。宋亡后隐居，后被强征至燕，绝食不屈而死。著有《文章轨范》《叠山集》等，曾批点《檀弓》《礼经讲意》《五经珍抄》。

⑤娄迂斋：当为楼昉，生卒年不详，字阳叔，号迂斋，南宋鄞县（今浙江宁波）人。少从吕祖谦学。绍熙四年（1193）进士。著有《中兴小传》《迂斋先生标注崇古文诀》等。

⑥唐荆川（1507~1560）：即唐顺之，字应德，一字义修，武进（今江苏常州）人。嘉靖八年（1529）进士。为明唐宋派代表人物。著有《荆川先生文集》。

⑦茅鹿门（1512~1601）：即茅坤，字顺甫，号鹿门，归安（今浙江湖州）人。嘉靖十七年（1538）进士。为明唐宋派代表人物，其编选的《唐宋八大家文钞》对后世产生很大影响。著有《茅鹿门集》。

⑧小价（jiè）：传送事物、传达事情的人。

⑨繇：通"由"。

⑩阊门：旧时苏州城门，这里代指苏州。

【赏读】

批阅虽是借由阅读他人著述来表达个人意见的一种读书形式，实际上也是著书的一种，同样要认真对待，不能掉以轻心。批阅者发表的意见要符合原书的主旨和精神，否则会对其他读者产生严重的误导，就其危害而言，比自己单独著书更为严重。

作者所处的时代正是批阅盛行的年代，当时涌现了一批精彩的批阅精品，自然也产生了不少低劣拼凑之作。他看到了这一弊端，从自己开始，慎重对待，对《宋文鉴》的批阅不愿草草了事，学习谢枋得等前贤的做法，以"著书之精神而为批阅"。与朋友谈及此事，态度恳切，读后令人感动。

《陶庵梦忆》①自序　张　岱②

陶庵国破家亡，无所归止，披发入山，駴駴③为野人。故旧见之，如毒药猛兽，愕窒④不敢与接。作自挽诗⑤，每欲引决⑥，因《石匮书》⑦未成，尚视息人世。然瓶粟屡罄，不能举火，始知首阳二老直头饿死⑧，不食周粟，还是后人妆点语也。

饥饿之余，好弄笔墨，因思昔人生长王、谢⑨，颇事豪华，今日罹此果报。以笠报颅，以蒉⑩报踵，仇簪履也；以衲报裘，以苎报絺⑪，仇轻暖也；以藿⑫报肉，以粝报粻⑬，仇甘旨也；以荐报床，以石报枕，仇温柔也；以绳报枢，以瓮报牖，仇爽垲⑭也；以烟报目，以粪报鼻，仇香艳也；以途报足，以囊报肩，仇舆从也。种种罪案，从种种果报中见之。鸡鸣枕上，夜气方回，因想余生平，繁华靡丽，过眼皆空，五十年来，总成一梦。今当黍熟黄粱⑮，车旅蚁穴⑯，当作如何消受？遥思往事，忆即书之，持向佛前，一一忏悔。不次⑰岁月，异年谱也；不分门类，别志林⑱也。偶拈一则，如游旧径，如见故人，城郭人民⑲，翻用自喜，真所谓痴人前不得说梦⑳矣。

昔有西陵㉑脚夫为人担酒，失足破其瓮，念无以偿，痴坐伫想曰："得是梦便好！"一寒士乡试中式，方赴鹿鸣宴㉒，恍然犹意非真，自啮其臂曰："莫是梦否？"一梦耳，惟恐其非梦，又惟恐其是梦，其为痴人则一也。余今大梦将寤，犹事雕虫㉓，又是一番梦呓。因叹慧业文人，名心难化，正如邯郸梦断，漏尽钟鸣，卢生遗表，犹思摹拓二王㉔，以流传后世。则其名根㉕一点，坚固如佛家舍利，劫火㉖猛烈，犹烧之不失也。

《陶庵梦忆》

【注释】

①《陶庵梦忆》：张岱所写的一部笔记，通过对往日生活的追忆，表达故国之思。

②张岱（1597~1689）：字宗子、石公，号陶庵。山阴（今浙江绍兴）人。出身世家，明亡后隐居。著有《陶庵梦忆》《西湖梦寻》等。

③骇骇（hài）：吃惊、惊骇。

④愕窒：惊愕得不敢喘气。

⑤自挽诗：作者撰有《和挽歌辞》三首。

⑥引决：自杀、自尽。

⑦《石匮书》：作者当时正在撰写的一部明代史书。

⑧首阳二老：指商朝遗民伯夷、叔齐。周灭商后，两人隐居首阳山，不食周粟，后饿死。直头：竟自、一直。作者似乎是说首阳二老并非不食周粟，而是因没有找到吃的被饿死，意在说明自己此时生活的困顿。

⑨王、谢：东晋时王导、谢安两大家族，其生活较为奢华，后

泛指豪门世家。

⑩篑（kuì）：草鞋。

⑪苎（zhù）：粗麻布。绨：细布。

⑫藿：豆叶。这里泛指野菜。

⑬粝：粗米。粻（zhāng）：细米。

⑭爽垲：明亮、干燥的房子。

⑮黍熟黄粱：此处用的是卢生黄粱美梦的典故，出自唐沈既济《枕中记》。

⑯车旋蚁穴：此处用的是淳于棼梦游槐安国，醒后发现为蚁穴的典故。出自唐李公佐《南柯太守传》。

⑰次：排列。

⑱志林：即《东坡志林》，苏轼所写的一部笔记体著作，这里泛指一般的笔记之作。

⑲城郭人民：典出晋陶潜《搜神后记》卷一："丁令威，本辽东人，学道于灵虚山。后化鹤归辽，集城门华表柱。时有少年，举弓欲射之。鹤乃飞，徘徊空中而言曰：'有鸟有鸟丁令威，去家千年今始归，城郭如故人民非，何不学仙冢累累。'遂高上冲天。"

⑳痴人前不得说梦：典出《冷斋夜话》："僧伽龙朔中游江淮间，其迹甚异。有问之曰：'汝何姓？'答曰：'何姓。'又问：'何国人？'答曰：'何国人。'唐李邕作碑，不晓其言，乃书传曰：'大师姓何，何国人。'此正所谓对痴人说梦耳。"另见《五灯会元》："佛说三乘十二分，顿渐偏园，痴人前不得说梦。"

㉑西陵：西兴，钱塘江渡口，在今浙江萧山。

㉒鹿鸣宴：唐代乡试后，州县长官为考中举子举行宴会，因宴会时多唱《诗经·小雅·鹿鸣》，故名。后泛指为庆贺举子考中而举行的宴会。

㉓雕虫：汉扬雄《法言·吾子》曾云赋为雕虫小技，壮夫不

为，后人以雕虫小技代指写文章。

㉔"邯郸梦断"四句：此处用的是卢生黄粱美梦的典故，出自汤显祖的《邯郸记》。二王，著名书法家王羲之、王献之父子。

㉕名根：好名的本性。

㉖劫火：佛教语，劫难中的火灾。佛教认为在坏劫之末，将发生水、火、风三大灾。火灾发生时，世界将烧为灰烬。

【赏读】

辛辛苦苦地著书，目的到底是为了什么，是为了名利还是抒发感慨？特别是在国破家亡之际，这样的写作还有什么意义？既然人生已成一梦，为何还要如此执着。作者在这篇序文中与其说是在交代写作缘起，不如说是在写自己的困惑。当然，在其欲言又止的文字背后，有着十分沉痛的人生经历。

改朝换代的巨变，让作者经历了家破人亡的苦痛，昔日的富贵与闲适如风而逝，成为一段温馨的往事。他之所以还愿意苟活于人间，是因为还有更为重要的事情要做，为一个谢幕的王朝修史，这是他的宏愿，是他苟活下去的动力。记述往日的点滴生活，看似随意，实则蕴含着更为丰富的情感。也许这就是《陶庵梦忆》的价值和意义吧。作者希望看到的，不是读者对自己往日精致、奢华生活的艳羡，而是留意文字背后的苦痛与沧桑。读《陶庵梦忆》，应先从这篇自序读起。

《韵山》[1]　张　岱

　　大父至老,手不释卷,斋头亦喜书画、瓶几布设。不数日,翻阅搜讨,尘堆砚表,卷帙正倒参差。常从尘砚中磨墨一方,头眼入于纸笔,潦草作书生家蝇头细字。日晡向晦,则携卷出帘外,就天光爇烛,檠[2]高光不到纸,辄倚几携书就灯,与光俱俯[3],每至夜分,不以为疲。

　　常恨《韵府群玉》[4]《五车韵瑞》[5]寒俭可笑,意欲广之。乃博采群书,用淮南"大、小山[6]"义,摘其事曰《大山》,摘其语曰《小山》,事语已详本韵而偶寄他韵下曰《他山》,脍炙人口者曰《残山》,总名之曰《韵山》。小字襞积[7],烟煤残楮,厚如砖块者三百余本。一韵积至十余本,《韵府》《五车》不啻千倍之矣。正欲成帙,胡仪部青莲[8]携其尊人[9]所出中秘书[10],名《永乐大典》者,与《韵山》正相类,大帙三十余本,一韵中之一字犹不尽焉。大父见而太息曰:"书囊无尽,精卫衔石填海[11],所得几何!"遂辍笔而止。

　　以三十年之精神,使为别书,其博洽应不在王弇州[12]、杨升庵[13]下。今此书再加三十年,亦不能成,纵成亦力不能刻。笔冢[14]如山,只堪覆瓿[15],余深惜之。丙戌[16]兵乱,余载往九里山,藏之藏经阁,以待后人。

《陶庵梦忆》

【注释】

①《韵山》：张岱祖父张汝霖所编的一部韵学著作。

②檠（qíng）：灯架。

③俯：看，指俯身低下。

④《韵府群玉》：古代韵书，元人阴时夫著。全书共二十卷，分韵一百零六部，摘录典故、词汇，隶于各韵之下。

⑤《五车韵瑞》：古代韵书。明人凌稚隆著，该书仿阴时夫《韵府群玉》而成，共一百六十卷，分经、史、子、集、杂五部。

⑥大、小山：大山、小山，典出王逸《楚辞章句·招隐士序》："昔淮南王安博雅好古，招怀天下俊伟之士。自八公之徒，咸慕其德而归其仁，各竭才智，著作篇章，分造辞赋，以类相从，故或称小山，或称大山，其义犹《诗》有小雅、大雅也。"

⑦襞（bì）积：重叠、堆积，这里是说书上的字密密麻麻。

⑧胡仪部青莲：胡青莲，即胡敬辰，字直卿，号青莲，余姚人。天启二年（1622）进士，历任江西驿传道、光禄寺录事。著有《檀雪斋集》。

⑨尊人：父亲，即胡敬辰的父亲胡维新（1534~1606），字云屏，嘉靖三十八年（1559）进士。历任江西巡按御史、扬州推官、陕西布政使司右参政。

⑩中秘书：掌管宫廷藏书的机构。

⑪精卫衔石填海：古代神话故事，语出《山海经》卷三《北山经》："北二百里，曰发鸠之山，其上多柘木，有鸟焉，其状如乌，文首、白喙、赤足，名曰精卫，其鸣自詨。是炎帝之少女，名曰女娃。女娃游于东海，溺而不返，故为精卫，常衔西山之木石，以堙于东海。"后以此比喻奋斗不懈，这里借此慨叹精力有限，不足以读尽所有书。

⑫王弇州：明代著名文学家王世贞（1526~1590），号弇州山人。

⑬杨升庵：即杨慎（1488~1559），字用修，号升庵。

⑭笔冢：典出唐李肇《唐国史补》："长沙僧怀素好草书，自言得草圣三昧，弃笔堆积，埋于山下，号曰笔冢。"

⑮覆瓿：即覆酱瓿，盖酱坛。比喻著作无人理会，没有发挥其价值。典出《汉书·扬雄传下》："巨鹿侯芭常从雄居，受其《太玄》《法言》焉，刘歆亦尝观之，谓雄曰：'空自苦！今学者有禄利，然尚不能明《易》，又如《玄》何？吾恐后人用覆酱瓿也。'雄笑而不应"。

⑯丙戌：顺治三年（1646）。

【赏读】

张岱在《诗韵确序》一文中也曾讲到祖父的这部《韵山》，并谈及自己对诗韵的看法："一韵之中，只有数字可用，余皆奇险幽僻，诗中屏弃不用者，多可删去。总之，用险韵绝无好诗，查《韵府》必多累句。"

按照作者的介绍，这部书耗费了祖父三十年的心血，如能完成，无疑会是一部值得传世的著作，但值得传世的著作未必能够传世，书运亦如人生，充满不确定性，让人感叹。作者在兵乱之际，将这部书稿转移保存，"以待后人"，可惜未能传下来。

文章开头写祖父彻夜读书用功的场景，很形象，充满感情。

著书之难 顾炎武①

子书②自《孟》《荀》之外，如《老》《庄》《管》《商》《申》《韩》，皆自成一家言。至《吕氏春秋》《淮南子》，则不能自成，故取诸子之言，汇而为书，此子书之一变也。今人书集一一尽出其手，必不能多，大抵如《吕览》《淮南》之类耳。其必古人之所未及就，后世之所不可无而后为之，庶乎其传也与？

宋人书，如司马温公③《资治通鉴》、马贵与④《文献通考》，皆以一生精力成之，遂为后世不可无之书。而其中小有舛漏，尚亦不免。若后人之书，愈多而愈舛漏，愈速而愈不传，所以然者，其视成书太易，而急于求名故也。

伊川先生⑤晚年作《易传》成，门人请授，先生曰："更俟学有所进。子不云乎：'忘身之老也，不知年数之不足也，俛⑥焉日有孳孳⑦，毙⑧而后已。'"

《日知录》

【注释】

①顾炎武（1613~1682）：原名绛，字忠清，明亡后改名炎武，字宁人，亦自署蒋山佣。江苏昆山人。因故居旁有亭林湖，学者尊为亭林先生。明末清初杰出的思想家、经学家、史地学家和音韵学

家。学问渊博，于国家典制、郡邑掌故、天文仪象、河漕、兵农及经史百家、音韵训诂之学，都有研究。晚年治经重考证，开清代朴学风气。与黄宗羲、王夫之并称为明末清初"三大儒"。著有《日知录》等。

②子书：指先秦诸子的书。

③司马温公：即司马光（1019~1086），死后追封温国公，故后人尊称其为司马温公。《资治通鉴》是司马光主持编写的一部编年体通史，记载了战国至五代时期的历史。

④马贵与：即马端临（约1254~1323），字贵与，号竹洲。饶州乐平（今江西乐平）人。宋元之际著名的历史学家。宋亡后隐居，专意著述，著有《文献通考》《多识录》《义根守墨》《大学集传》等。《文献通考》是马端临所撰，记载上古到宋代的典章制度。全书分二十四门。

⑤伊川先生：程颐。伊川为地名，在今河南伊河，程颐晚年曾住在此，人称伊川先生。

⑥俛（miǎn）：通"勉"，勤勉。

⑦孳（zī）孳：同"孜孜"，努力不懈的样子。

⑧毙：倒下，死。

【赏读】

作者是一位大学者，著述甚富，对于著述一事最有发言权。他将著述之难的问题放在历史文化的长河中进行观照，其眼界、胸怀非一般学人能比，他对著述的标准要求很高，一般人无法做到，但仍有启发意义。

既然是著述，就得有个人自己的独立见解，问题是从古至今，著述浩瀚，很多问题前人都已经说过，还有哪些可以立论、发挥的空间？按照这种思路思考，著述之难可以想见。但如果只是为了名利，博得世人的关注，所谓的著述自然可以一本接一本地刊布。作者写作此文时，是在几百年前，但他谈论的问题直到当下也不过时。是作者眼光超前还是后人进步太慢，这是一个值得思考的问题。

与潘次耕①札 顾炎武

读书不多,轻言著述,必误后学,吾之跋《广韵》②是也。虽青主③读书四五十年,亦同此见。今废之而别作一篇,并送览,以志吾过。

平生所著若此者,往往多有,凡在徐④处旧作,可一字不存。自量精力未衰,或未遽死,迟迟自有定本也。

《亭林文集》

【注释】

①潘次耕(1646~1708):名耒,字次耕,号稼堂,晚号止止居士。清初学者。吴江(今江苏苏州)人。顾炎武弟子,学识渊博,工于诗文。有《遂初堂文集》行世。

②《广韵》:即《大宋重修广韵》,宋陈彭年等撰,是一部音韵学的重要著作。

③青主:傅山(1607~1684),初名鼎臣,字青竹,改字青主。阳曲(今山西太原)人。博通文史,擅长书画,明亡后隐居不仕。有《霜红龛集》等传世。

④徐:指徐乾学(1631~1694),字原一,号健庵。昆山(今江苏昆山)人。康熙九年(1670)进士,官至刑部尚书。家富藏书,其藏书楼名传是楼,并编有《传是楼书目》《传是楼宋元本书目》,著作有《读礼通考》《虞浦集》《词馆集》《碧山集》等传世。他是

顾炎武的外甥。

【赏读】

　　这封信札文字不多，内涵却非常丰富，作者说的每句话都很有分量，值得细细体会。在《著书之难》一文中，顾炎武从学术史的角度来谈著述之难，此次则是从自身谈起。他对自己的著述看得很重，正是因为看得重，不轻易落笔；即便落笔，也不轻易出手。感觉不满意，便毫不犹豫将其废去，重新再写，以弥补自己的过失，认为这是自己"读书不多，轻言著述"的缘故。

　　作者由《广韵》跋语的重写联想到自己平生的著述，其反思是沉痛的，也是真诚的。有了这种悔其少作的深切反思，也就有了学术上的自信，只要不断思考，早晚能写出"定本"来。作者是明末清初的大学问家，他以自己的行动为弟子做出了表率，也让后人明白，经典是怎样诞生的，应该怎么对待自己的著述。这种胸怀和态度都是值得认真学习的。

《水浒后传》①序 雁宕山樵②

尝论夫水发源之时，仅可滥觞③，渐而为溪为涧，为江为湖，汪洋巨浸而放平四海。当其冲决，怀山襄陵④，莫可御遏，真为至神至勇也！及其恬静，浴日沐月，澄霞吹练，鸥凫浮于上，鱼龙潜其中，渔歌拥枻⑤，越女采莲，又为至文至弱矣！

文章亦然，苏端明云"我文如万斛泉"是也⑥。《水浒》更似之，其序英雄、举事实，有排山倒海之势；曲画细微，亦见安澜文漪之容。故垂四百余年，耳目常新，流览不废。若近世之稗官野乘⑦，黄茅白草，一览而尽，不可咀嚼。岂意复有《后传》，机局更翻，章句不袭，大而图王定霸，小而巷事里谈，文人之舌，慧而不穷。世道之隆替，人心之险易，靡不各极其致。绘《云汉》觉热⑧，图峨嵋则寒⑨，非一味铜将军、铁绰板⑩提唱梁山泊人物已也。

嗟乎！我知古宋遗民之心矣。穷愁潦倒，满腹牢骚，胸中块垒，无酒可浇⑪，故借此残局而著成之也。然肝肠如雪，意气如云，秉志忠贞，不甘阿附，傲慢寓谦和，隐讽兼规正，名言成串，触处为奇，又非漫然如许伯哭世⑫、刘四骂人⑬而已。

昔人云：《南华》⑭是一部怒书，《西厢》⑮是一部想书，《楞严》⑯是一部悟书，《离骚》是一部哀书。今观《后传》之群雄之激变而起，是得《南华》之怒；妇女之含愁敛怨，是得《西厢》之想；中原陆沉⑰、海外流放⑱，是得《离骚》之哀；牡蛎滩⑲、丹霞宫⑳之警喻，是得《楞严》之悟。不谓是传而兼四大奇书之长也！

虽然，更为古宋遗民惜。浑沌世界，何用穿凿㉑，使物无遁形，宁不畏为造化小儿㉒所忌？必其垂老奇穷，颠连痼疾，孤茕绝后，而短褐不完，藜藿㉓不继，屡憎于人，思沉湘蹈海而死㉔，必非纡青拖紫㉕，策坚乘肥㉖，左娥右绿，阿堵堆塞，饱餍酒肉之徒，能措一辞也！安得一识其人，以验予言之不谬哉？

万历戊申秋杪㉗，雁宕山樵撰。

《水浒后传》

【注释】

①《水浒后传》：《水浒传》的一部续书，写水浒好汉李俊等海外创业之事。题"古宋遗民著，雁宕山樵评"，全书共八卷四十回。

②雁宕山樵（1613～约1670）：即陈忱，字遐心、敬夫，号雁宕山樵，乌程（今浙江湖州）人。博学能文，明亡后绝意仕进，曾与顾炎武等组织惊隐诗社，卖卦自给，穷困以终。著有《水浒后传》《雁宕杂著》《雁宕诗集》等。

③滥觞：江河发源之处水势较少，只能浮起酒杯。后常指事物的起源。

④怀山襄陵：语出《尚书·尧典》："汤汤洪水方割，荡荡怀山襄陵。"怀，包围。襄，漫上。

⑤枻（yì）：短桨，这里代指小船。

⑥苏端明：即苏轼，因其曾官端明殿侍读学士，故有此称。我文如万斛泉：语出《经进东坡文集事略·文说》："吾文如万斛泉源，不择地而出。"

⑦稗官野乘：指小说野史一类的书籍。

⑧绘《云汉》觉热：典出张华《博物志》："汉刘褒画《云汉图》，见者觉热。"云汉，指《诗经·大雅》中的《云汉》一诗，这首诗反映了西周末期的一场大旱。

⑨图峨嵋则寒：与上句相对而言，指文章不同的风格。

⑩铜将军、铁绰板：典出俞文豹《吹剑续录》："东坡在玉堂日，有幕士善讴，因问：'我词比柳七何如？'对曰：'柳郎中词，只好十七八女孩儿执红牙拍板，唱杨柳岸晓风残月；学士词，须关西大汉执铁板，唱大江东去。'公为之绝倒。"后演绎为抱铜琵琶、执铁绰板等，这里指作品的一种风格或笔调。

⑪"胸中"二句：语出刘义庆《世说新语·任诞》："王孝伯问王大：'阮籍何如司马相如？'王大曰：'阮籍胸中垒块，故须酒浇之。'"

⑫许伯哭世：典出谢承《后汉书》："许庆，字子伯，家贫，为郡督邮。……尝与友人谈论汉无统嗣，幸臣专势，世俗衰薄，贤者放退，慨然据地悲哭。时称许子伯哭世。"

⑬刘四骂人：典出《旧唐书·刘祎之传》："父子翼，善吟讽，有学行。隋大业初，历秘书监，河东柳顾言甚重之。性不容非，朋僚有短长，面折之。友人李伯药常称曰：'刘四虽复骂人，人都不恨。'"

⑭《南华》：也叫《南华真经》，即《庄子》。唐天宝元年

(743)二月诏号庄子为"南华真人",故称其所著书为《南华真经》。

⑮《西厢》:《西厢记》,元王实甫作,述崔莺莺、张生爱情故事。

⑯《楞严》:佛经名。全称为《大佛顶如来密因修证了义诸菩萨万行首楞严经》,十卷。

⑰陆沉:陆地沉陷,比喻国土沦陷。这里指中原地区被金国侵占。

⑱海外流放:指《水浒后传》中所写李俊到海外创立基业之事。

⑲牡蛎滩:《水浒后传》第三十七回回目为"金鳌岛仙客题诗,牡蛎滩忠臣救驾"。

⑳丹霞宫:《水浒后传》第三十九回回目为"丹霞宫三真修静业,金銮殿四美结良姻"。

㉑"浑沌世界"二句:语出《庄子·应帝王》:"南海之帝为儵,北海之帝为忽,中央之帝为浑沌。儵与忽时相遇于浑沌之地,浑沌待之甚善。儵与忽谋报浑沌之德,曰:人皆有七窍以视听食息,此独无有。尝试凿之,日凿一窍,七日而浑沌死。"意思是说要顺应自然,若刻意为之,反而会弄巧成拙。

㉒造化小儿:语出《新唐书·杜审言传》:"审言病甚,宋之问、武平一等省候何如,答曰:'甚为造化小儿相苦,尚何言!'"这里指主宰命运之神。

㉓藜藿(lí huò):指粗劣难吃的饭菜。

㉔沉湘蹈海而死:为保持气节不屈而死。沉湘,指屈原赴湘沉江而死。屈原《九章·惜往日》:"临沅湘之玄渊兮,遂自忍而沉流。"蹈海,投海而死。《史记·鲁仲连邹阳列传》:"彼即肆然而为帝,过而为政于天下,则连有蹈东海而死耳,吾不忍为之民也。"

㉕纡青拖紫：身上佩带青、紫色的印绶，指身份地位高贵。
㉖策坚乘肥：过着奢华的生活。
㉗秋杪：秋末。

【赏读】

  这篇序言虽然是借第三者之口而写，但实际上是作者本人的自序，这样可以从旁观者的角度对《水浒后传》的创作动机等情况进行介绍。《水浒后传》与一般的小说续书不同，并非出于商业动机，而是发愤著书。面对国破家亡的惨状，身为遗民的作者心中涌动愤懑之情，借着为《水浒传》写续书抒发出来，这也使得该书在中国古代小说续书中独树一帜，受到人们的关注。

  发愤著书是中国文学创作的优良传统，但它只是文学创作的开始而不是完成，它并不是简单的泄愤，如果没有对作品的苦心经营，没有"批阅十载，增删五次"的细心打磨，没有达到相当的艺术水准，也是无法流传开去的，更不用说成为传世名著了。作者虽然"穷愁潦倒，满眼牢骚"，有很多话要说，但不主张那种谩骂式的做法。他从《水浒传》中得到启发，既要抒发忠贞之志，也要注意作品自身的艺术性；既能写出"排山倒海之势"，也能"见安澜文漪之容"。这比一味单纯地强调发愤著书要深入很多，也高明许多。

  可见，无论是文学创作还是学术研究，仅凭一股冲动和激情还是不行的，仍需要锤炼的功夫。一部传世之作的产生，往往是理论和情感的有机结合。

《板桥杂记》①自序 余 怀②

或问余曰:"《板桥杂记》何为而作也?"余应之曰:"有为③而作也。"或者又曰:"一代之兴衰,千秋之感慨,其可歌可录者何限,而子唯狭邪④之是述,艳冶⑤之是传,不已荒⑥乎?"余乃听然⑦而笑曰:"此即一代之兴衰,千秋之感慨所系,而非徒狭邪之是述,艳冶之是传也。金陵古称佳丽地⑧,衣冠文物⑨,盛于江南;文采风流,甲于海内。白下青溪⑩,桃叶团扇⑪,其为艳冶也多矣。洪武初年,建十六楼⑫以处官妓,淡烟、轻粉、重译、来宾⑬,称一时之韵事。自时厥后⑭,或废或存,迨至三百年之久,而古迹寝湮⑮,所存者惟南市、珠市及旧院⑯而已。南市者,卑屑⑰妓所居;珠市间有殊色⑱;若旧院,则南曲名姬、上厅行首⑲皆在焉。余生也晚,不及见南部之烟花、宜春之弟子⑳,而犹幸少长承平㉑之世,偶为北里㉒之游。长板桥㉓边,一吟一咏,顾盼自雄㉔。所作歌诗,传诵诸姬之口,楚、润㉕相看,态、娟㉖互引,余亦自诩为平安杜书记㉗也。鼎革㉘以来,时移物换,十年旧梦,依约扬州㉙;一片欢场,鞠为茂草㉚。红牙碧串㉛,妙舞轻歌,不可得而闻也;洞房绮疏㉜,湘帘绣幕㉝,不可得而见也;名花瑶草㉞,锦瑟犀毗㉟,不可得而赏也。间亦过之,蒿藜满眼,楼馆劫灰，美人尘土。盛衰感慨，岂复有过此者乎！郁志未伸，俄逢丧乱，静思陈事，追念无因。聊记见闻，用编汗简，效《东京梦华》之录㊱，标崖公蚬斗㊲之名。岂徒狭邪之是述，艳冶之是传也哉。"客跃然而起，曰："如此，则不可以不记。"于是作《板桥杂记》。

《板桥杂记》

【注释】

① 《板桥杂记》：余怀所撰的一部笔记著作，多写秦淮歌妓与文人轶事，寓兴亡沧桑之感。

② 余怀（1616~约1695）：字澹心，一字无怀，号鬘翁，又号鬘持老人，福建莆田人，侨寓江宁。

③ 有为：有缘故。

④ 狭邪：小街曲巷，这里指娼妓居住的地方。

⑤ 艳冶：艳丽妖冶，形容女子的容貌。

⑥ 荒：放纵、迷乱。

⑦ 听然：微笑的样子。

⑧ 金陵古称佳丽地：语出南朝齐谢朓《随王鼓吹曲·入朝曲》："江南佳丽地，金陵帝王州。"

⑨ 衣冠文物：某地或某时代的人物事迹与风俗、制度。

⑩ 白下青溪：白下，南京的别称。唐武德九年（626），改金陵为白下县，故有此称。青溪，三国时吴国在建业城东南所凿的一条水道。源自今江苏南京钟山西南，经城区入秦淮河，蜿蜒曲折，长十余里，故有九曲青溪之称，为金陵四十八景之一。现仅存入秦淮河的一段。作者《咏怀古迹·青溪栅》诗序："青溪即今珍珠桥河

一带。吴赤乌四年，凿东渠，名青溪。通北堑，以泄玄武湖水。南接秦淮。"

⑪桃叶团扇：《桃叶歌》《答王团扇歌》。《桃叶歌》系王献之为其爱妾桃叶而作，《答王团扇歌》系桃叶答谢王献之而作。

⑫十六楼：明初定都后，朱元璋命建楼十六座以招待功臣及四方宾客，内置官妓。楼名分别为来宾、重译、清江、石城、鹤鸣、醉仙、乐民、集贤、讴歌、鼓腹、轻烟、淡粉、梅妍、柳翠、南市、北市，今皆已不存。明谢肇淛《五杂俎·地部一》："太祖于金陵建十六楼，以处官妓。"

⑬淡烟、轻粉、重译、来宾：十六楼中的四座楼。

⑭厥后：以后。

⑮寖湮：渐渐湮没。

⑯南市、珠市及旧院：明末南京妓院集中地区。南市，秦淮河边低等官妓居住的地方。珠市，妓女聚集之所，作者后文有介绍："珠市在内桥旁，曲巷逶迤，屋宇湫隘，然其中有丽人。"旧院，亦为妓女聚集之所。作者后文有介绍："旧院，人称曲中，前门对武定桥，后门在钞库街，妓家鳞次，比屋而居。"

⑰卑屑：相貌丑陋、身份卑贱的妓女。

⑱殊色：相貌出众的女子。

⑲南曲名姬、上厅行首：这里泛指名妓。南曲，唐时妓女居住之地。典出唐孙棨《北里志》记载："平康里入北门东回三曲，即诸妓所居之聚也。妓中有铮铮者，多在南曲、中曲。"后世多以南曲泛指妓院。上厅，官府，后用以代称官妓。行首，妓院中的首领。宋元时期对上等妓女的称呼，后为名妓的泛称。

⑳宜春之弟子：宜春，宜春院。唐长安宫内官妓居住的院名。唐崔令钦《教坊记》："妓女入宜春院，谓之内人，亦曰前头人，常在上前头也。"

㉑承平：太平。

㉒北里：唐代妓院所在地，在长安平康里，位于城北，故称北里。后泛称娼妓所居之地。

㉓长板桥：又名玩月桥，在今南京夫子庙东侧石坝街一带，桥西为妓女居住区，今已不存。

㉔顾盼自雄：洋洋自得的样子。

㉕楚、润：楚娘、润娘，唐代名妓。

㉖态、娟：张态、李娟，亦为唐代名妓。这里泛指名妓。

㉗平安杜书记：唐代诗人杜牧曾任淮南节度使牛僧孺之掌书记，故有杜书记之称。典出元辛文房《唐才子传》："牧美容姿，好歌舞，风情颇张，不能自遏。时淮南称繁盛，不减京华，且多名妓绝色，牧恣心赏，牛相收街吏报杜书记平安帖子至盈箧。"

㉘鼎革：改朝换代。

㉙十年旧梦，依约扬州：语出唐杜牧《遣怀》："十年一觉扬州梦，赢得青楼薄幸名。"

㉚鞠（jū）为茂草：杂草丛生，衰败荒芜。"鞠"通"鞠"，语出《诗经·小弁》："踧踧周道，鞠为茂草。"

㉛红牙碧串：红牙，红色檀木所制的拍板，用来调节乐曲节拍。碧串，用以装饰拍板的碧玉串。

㉜洞房绮疏：指房间里陈设精美。宋胡仔《苕溪渔隐丛话》前集："然不免为胡妇生子，而况洞房绮疏之下乎？"洞房，卧室、闺房。

㉝湘帘绣幕：湘帘，湘妃竹做成的帘子。绣幕，绣着精美图案的帐子。

㉞瑶草：珍贵的香草。

㉟锦瑟：漆有织锦纹的瑟。犀毗：漆器的别称。

㊱《东京梦华》之录：《东京梦华录》，宋孟元老著。

㊲崖公蚬（xiǎn）斗：语出唐崔令钦《教坊记》："诸家散乐，呼天子为'崖公'，以欢喜为'蚬斗'。"崖公，唐时散乐艺人对皇帝的称呼。蚬斗，欢喜，快乐。

【赏读】

这是余怀为其《板桥杂记》一书所写的自序，以答客问的方式交代了该书的写作缘由。既然要写一代之兴衰、千秋之感慨，是有多种可歌可录的题材内容与表达方式可供选择的，为何偏偏要选取看起来有些轻佻、荒谬的狭邪艳冶这个角度呢？何况此时的余怀已是风烛残年，早已过了谈论风月的年龄。

显然，余怀本人也意识到了这一点，他担心后人误读自己的作品，特意在自序及后跋中交代创作动机，一再强调自己是"有为而作"，并非在炫耀个人的人生经历，更不是茶余饭后的消遣之笔、无病呻吟。这种强调既是讲给自己的，也是说给读者的。如果仅仅沉迷于才子佳人的风流韵事来看这部作品，或者从道德的角度来指责作者，都不是余怀所期待的那种读者与阅读方式，他希望后人能从灯红酒绿、歌场欢笑的追述中感悟到文字背后的凄楚与感慨。事实证明，这种担心并非多余，比如《四库全书总目》就称其为"风雅之罪人"，给他扣上一个有伤风化的帽子。

抒发兴亡之感、故国之思，不写刀光剑影，没有鼓角争鸣，将目光聚焦于灯红酒绿的秦淮风月，这无疑是一个相当别致也颇为巧妙的角度。看起来所写不过风月场中的红粉娇娃、文人骚客，实则涉及江南文坛及时代风尚的变迁，表面上只是一段风月繁华的记录，在其背后，则是对一个时代、一个王朝痛定思痛之后的追思。

单纯从写作的角度来看，一本书的成功与否往往取决于作者观察的角度。余怀的《板桥杂记》提供了一个颇为经典的例证。

《滦阳续录》[1]自序 纪　昀[2]

景薄桑榆[3]，精神日减，无复著书之志，惟时作杂记，聊以消闲。《滦阳消夏录》等四种[4]，皆弄笔遣日者也。年来并此懒为，或时有异闻，偶题片纸；或忽忆旧事，拟补前编，又率不甚收拾，如云烟之过眼，故久未成书。今岁五月，扈从滦阳，退直之余，昼长多暇，乃连缀成书，命曰《滦阳续录》。

缮写既完，因题数语，以志缘起。若夫立言之意，则前四书之序详矣，兹不复衍焉。嘉庆戊午[5]七夕后三日观奕道人[6]书于礼部直庐[7]，时年七十有五。

《阅微草堂笔记》

【注释】

①《滦阳续录》：纪昀所写的一部笔记小说集，后与其他作品合刊，以《阅微草堂笔记》总其名。

②纪昀（1724~1805）：字晓岚，一字春帆，号石云，直隶献县（今河北献县）人。乾隆十九年（1754）进士，历任《四库全书》总纂修官、兵部侍郎、礼部尚书、协办大学士等职。主要著述有《阅微草堂笔记》等。

③景薄桑榆：时至暮年。景，通"影"，日影。薄，接近，靠近。桑榆，日落之处，比喻人的晚年。

④《滦阳消夏录》等四种：指作者此前所写的《滦阳消夏录》《如是我闻》《槐西杂志》《姑妄听之》四种笔记小说。

⑤嘉庆戊午：即嘉庆三年（1798）。

⑥观奕道人：纪昀的号。

⑦直庐：值班的地方。

【赏读】

将纪昀这篇文章与蒲松龄的《聊斋自志》对读，会有更深的体会。《阅微草堂笔记》和《聊斋志异》是清代文学成就最高、影响最大的两部文言小说集，代表着清代文言小说创作的两种类型。两书在思想、旨趣、风格等方面存在着很大差异，这种差异形成的原因，从作者所写的两篇自序中就可以看出来。

与蒲松龄的郁郁不得志、抒发孤愤之情相比，纪昀要从容、平静很多，他是心平气和地来写这部小说集的。原因也很简单，他是科举制度的受益者，仕途相当顺利，不仅位高权重，而且担任《四库全书》总纂修官，注定是要青史留名，其本人也很清楚地知道这一点。但蒲松龄不同，他什么都没有，长达半个多世纪的科考一无所获，收获的是无尽的痛苦，他只能以《聊斋志异》来证明自己的人生价值。好在历史是公平的，几百年后，乡村教师蒲松龄成为一位经典作家，与纪昀站在同一水平线上，甚至在文学史上的地位还要超过后者。

蒲松龄是成功的，纪昀也是成功的，尽管不断有人将他们放在一起对比，但是难以分出优劣高下。不过由此可以得到一些启发，发愤著书固然是中国文学创作的优秀传统，但从容、平静同样是一种理想的创作状态，文无定法，各自情况不同，思想观念也就各异，只要适合自己就好。文学史从来不排斥任何一个人，只要他努力，只要他写出好的作品，在这一点上，达官贵人和平民百姓是完全平等的。

朱彝尊①刻书 蔡 澄②

竹垞凡刻书,写样本亲自校两遍,刻后校三遍。其《明诗综》③刻于晚年,刻后自校两遍,精神不贯④,乃分于各家书房中,或师或弟子,有能校出一讹字者,送百钱,然终不免有讹字。《曝书亭集》⑤中亦不免,且有俗体⑥,可知校订断非易事也。

《鸡窗丛话》

【注释】

①朱彝尊(1629~1709):清代词人、学者、藏书家。字锡鬯,号竹垞,秀水(今浙江嘉兴)人。康熙十八年(1679)以布衣应博学鸿词科,授翰林院检讨。他博通经史,善古文诗词,有《经义考》《日下旧闻》《曝书亭集》《静志居诗话》等传世。

②蔡澄(生卒年不详):字练江。乾隆间云间(今上海)人。生平事迹不详,有《鸡窗丛话》传世。

③《明诗综》:朱彝尊选编的一部诗歌总集,全书共一百卷,收录从洪武到崇祯年间三千四百余位诗家的作品。

④精神不贯:精力不济。

⑤《曝书亭集》:朱彝尊所著的一部诗文集,由其本人所编。

⑥俗体:俗体字,相对于正体而言。

【赏读】

　　顾炎武多次强调著述之难，对之慎之又慎，轻易不肯下笔。一旦下笔，像曹雪芹那样"批阅十载，增删五次"，千辛万苦将书写出，这只是著书的一个环节，也可以说是开始。从作者的手稿到刊刻印刷，再送到读者的手上，还有一系列工作要做，其中校对就是一个关键环节。这篇短文讲的是校对之难。书稿写得再好，如果校对不认真，也会错误百出，将作者的心血变成徒劳，让人痛心疾首。

　　朱彝尊不仅是清代著名的词人，也是一位严谨认真的学者，他对自己的著述要求很高，校对的时候都要校上好多遍，自己年纪大了，精力不济，则重金请别人帮忙。即便如此，还是无法避免错字。早在宋代，藏书家宋绶就感叹"校书如扫尘"，后人将其引申为"校书如扫落叶"，说法不同，但意思只有一个，那就是校书像扫地一样，永远都不可能将灰尘或树叶扫干净，正如本文作者所说的"校订断非易事"。态度如此认真尚且如此，如果草草了事，书籍的质量可想而知，不管是哪个环节，都马虎不得。

劝刻书说 张之洞[1]

　　凡有力好事之人，若自揣德业、学问不足过人，而欲求不朽者，莫如刊布古书一法。但刻书必须不惜重费，延聘通人[2]，甄择[3]秘籍，详校精雕。刻书不择佳恶，书佳而不雠校，犹糜费[4]也。其书终古不废，则刻书之人终古不泯。如歙之鲍[5]、吴之黄[6]、南海之伍[7]、金山之钱[8]，可决其五百年中必不泯灭，岂不胜于自著书自刻集者乎？假如就此录中，随举一类，刻成丛书，即亦不恶。且刻书者，传先哲之精蕴，启后学之困蒙，亦利济之先务，积善之雅谈也。

《书目答问》

【注释】

　　①张之洞（1837~1909）：清末著名政治家、军事家。字孝达，号香涛，晚号抱冰，直隶南皮（今属河北南皮）人。同治二年（1863）进士，官历湖广总督、大学士、军机大臣等，为晚清洋务派首领。著有《张文襄公全集》。
　　②通人：学识渊博、贯通古今之人。
　　③甄择：甄别选择。
　　④糜费：浪费。
　　⑤歙之鲍：鲍廷博，歙县（今安徽广州）人。清代著名藏书家、刻书家。其藏书室名"知不足斋"。曾刊刻《知不足斋丛书》，

将家藏善本古书公诸海内。

⑥吴之黄：黄丕烈，吴县（今江苏苏州）人。清代著名藏书家、目录学家、校勘家。有藏书室士礼居、百宋一廛。他曾编订藏书目录《百宋一廛书录》《求古居宋本书目》等。

⑦南海之伍：伍崇曜，南海（今广东广州）人。清代著名藏书家、实业家。建藏书楼有"粤雅堂"。汇刻有《粤雅堂丛书》，是清后期综合性大型丛书之一。

⑧金山之钱：钱熙祚，金山（今上海）人。清代藏书家、刻书家。有藏书室名曰"守山阁"，道光中辑成《守山阁丛书》，校勘精审，世称善本。

【赏读】

连顾炎武这样的大学者都感叹著书之难，对一般人来说，德业、学问都"不足过人"，著书立说更是一件困难的事情，不过如果有财力、能力又想追求不朽的话，还是有办法的。张之洞就为这些"有力好事之人"指出了一条捷径，那就是"刊布古书"。道理很简单：既然自己缺少学识和才华，写不出书，不如将古往今来那些经典佳作刊布出来，广泛流传，这样自己也可以随着这些书的流传而不朽。

当然这件事也不是光靠钱就可以办到的，还是要下一番功夫，必须"延聘通人，甄择秘籍，详校精雕"，每一个环节都要认真对待，将钱花对地方，否则徒劳无功，反而成为笑柄。不管怎么说，刻书都是一件功德无量的好事，作者最后强调了这一点，为"有力好事之人"指明了一条人生提升之路。

顾涧薲①喜校书 徐 珂②

元和顾广圻，字千里，以字行，号涧薲。喜校书，皆有依据，绝不凿空。其持论，谓凡天下书皆当以不校校之，盖深有取于邢子才③"日思误书，更是一适"④语也，因自号思适居士。

涧薲尝语黄尧圃主政丕烈⑤曰："有宋刻《鉴诫录》⑥，为程念鞠⑦豪夺以去，此事逾二十年矣。念鞠秘不示人，余虽识念鞠，未便索观也。近念鞠宦游江西，家中书籍大半散佚，惟此书尚宝藏。余谋之书贾之素与往来者，久而始得其书，索白镪⑧三十金。余爱之甚，易以番钱⑨三十三圆。书计五十七叶，题跋一叶，以叶论钱，每叶四钱六分，宋刻书之贵，可云贵甚。而余好宋刻书之痴，可云痴绝矣。"时嘉庆甲子⑩正月也。

《清稗类钞》

【注释】

①顾涧薲：即顾广圻（1766~1835），字千里，号涧薲，亦作涧蘋，又号思适居士。元和（今属江苏）人。嘉庆诸生。博通文史，尤精于目录校雠之学，有《思适斋集》传世。

②徐珂（1869~1928）：原名昌，字仲可，杭县（今浙江杭州）

人。光绪十五年（1889）举人，曾任袁世凯幕僚，后任商务印书馆编辑，主要著作有《真如室诗》《纯飞馆词》《小自立斋文》《清稗类钞》等。

③邢子才（496~?）：邢邵，字子才，小字吉少。河间（今河北任丘）人。仕北魏、北齐两朝，历官骠骑将军、中书令、国子监祭酒等，有文集传世。

④"日思误书，更是一适"：语出《北齐书·邢邵传》："（邵）有书甚多，而不甚雠校。见人校书，常笑曰：'何愚之甚，天下书至死读不可遍，焉能始复校此。且误书思之，更是一适。'"意思是每天思考书中的谬误，尤其是一件惬意的事情。

⑤黄荛圃主政丕烈：黄丕烈，号荛圃，曾官主事，主事又称主政。

⑥《鉴诫录》：五代何光远撰，为笔记小说集，记述中晚唐五代文坛名人逸事。

⑦程念鞠（?~1806）：程世铨，字叔平，号念鞠，别号鞠裁，长洲（今江苏苏州）人。所居曰逸园，曾宦游江西，藏书甚富。

⑧白镪：银子。

⑨番钱：旧时流入中国的外国银元的俗称。

⑩嘉庆甲子：嘉庆九年（1804）。

【赏读】

这篇文章讲了顾广圻爱书的两件事：一个是校书，一个是嗜书。后一个比较容易理解，为了一部宋板书，顾广圻想尽各种办法，费了好长时间，终于到手。虽然价格甚高，心里还是甚为满意的，真是达到"痴绝"的程度。

前一个则稍难理解，因为他提出了"凡天下书皆当以不校校之"的说法，这个说法前后似乎有些矛盾。既然是校对，就必须有校对的具体办法，用"不校"的办法进行校对，这是一种什么办法，该如何操作呢？顾广圻精于校雠之学，对此有很深的体会，校对的目的是为了最大可能地还原书籍的原貌，而不是为了改动原书。因此，保持原貌、不妄改字句，看似校对，实则是不校，这才是校对的基本原则，也是一种理想的境界。顾广圻的说法看似矛盾，实则很有思辨性，给人以启发。

卷二

读书之乐

穿壁引光 葛 洪①

匡衡②字稚圭，勤学而无烛。邻舍有烛而不逮③，衡乃穿壁④引其光，以书映光而读之。邑人大姓文不识⑤，家富多书，衡乃与其佣作⑥而不求偿。主人怪⑦，问衡，衡曰："愿得主人书遍读之。"主人感叹，资给⑧以书，遂成大学⑨。

衡能说《诗》⑩，时人为之语曰："无说《诗》，匡鼎来；匡说《诗》，解人颐⑪。"鼎，衡小名也。时人畏服⑫之如是。闻者皆解颐欢笑。衡邑人有言《诗》者，衡从⑬之，与语质疑。邑人挫服，倒屣⑭而去。衡追之，曰："先生留听，更理前论。"邑人曰："穷⑮矣。"遂去不返。

《西京杂记》

【注释】

①葛洪（约281～341）：字稚川，自号抱朴子，东晋丹阳句容（今江苏句容）人。少好神仙导养之法，精通炼丹术及医学。著有《抱朴子》《西京杂记》等。

②匡衡（生卒年不详）：字稚圭，承县（今山东枣庄市东南）人。西汉经学家，以解《诗经》著称。历官光禄勋、御史大夫、丞相。

③逮：到，及。

④穿壁：在墙上打个小孔。

⑤邑人：本地的人。大姓：世家大族。指有势力的人家。文不识：人名，生平事迹不详。
⑥佣作：受雇做工。
⑦怪：以……为怪，对……感到奇怪。
⑧资给：资助。
⑨大学：大学问家。
⑩《诗》：即《诗经》。
⑪解人颐：让人开心、快乐。
⑫畏服：敬畏，折服。
⑬从：跟随，过从。
⑭倒屣：将鞋子穿反，意思是走得慌乱急促。
⑮穷：穷尽，没有话可说。

【赏读】

对于如何读书，前贤不仅有许多至理名言，而且还树立了不少可资学习的典范，比如这篇文章里所讲的匡衡凿壁偷光的故事，这则故事千古传诵，已经成为一个教育青少年的励志故事。

凿壁偷光在今天看起来有些不可思议，但在那个时代完全有可能发生。对于匡衡来说，他要成为大学问家，需要付出比别人更为艰辛的努力，不仅是偷光的问题，他还面临没书可读的窘迫，只好给人家打工，以求读书，这同样不是一般人能做到的。在种种努力的背后，可以看到一颗向上不屈、顽强执着的心。

这种以读书追求知识的行为不是一时的冲动，匡衡成为大学问家之后，仍保持好学的习惯，最后达到让邑人无话可说、仓皇逃跑的程度。这同样非常人所能做到。在凿壁偷光的背后，有许多耐人思考的东西。

贾逵①舌耕② 王 嘉③

贾逵年五岁,明惠过人。其姊韩瑶④之妇,嫁瑶无嗣,而归居⑤焉,亦以贞明⑥见称。闻邻中读书,旦夕抱逵隔篱而听之。逵静听不言,姊以为喜。至年十岁,乃暗诵六经⑦。

姊谓逵曰:"吾家贫困,未尝有教者入门,汝安知天下有三坟、五典⑧而诵无遗句耶?"逵曰:"忆昔姊抱逵于篱间,听邻家读书,今万不遗一。"乃剥庭中桑皮以为牒⑨,或题于扉屏⑩,且诵且记。

期年⑪,经文通遍。于闾里⑫每有观者,称云振古无伦⑬。门徒来学,不远万里,或襁负⑭子孙,舍于门侧,皆口授经文。赠献者积粟盈仓。或云:"贾逵非力耕所得,诵经舌倦,世所谓舌耕也。"

《拾遗记》

【注释】

①贾逵(30~101):字景伯。扶风平陵(今陕西咸阳)人。官至侍中。东汉经学家、天文学家,著有《经传义诂》等。

②舌耕:用舌头来耕种,指以教书授徒为生。

③王嘉(?~约390):字子年,陇西安阳(今甘肃渭源县)人。东晋时期方士。隐居避世,追随者众多。符坚屡次征召不就,

后为姚苌所杀。著有《拾遗记》。

④韩瑶：人名，生平事迹不详。

⑤归居：回娘家居住，指因无子嗣被丈夫休弃。

⑥贞明：贞节，聪慧。

⑦六经：六部儒家经典的合称，即《易》《书》《诗》《礼》《乐》《春秋》。

⑧三坟、五典：传说中上古时期书籍的合称，伏羲、神农、黄帝时期的典籍为"三坟"，少昊、颛顼、高辛、唐、虞时期的典籍为"五典"。

⑨牒：用来写字的树皮、木片。

⑩扉屏：门扇、屏风。

⑪期年：满一年。

⑫闾里：里巷，乡里。

⑬振古无伦：自古以来，无人能比。

⑭襁负：用布带将小孩系在背上。

【赏读】

这篇文章可以和前面的《穿壁引光》一文放在一起对看，都是具有鲜明的励志色彩，它们各讲述了一个传奇故事，一个从贫困人家的孩子到大学问家的人生传奇。

按照文章里的描述，贾逵出身贫寒，没有受过教育，仅靠姐姐抱着自己听邻家读书就记住了六经等基本经典，这一方面可见贾逵天赋之高，另一方面也可看到其条件之艰苦。但就是靠着这种旁听的方式，加上自己的自学，终成一代学问家，远近求教的人络绎不绝，而且还由此解决了温饱问题。

需要说明的是，该文所写故事与史实不符。贾逵实际上是有家学的，他的父亲贾徽曾经跟着著名学者刘歆学习过，贾逵子承父业，经过自己的努力，成为一代学问家。否则，仅靠旁听邻家读书，是无法做到的。

这是一个具有传奇色彩的故事，尽管不合史实，但作者的用意还是好的，具有正面的激励作用。

五柳先生①传 陶渊明②

先生不知何许人也,亦不详其姓字,宅边有五柳树,因以为号焉。闲静少言,不慕荣利。好读书,不求甚解;每有会意,便欣然忘食。性嗜酒,家贫不能常得。亲旧知其如此,或置酒而招之;造饮辄尽③,期④在必醉。既醉而退,曾不吝情⑤去留。环堵萧然⑥,不蔽风日;短褐穿结⑦,箪瓢屡空⑧,晏如⑨也。常著文章自娱,颇示己志。忘怀得失,以此自终⑩。

赞⑪曰:黔娄⑫之妻有言:"不戚戚于贫贱,不汲汲于富贵⑬。"其言兹若人之俦⑭乎?酣觞赋诗,以乐其志,无怀氏⑮之民欤?葛天氏⑯之民欤?

《陶渊明集》

【注释】

①五柳先生:陶渊明的别号。

②陶渊明(365~427):字元亮,后改名潜,字渊明,别号五柳先生。浔阳柴桑(今江西九江)人。东晋末至南朝宋初期的著名诗人。曾任江州祭酒、镇军参军、建威参军、彭泽令等。四十一岁时辞官归隐,过着田园生活。是中国第一位田园诗人。著有《陶渊明集》。

③造饮辄尽:一到亲旧处就把酒喝完。造,到,至。辄,就。

④期:希望,期望。

⑤曾不吝情：一点也不在意。曾不，一点也不。吝情，在意、留意。

⑥环堵萧然：屋无余物，空荡荡的。环堵，屋子的四面墙，指房屋。

⑦短褐穿结：破旧的粗布衣服。短褐，古代贫贱者所穿的粗布衣服。穿结，衣服有破洞，进行过缝补。

⑧箪（dān）瓢屡空：经常缺吃少喝。箪瓢，盛饭食的箪、盛水的瓢，亦借指饮食。屡空，每每是空的。

⑨晏如：安然自得的样子。

⑩以此自终：以这样的生活方式直到终老。

⑪赞：史传后面常附有赞语，对人物事件进行总结和评述。

⑫黔娄：春秋时期的隐士，清贫自守，不愿出仕。

⑬"不戚戚"二句：语出刘向《列女传》："彼先生者，甘天下之淡味，安天下之卑位，不戚戚于贫贱，不忻忻于富贵。求仁而得仁，求义而得义。"这是黔娄妻子对他的评价。戚戚，忧惧、忧伤的样子。汲汲，心情急切的样子。

⑭若人之俦：这个人的同类。若人，此人，这个人。俦，同类、同道。

⑮无怀氏：传说中上古时期的帝王。

⑯葛天氏：传说中上古时期的帝王。

【赏读】

　　这篇文章一般认为是陶渊明个人的自况，表面上说的是来历不明的五柳先生，处处讲的都是他自己，可谓陶渊明人生理想和人格操守的形象写照。

　　值得注意的是其中谈到读书和著述的部分。五柳先生隐居避世，"不慕荣利"，这既是他的人生态度，也是他读书的心态。不为稻粱谋，不从书中牟利，自然会有一种超然、从容的心态，这也是读书的一个理想境界。"不求甚解"四字则值得玩味，因为这个词如今已变成贬义词，指读书不用心，态度浮躁，只了解皮毛而不愿深入领会。细细体会陶渊明所言，显然不是这个意思，这可以从后面的"每有会意，便欣然忘食"一语看出来。可见陶渊明并不是要敷衍了事，他注重的是体会原书作者的旨意，领会作品自身的义理，而不是过分穿凿字句。过分穿凿往往会牵强附会，过度阐释，看起来似乎很认真，实际上会造成对原书的误读和曲解。陶渊明强调读书的闲适状态，这并不等于他认同囫囵吞枣式的草率态度。

读书如此，著述也是如此，目的在"自娱"，在显示"己志"，而不是迎合俗流，没有太高的期待，自然也就不会有太大的失落，正所谓"忘怀得失"，这才是读书人真正应该具有的境界。

奴婢读书 刘义庆①

郑玄②家奴婢皆读书。尝使一婢,不称旨③,将挞④之。方自陈说⑤,玄怒,使人曳著⑥泥中。须臾,复有一婢来,问曰:"胡为乎泥中⑦?"答曰:"薄言往诉,逢彼之怒。⑧"

《世说新语》

【注释】

①刘义庆(403~444):字季伯,彭城(今江苏徐州)人。南北朝文学家。刘宋王朝宗室,袭封临川王。曾任荆州刺史、江州刺史等。著有《世说新语》《幽明录》等。

②郑玄(127~200):字康成,北海高密(今山东高密)人。东汉经学家,博览群书,精通历数、算术、图纬等。

③称旨:符合心意,称心如意。旨,意思,心意。

④挞(tà):鞭打。

⑤陈说:陈述,辩解。

⑥曳著:拉到。曳,拉。

⑦胡为乎泥中:为什么在泥沼中?语出《诗经·邶风·式微》:"式微式微,胡不归?微君之躬,胡为乎泥中?"这里借用《诗经》的语句来询问情况。

⑧薄言往诉,逢彼之怒:打算向他解释,恰好碰到他恼怒。语出《诗经·邶风·柏舟》:"亦有兄弟,不可以据。薄言往诉,逢彼之怒。"这首诗本是写女子倾诉不为丈夫所容的忧苦之情,这里借

以表达对主人的不满。薄言,发语词。

【赏读】
　　郑玄不愧是一个古今少有的大学问家,不仅自己学问渊博,而且就连家里的奴婢们都受到熏陶,能在日常生活的对话中熟练运用《诗经》里的语句,随口拈来,贴切自然,实在令人佩服。其实不只是人,据说就连郑玄家的牛都能触墙成字,白居易曾在《双鹦鹉诗》一诗中写道:"郑玄识字吾常叹,丁鹤能歌尔亦知。"在此句下有条自注:"郑玄家牛触墙成八字。"这更有传奇色彩,虽然是后人的附会,也算是一段佳话。
　　如此一个聪明机敏的丫鬟,如何舍得鞭打,而且还要"使人曳著泥中",这显然有些过分了,即便是不提到性别平等、维护女权的高度,也是让人感觉不舒服的。这固然是一个有关读书的佳话,但细想起来,郑玄之举未免有些煞风景,正如明人王思任所言:"隽奴婢,割舍挞得?"

三上　欧阳修①

　　钱思公②虽生长富贵，而少所嗜好③。在西洛④时，尝语僚属⑤言："平生惟好读书，坐则读经史，卧则读小说，上厕则阅小辞⑥，盖未尝顷刻释卷也。"

　　谢希深⑦亦言："宋公垂同在史院⑧，每走厕⑨必挟书以往，讽诵之声琅然闻于远近，其笃学如此。"余因谓希深曰："余平生所作文章，多在三上，乃马上、枕上、厕上也。"盖惟此尤可以属思尔。

《归田录》

【注释】

①欧阳修（1007~1072）：字永叔，号醉翁，晚年又号六一居士，吉州永丰（今江西吉安）人。天圣八年（1030）进士。官至枢密副使、参知政事。他是北宋诗文革新的领袖，唐宋八大家之一，倡导古文写作、诗文革新。著有《欧阳文忠公文集》。

②钱思公：即钱惟演（977~1034），字希圣，临安（今浙江杭州）人。吴越王钱俶之子。随父降宋，任右神武将军、枢密使、保大军节度使。北宋初期西昆派的代表人物。

③少所嗜好：嗜好不多。

④西洛：洛阳。

⑤僚属：手下的随员。

⑥小辞：指词曲一类的作品文字。

⑦谢希深：谢绛（994～1039），字希深，富阳（今浙江富阳）人。大中祥符八年（1015）进士，历官至朝散大夫、行尚书兵部员外郎。

⑧宋公垂：即宋绶（991～1040），字公垂。史院：史馆。

⑨走厕：上厕所。

【赏读】

　　这段文字虽然不长，却讲了钱惟演、谢绛、欧阳修三个人的读书方法。这三个人具有一个共性，那就是他们虽然在朝中做官，公务繁忙，但都非常喜欢读书，达到手不释卷的程度，充分利用一切可以利用的空闲时间，比如如厕、骑马、睡前。可见时间都是自己挤出来的，不想读书，可以找出一万个借口；想读书，则只需要一个理由就够了，关键在自己，关键在是否自觉。

　　欧阳修将自己写文章的时间概括为"三上"，即"马上、枕上、厕上"，可以说是利用了公务之外的所有时间，可以将"三上"理解为无时无刻。这是一种状态，也是一种精神，一种勤勉笃学的执着精神。欧阳修能成为北宋文坛领袖，成为唐宋八大家之一，并非偶然，正如一首流行歌曲里所说的，没有谁会随随便便成功，信然。

答曾子固①书 王安石②

　　某启：久以疾病不为问③，岂胜乡往④。前书疑子固于读经有所不暇，故语及之。连得书，疑某谓经者佛经也，而教之以佛经之乱俗⑤。某但言读经，则何以别于中国圣人之经⑥？子固读吾书每如此，亦某所以疑子固于读经有所不暇也。

　　然世之不见全经⑦久矣，读经而已，则不足以知经。故某自百家诸子⑧之书，至于《难经》《素问》《本草》⑨诸小说，无所不读；农夫、女工⑩，无所不问，然后于经为能知其大体而无疑。盖后世学者与先王⑪之时异矣，不如是，不足以尽⑫圣人故也。扬雄⑬虽为不好非圣人之书⑭，然而墨、晏、邹、庄、申、韩⑮，亦何所不读？彼致其知⑯而后读，以有所去取，故异学⑰不能乱也。惟其不能乱，故能有所去取者，所以明吾道而已。子固视吾所知，为尚可以异学乱之者乎？非知我也。

　　方今乱俗，不在于佛，乃在于学士大夫沉没利欲，以言相尚⑱，不知自治而已。子固以为何如？

　　苦寒，比日侍奉万福⑲。自爱。

《临川先生文集》

【注释】

　　①曾子固：曾巩（1019~1083），字子固，南丰（今江西抚州

人。北宋散文家、史学家，唐宋八大家之一。

②王安石（1021~1086）：字介甫，号半山，抚州临川（今江西抚州）人。北宋著名思想家、政治家、文学家。因曾被封荆国公，世称王荆公。庆历二年（1042）进士。神宗熙宁年间为相，主持变法，推行新政，晚年辞官，潜心写作。王安石在文学上有很高的成就，为唐宋八大家之一。著有《临川先生文集》等。

③为问：问候。

④岂胜：怎么能够禁得住。乡往：向往。

⑤乱俗：迷惑世人，败坏风俗。

⑥中国圣人之经：指儒家经典。

⑦全经：指经典的全貌。

⑧百家诸子：指先秦至汉初各家流派的著述。

⑨《难经》《素问》《本草》：皆为中国早期的医药著作。

⑩女工：从事手工劳动的女子。

⑪先王：指春秋时期之前的君王。

⑫尽：详细了解。

⑬扬雄（前53~18）：字子云，成都（今四川成都）人。学识渊博，长于辞赋，著有《太玄》《法言》等。

⑭不好非圣人之书：语出扬雄《自序传》："非圣贤之书不好也。"

⑮墨、晏、邹、庄、申、韩：墨指墨翟，墨家创始人，著有《墨子》。晏指晏子，春秋时期齐国大夫，后人搜集其言行，编有《晏子春秋》。邹指邹衍，战国时期齐国人，阴阳家的代表人物，著有《邹子》。庄指庄周，战国时期道家的代表人物，著有《庄子》。申指申不害，战国时期法家代表人物，著有《申子》。韩指韩非子，战国时期法家代表人物，著有《韩非子》。

⑯致其知：获得知识。

⑰异学：异端之学，指儒家以外的其他学说。
⑱以言相尚：以言语相互吹捧。
⑲比日侍奉万福：写信给有父母者的客套语，意思是祝双亲近日健康。

【赏读】

　　这篇文章带有较强的争辩色彩，王安石与曾巩是好朋友，但好朋友不等于他们对所有问题的看法都一致，看法不同，进行辩论也就在所难免。比如在读经问题上，两人就存在分歧，曾巩多次给王安石写信，劝他不要读儒家经典之外的书籍，特别是佛经，他认为佛经会"乱俗"。王安石晚年爱读佛经，对曾巩的这一看法并不赞同，为此写信进行辩解。

　　两人的基本立场有共同之处，那就是都主张阅读儒家经典，分歧在于要不要读儒家经典之外的书籍。王安石辩解的重点也在于此，他认为需要读佛经等书籍，原因也很简单，那就是现在所见到的儒家经典并非原貌，这些经典产生的时间距离现在已很遥远了，因此要真正读懂这些经典，需要了解其他学派的观点，儒家当初也是在和各家竞争中发展成熟的。然后他举了扬雄的例子，扬雄通读诸子百家，并没有被旁门左道迷惑，最终成为一代大儒。可见曾巩的担心是多余的。应该说王安石的反驳还是比较有说服力的。

　　两个人的争论看似要不要读佛经，要不要读儒家经典之外的书籍，实际上也是如何读书的问题，读书当然需要专，但同样也需要博，没有博作为基础的专，往往会失于狭隘和保守。在这一点上，王安石的观点是开明的，也是可取的。

记六一①语　苏　轼

顷岁②，孙莘老识欧阳文忠公③，尝乘间以文字④问之。云："无他术，唯勤读书而多为之，自工。世人患作文字少，又懒读书，每一篇出，即求过人，如此少有至者。疵病⑤不必待人指摘⑥，多作自能见之。"此公以其尝试者告人，故尤有味。

《东坡志林》

【注释】

①六一：欧阳修，晚年号六一居士。

②顷岁：近年。

③孙莘老：孙觉（1028~1090），字莘老。高邮（今江苏高邮）人。皇祐元年（1049）进士。官至御史中丞。欧阳文忠公：欧阳修，谥号文忠，故有此称。

④文字：文章，作文。

⑤疵（cī）病：缺点，毛病。

⑥指摘：批评指正。

【赏读】

欧阳修是当时的文坛领袖，影响很大，向他请教读书、写作方法的人很多，对不同的求教者，他给出的答案也不一样，可谓因材施教。在前文中,他说自己"平生所作文章,多在三上,乃马上、枕上、厕上也",强调的是利用一切可以利用的时间进行写作。这一次,他侧重的则是多读多写。

要想将文章写好,就要多读多练,"唯勤读书而多为之"。读前贤所写的书,不仅增长知识,开阔眼界,而且可以细细揣摩,学习他们的写作方法与技巧。光看书也不行,会养成眼高手低的毛病,一定要多写,写的多了,熟能生巧,不必由别人来挑毛病,自己就能看出问题了,也就是"多作自能见之"。

一代文豪的成功并没有什么秘不示人的秘诀,都是一般人要下的笨功夫。看起来是老生常谈,没有什么传奇色彩,但往往是至理名言,值得细细体会。同样为一代文豪的苏轼对此显然深有体会,他知道这是欧阳修的经验之谈,"以其尝试者告人",所以"尤有味",值得细细体味。

《精骑集》① 序 秦 观②

予少时读书,一见辄能诵,暗疏③之,亦不甚失。然负此自放,喜从滑稽饮者游,旬朔之间④,把卷无几日。故虽有强记之力,而常废于不勤。

比数年来,颇发愤自惩艾,悔前所为;而聪明衰耗,殆不如曩时十一二。每阅一事,必寻绎数终⑤,掩卷茫然,辄复不省⑥,故虽有勤劳之苦,而常废于善忘。

嗟夫!败吾业者,常此二物也。比读《齐史》⑦,见孙搴⑧答邢⑨词曰:"我精骑三千,足敌君羸卒数万⑩。"心善其说,因取经、传、子、史之可为文用者,得若干条,勒为若干卷,题曰《精骑集》云。

噫!少而不勤,无知之何矣。长而善忘,庶几以此补之。

《淮海集》

【注释】

①《精骑集》:秦观所编的一部类书,从各类典籍中选取一些事例。该书今已失传。

②秦观(1049~1100):字少游,又字太虚,号淮海居士,高邮(今江苏高邮)人。元丰八年(1085)进士,历任蔡州教授、国史院编修官等。北宋时期著名词人,是苏轼弟子,为"苏门四学士"

之一，著有《淮海集》。

③疏：默写。

④旬朔之间：十天或一月之内。

⑤寻绎数终：从头到尾翻检多次。

⑥省：记住。

⑦《齐史》：即《北齐书》。

⑧孙搴（生卒年不详）：字彦举，乐安（今山东广饶）人。北朝魏、齐间文人，以文才著称。

⑨邢：即邢邵（496~?），字子才，小字吉，河间鄚（今河北任丘）人。北魏、北齐间文人。

⑩"我精骑"二句：语出《北齐书·孙搴》："搴学浅而行薄，邢邵尝谓之曰：'更须读书。'搴曰：'我精骑三千，足敌君赢卒数万。'"

【赏读】

秦观在这篇文章中谈的虽然是《精骑集》一书的编撰动机及经过，实际上说的是自己以往读书的惨痛教训，用他本人的话说，就是"败吾业者，常此二物也"。这"二物"，一个是"不勤"，一个是"善忘"。尽管他早年有过目不忘的过人天分，但十天半月手不把卷，再强的记忆力也发挥不了作用，正所谓"业精于勤而荒于嬉"。由不勤也带来第二个问题，那就是善忘。善忘固然跟年龄有关，但也是不勤带来的恶果，年轻时勤奋用功，善忘的问题也不至于太严重。

年轻时的不勤已然过去，时光不能倒流，没有什么办法可以挽回。但善忘则是可以弥补的，俗话说"勤能补拙"，作者编撰《精骑集》之举就是一个具体的行动。秦观以身说法，把自己读书失败的教训与读者分享，以作警示，也以《精骑集》的编撰为后人树立了一个良好的典范。

与王子予①书 黄庭坚②

比来③不审读书何似？想以道义敌纷华之兵④，战胜久矣。古人有言："并敌一向，千里杀将⑤。"要须心地收汗马之功，读书乃有味⑥；弃书策⑦而游息，书味犹在胸中，久之乃见古人用心处。如此则尽心于一两书，其余如破竹节，皆迎刃而解也。

古人尝喻植杨⑧。盖杨，天下易生之木也，纵植之而生，横植之而生。一人植之，一人拔之，虽千日之功皆弃。此最善喻。顾衰老终无益于高明，子予以谓如何？

《黄庭坚全集》

【注释】

①王子予：王雱，字子予，是黄庭坚弟子。

②黄庭坚（1045~1105）：字鲁直，号山谷道人，又称豫章先生，洪州分宁（今江西修水）人。北宋著名文学家、书法家。英宗治平四年（1067）进士，历官校书郎、著作佐郎等。为"苏门四学士"之一，创立江西诗派。

③比来：近来。

④以道义敌纷华之兵：以道义克服了读书过程中的私心杂念。

⑤"并敌"二句：语出《孙子·九地篇》，意思是集中兵力，可以将千里之外的敌将杀死。这里指专心致志，就能克服种种困难。

⑥"要须"二句：读书要用心刻苦，才能有真正的收获。
⑦书策：书册。
⑧古人尝喻植杨：此处指的是《战国策·魏策》所载事："惠子曰：'……今夫杨，横树之则生，倒树之则生，折而树之又生。然使十人树杨，一人拔之，则无生杨矣。'"

【赏读】

  这是黄庭坚写给弟子王霁的一封信，主要对其读书给予指导。书信的篇幅不长，却道出了三个在读书过程中值得注意的重要问题：

  一是要集中精力，专心致志。只有刻苦用功，专心致志，排除生活中的一切杂念，才能真正领会作者的用意，领会书中的佳处。否则只能是走马观花，浮于表面，收获不大。

  二是在刻苦用心的前提下，要先在较为经典、具有代表性的一两部书上下功夫，读深读透。俗话说，贪多嚼不烂。有了这个基础和经验，然后再去读别的书，其中的问题自然是势如破竹，迎刃而解。

  三是贵在坚持。作者举古人植杨的例子，意在说明读书要持之以恒，不能半途而废。杨树虽然很容易栽种成活，但即便如此，十个人栽种，只要一个人去拔，杨树就长不起来。读书也是如此，正如前文秦观所讲的，尽管自己有过目成诵的本领，但长时间不看书，再好的记忆力也发挥不出来。

  上面所讲三点，可以说是肺腑之言，也是黄庭坚本人读书的经验之谈，很有启发意义。

司马温公①读书法 费 衮②

司马温公独乐园③之读书堂，文史万余卷，而公晨夕所常阅者，虽累数十年，皆新若手未触者。

尝谓其子公休④曰："贾竖⑤藏货贝，儒家⑥惟此耳，然当知宝惜⑦。吾每岁以上伏及重阳间，视天气晴明日，即设几案于当日所，侧群书其上，以曝其脑⑧，所以年月虽深，终不损动。至于启卷，必先视几案洁净，藉以茵褥⑨，然后端坐看之。或欲行看，即承以方版，未尝敢空手捧之，非惟手汗渍及，亦虑触动其脑。每至看竟一版⑩，即侧右手大指面，衬其沿而覆，以次指面捻而挟过，故得不至揉熟⑪其纸。每见汝辈多以指爪撮起，甚非吾意。今浮屠、老氏⑫犹知尊敬其书，岂以吾儒反不如乎？当宜志之。"

《梁溪漫志》

【注释】

①司马温公：司马光（1019~1086），字君实，号迂叟，世称涑水先生。去世后追赠温国公，故称司马温公。陕州夏县（今属山西）人。北宋政治家、史学家、文学家。宝元元年（1038）进士。官至龙图阁直学士。主持编写《资治通鉴》，著有《稽古录》《司马文正公集》等。

②费衮(生卒年不详):字补之,南宋常州无锡(今属江苏无锡)人,约宋光宗绍熙年间在世,著有《梁溪漫志》等。

③独乐园:司马光在洛阳所建的庭园。

④公休:司马康(1050~1090),字公休,司马光之子。熙宁三年(1070)进士,历官秘书省正字、校书郎、著作佐郎等。

⑤贾竖:古代对商人的蔑称。

⑥儒家:这里泛指读书人。

⑦宝惜:珍惜,爱惜。

⑧脑:书脑,即书脊,书籍装订时打眼穿线的地方。

⑨藉以茵褥:用垫子垫好。藉,垫。

⑩一版:一页。

⑪揉熟:搓烂。

⑫浮屠、老氏:这里泛指佛教徒、道教徒。

【赏读】

这段文字是一则家训,司马光以身作则,告诉儿子司马康应该如何读书。与一般家训不同的是,司马光没有强调读书的重要性,没有讲要读哪些书,也没有谈读书的方法,想必这些此前都已经讲过,而且讲过多次了。他只讲了一件事,那就是如何珍惜书籍本身,有哪些具体方法。司马光家里藏有上万卷书,那些经常读的书,看了几十年,仍然像新的一样,这确实很神奇。司马光是如何做到这样的呢?

他讲了三个需要注意的问题:一是要在夏秋清朗之日晒书,保持书籍的干净整洁,以免受潮;二是在看书时要格外小心,防止汗水侵蚀,防止书籍受损;三是在翻书时也要得法,避免揉烂书页。他对儿子等人随意拿书乱翻的行为是不满意的,特意提出批评,希望他们能记住。

也许在一些人看来，司马光此举有些过分，一般认为书籍更重要的是看其内容而不是珍藏。这实际上是一种误解，从司马光对书籍如此珍惜的态度不难想象他对内容的重视。更为重要的是，从这种小心翼翼的态度中，可见他对读书的一种敬畏和慎重。具体如何保护书籍，也许不同的人会采取不同的方式，但对书籍的这种敬畏态度则是每个人都要有的，不管是大儒还是一般的读书人。

东坡抄《汉书》　　陈　鹄[①]

朱司农载上[②]尝分教黄冈，时东坡谪居黄[③]，未识司农公。客有诵公之诗云："官闲无一事，蝴蝶飞上阶。"东坡愕然曰："何人所作？"客以公对，东坡称赏再三，以为深得幽雅之趣。

异日，公往见，遂为知己。自此，时获登门。偶一日，谒至，典谒[④]已通名，而东坡移时不出。欲留，则伺候[⑤]颇倦；欲去，则业已达姓名。如是者久之，东坡始出，愧谢[⑥]久候之意。且云："适了些日课[⑦]，失于探知[⑧]。"

坐定，他语毕，公请曰："适来先生所谓'日课'者何？"对云："抄《汉书》[⑨]。"公曰："以先生天才，开卷一览可终身不忘，何用手抄耶？"东坡曰："不然。某读《汉书》，至此凡三经手抄矣。初则一段事抄三字为题，次则两字，今则一字。"公离席[⑩]，复请曰："不知先生所抄之书肯幸教否？"东坡乃令老兵就书几上取一册至。公视之，皆不解其义。东坡云："足下试举题一字。"公如其言，东坡应声辄诵数百言，无一字差缺。凡数挑，皆然。公降叹[⑪]良久，曰："先生真谪仙才[⑫]也！"

他日，以语其子新仲[⑬]曰："东坡尚如此，中人之性[⑭]，可不勤读书耶？"新仲尝以是诲其子辂。

　　　　　　　　　　　　　　《西塘集耆旧续闻》

【注释】

①陈鹄（生卒年不详）：字西塘，北宋南阳（今河南南阳）人。生平事迹不详，著有《西塘集耆旧续闻》。

②朱司农载上：朱载上（生卒年不详），北宋舒州（今安徽潜山）人。元丰间，曾为黄州教授。司农，掌管钱粮田赋的官。

③谪居黄：宋神宗元丰二年（1079），苏轼因反对新法被捕入狱，随后被贬为黄州团练副使。

④典谒：负责接待客人、通报姓名的人员。

⑤伺候：等候，守候。

⑥愧谢：表示歉意，致歉。

⑦了些日课：做些每日都要做的课业。

⑧探知：打听，打探。

⑨《汉书》：史书名，东汉班固撰。

⑩离席：从座位上站起来，表示肃然起敬。

⑪降叹：心悦诚服地赞叹。

⑫谪仙才：谪降到人间的神仙之才。这是极力赞誉苏轼才学超群。

⑬新仲：朱载上的儿子朱翌（1097~1167），字新仲，自号潜山居士、省事老人。历官溧水县主簿、起居舍人、中书舍人、秘阁修撰等。著有《潜山集》等。

⑭中人之性：天资秉性一般。

【赏读】

聪明人也要下笨功夫，这是这篇文字给人留下的深刻印象。苏轼一代英才，禀赋超人，具有过目成诵的本领，但他并没有因此而懈怠，反倒比一般人更为用功。他用功的方式看起来没什么新奇，甚至很笨，那就是抄书。正如民间流传的一句俗语：好记性不如烂笔头。一部《汉书》，被苏轼抄了多遍，以至于达到随便提一个字就能背诵的程度。读书读到这个份上，实在是令人钦佩。苏轼在当时享有盛名，并非偶然。

可见无论禀性再好，无论怎么强调读书方法，那些基本的苦功夫还是要下的，投机取巧、哗众取宠是学不到真本事的。朱载上亲眼见证了苏轼创造的奇迹，他把自己的感悟告诉了儿子朱翌，像苏轼这样的天才都如此努力，我们这样的中人之资者自然更应该勤奋读书。朱翌又把这个道理讲给自己的儿子朱辂，他们将苏轼抄书以读书的精神变成了朱氏的优良家风。

答吕子约[①] 朱 熹[②]

示谕缕缕[③],备见笃学力行之意[④]。然未免较计务获[⑤]之病。著此意思[⑥],横在方寸间[⑦],日夕纷扰,非所以进于日新[⑧]也。

所读书亦太多,如人大病在床,而众医杂进,百药交下[⑨],决无见效之理。不若尽力一书,令其反复通透,而复易一书之为愈[⑩]。盖不惟专力易见功夫。且是心定不杂,于涵养[⑪]之功亦有助也。

又谓不欲但为闻见之知[⑫],此固当然。闻见之知,要[⑬]非易事,诚未可轻厌而躐等也[⑭]。

《朱文公文集》

【注释】

①吕子约:吕祖俭(？~1196),字子约,自号大愚叟。金华(今浙江金华)人。历官司农簿、台州通判、太府寺丞。为朱熹好友。

②朱熹(1130~1200):字元晦,号晦庵,别号紫阳。婺源(今江西婺源)人,绍兴十八年(1148)进士,曾任秘阁修撰、焕章阁待制等。他是程颐三传弟子李侗的学生,集理学之大成,世称"程朱"理学。南宋著名理学家、思想家、哲学家、诗人。著有《四书章句集注》《周易本义》《楚辞集注》《晦庵先生朱文公文集》《朱

子语类》等。

③示谕：告知，指对方书信所写内容。缕缕：详尽。

④笃学：专心学习。力行：努力实践。

⑤较计务获：贪多求全。较计，计较。务获，求全。

⑥著：怀着。意思：念头，想法。

⑦方寸间：心里，心头。方寸，指内心。

⑧日新：每天更新，每天进步。语出《礼记·大学》："汤之盘铭曰：'苟日新，日日新，又日新。'"

⑨交下：交错并用。

⑩愈：更好。

⑪涵养：修身养性。

⑫闻见之知：对人或事只停留在听到、看到的表面阶段，即理解未深的意思。

⑬要：总，总归。

⑭轻厌：轻视，忽略。躐（liè）等：超越等级，这里有忽视、轻视之意。

【赏读】

用心读书，这是优秀学者的共同特点，但每个人的具体情况不同，所得也并不一样。朱熹给好友吕祖俭的这封书信就谈及这一问题。

吕祖俭有"笃学力行"之意，颇为用功，但方法不当，走进了一些误区，收获并不大。朱熹看到了这一点，及时提醒老朋友。这些误区有如下几个：

第一个误区是"较计务获之病"。贪多求全，患得患失，内心急躁，结果成为杂念，对读书形成干扰。读书是有目的的，但不能变成强烈的功利心，否则事倍功半。

第二个误区是读书太多。朱熹这里所说的读书太多与通常提倡的博览群书不同。博览群书应该建立在有一定积累的基础上，而不能是零起点。如果缺少足够的判断力，读书求多求杂，反倒适得其反。不如先选一部书尽力读精读透，融会贯通之后，再去读别的书。

第三个误区是忽视闻见之知。一个人的见识固然不能局限于闻见之知，但这是一个基础，没有基本的闻见之知，就变成不切实际，好高骛远了。

总之，朱熹规劝老朋友，读书要平心静气，慢慢来，这既是读书的基本方法，也是为人处世的涵养功夫。

读书声 周密①

　　昔有以诗投东坡者,朗诵之而请曰:"此诗有分数否?"坡曰:"十分。"其人大喜。坡徐曰:"三分诗,七分读耳。"此虽一时戏语,然涪翁②所谓"南窗读书吾伊声"③,盖善读书者,其声正自可听耳。

　　王沔④字楚望,端拱⑤初,参大政。上每试举人,多令沔读试卷。沔素善读,纵文格⑥下者,能抑扬高下,迎其辞而读之,听者忘厌。凡经读者,每在高选。举子凡纳卷者,必祝之曰:"得王楚望读之,幸也。"若然,则善于读者,不为无助焉。

《齐东野语》

【注释】

　　①周密(1232~约1298):字公谨,号草窗,又号四水潜夫。南宋词人、文学家。济南(今山东济南)人。曾任义乌县令。入元后隐居不仕。著有《齐东野语》《武林旧事》《癸辛杂识》《志雅堂杂钞》等。

　　②涪翁:黄庭坚,号涪翁。

　　③南窗读书吾伊声:语出黄庭坚《考试局与孙元忠博士竹间对窗夜闻元忠诵书声调悲壮戏作竹枝歌三章和之》之一:"南窗读书声吾伊,北窗见月歌竹枝。"

④王沔（miǎn）（950~992）：字楚望，齐州（今山东济南）人。太平兴国元年（976）进士，历任大理评事、著作郎、右拾遗、参知政事等。

⑤端拱：宋太宗年号，即公元988年至989年。

⑥文格：文章品格。

【赏读】

读书可以静默地浏览领会，也可以是发出声音的诵读，后者似乎更便于记忆。古人常用"琅琅"一词来描绘读书的声音，可见他们是主张读书要发出声音来的。诵读不仅有助于记忆，其自身也是一门艺术。更为重要的是，诵读可以增加作品的感染力，本文讲的就是这件事。

文章写得很风趣，那位向苏轼投诗请教者竟然得到了十分的评价，自然是十分欣喜。谁知道苏轼后面还有解释："三分诗，七分读。"先扬后抑，产生了戏剧效果。那人听后应该是比较失望吧，从十分到三分，落差实在太大，人们也多将此事作为一件笑谈。但作者则从中领会到朗读的重要性："善读书者，其声正自可听耳。"这的确值得注意。

向苏轼投诗不过是想获得这位文豪的肯定，得到的是一种精神上的安慰。而文章能否被王沔读一遍，则关乎作者的命运，这可就是一件大事了。王沔可谓一位朗诵奇才，不仅好文章读得不同凡响，就连那些"文格下者"，都"能抑扬高下，迎其辞而读之"，达到"听者忘厌"的神奇效果，难怪那些士子们都盼望自己的文章被王沔读到。读到这种境界，真是古今少有。可见读书领会原书的内容旨意固然重要，读书本身也是一门艺术，需要天赋和功夫的。

竟日观书　张居正①

宋史纪②：太宗③勤于读书，自巳至申④，然后释卷。诏史馆修《太平御览》⑤一千卷，日进三卷。宋琪⑥以劳瘁为谏。帝曰："开卷有益，不为劳也。朕欲周岁读遍是书耳。"每暇日，则问侍读吕文仲⑦以经义，侍书王著⑧以笔法，葛湍⑨以字学。

解：宋史上记，太宗勤于读书，每日从巳时看书起，直到申时，然后放下书卷。诏史馆儒臣，采辑古今事迹，纂修成一书，叫做《太平御览》，共有一千卷。每日进三卷。太宗观览，日日如此。其臣宋琪以看书勤苦，恐劳圣体为劝。太宗说："天下古今义理，尽载书卷中，但开卷观看，就使人启发聪明，增长识见，极有进益。虽每日读书，自是心里喜好，不为劳苦也。朕要一年之内，读完这一千卷书，故须一日三卷，乃可读完耳。"每遇闲暇无事日还不肯错过，就召翰林侍读吕文仲，问他以经书上的义理，召侍书王著，问他以写字的笔法，召葛湍问他以字学训解。

夫自古圣人虽聪明出于天赋，莫不资学问以成德。盖古今治乱兴衰，天下民情物理，必博观经史，乃可周知；必勤于访问，乃能通晓。故明君以务学为急，正为此也。观宋太宗勤学好问,不以为劳。若此,其能为太平令主⑩,而弘开文运之盛,有由然哉!

《帝鉴图说》

【注释】

①张居正(1525~1582):字叔大,号太岳,江陵(今湖北荆州市荆州区)人。明朝中后期政治家、改革家。嘉靖二十六年(1547)进士,官至内阁首辅。当政期间,进行改革,推出一系列新政。

②宋史纪:以下这段话出自《续资治通鉴长编》卷二十四,亦见于《宋朝事实类苑》。

③太宗:即宋太宗(939~997),初名匡义,后赐名光义,即位后改名炅。宋太祖赵匡胤之弟。976年至997年在位,在位期间,命大臣编纂《太平御览》《太平广记》等大型类书。

④自巳至申:从巳时到申时,大致相当于上午九点到下午五点。

⑤《太平御览》:北宋初年所编的一部大型类书,初名《太平总类》,又称《太平类编》《太平编类》。

⑥宋琪(917~996):字叔宝,范阳蓟(今北京大兴)人。历官太子洗马、右谏议大夫、右仆射等。

⑦吕文仲(?~1007):字子臧,歙州新安(今安徽祁门)人。历官少府监丞、御史中丞、翰林侍读学士、刑部侍郎。曾参加《太平御览》《太平广记》《文苑英华》的撰修。

⑧王著(?~990):字知微。京兆渭南(今属陕西)人,后徙居成都(今四川成都)。历官著作郎、翰林侍书。工书法。

⑨葛湍:江东人,工书法,擅篆书,生平事迹不详。

⑩令主:贤明的君主。

【赏读】

前面各文谈读书者，多是父亲讲给儿子、老师讲给学生，或是朋友之间相互交流。这篇文章则不然，它是大臣张居正写给年幼的万历皇帝的。

皇帝所学的内容看起来有些神秘，其实和普通人差不多，也都要强调读书的重要性，勤于读书，不过举的例子多是皇帝而已。这个例子倒也比较恰切，是宋太宗开卷有益的掌故。这个故事流传久远，不仅可以从中学习读书方法，就是作为基本的历史知识，也是应该掌握的。

在讲完这个掌故之后，张居正有针对性地对万历皇帝进行指导。他指出，皇帝固然"聪明出于天赋"，但"莫不资学问以成德"，无论是"古今治乱兴衰"，还是"天下民情物理"，都要博览群书、勤于访问之后才能通晓，因此要像宋太宗那样好学不倦，勤于读书，才能成为一个贤明的太平君主，才能"弘开文运之盛"。这才是张居正这番言论的目的。道理讲得固然不错，可惜这位万历皇帝并没有听进去，大明王朝的灭亡如果追究责任的话，他也是有份的。

诸生①论读书 卢维祯②

圣贤书只是一个理，读圣贤书亦只是了悟此一个理耳。世人喜立门户，然何尝不从旧本掀翻出来，勘破千门万户，总无二理，始可与言读书。若徒标立玄奇③，分拆字义，而于圣贤所谓一者，则迷然罔悟④，几何不为彼所瞽簧⑤乎？愿诸生有味乎吾言之也！何但⑥诸子百家，浑融贯串，即阴符道德、释典丹经⑦，曲鬯旁通⑧，一一皆可寓目矣。

余近作《重修明伦堂记》，友人读曰："此与虞伯生⑨记舒城明伦堂，若出一辙。"余素不读元文字，去伯生三百年余，而记与之合，诸生故当作如是读也。

《醒后集》

【注释】

①诸生：秀才。

②卢维祯（1543~1610）：字司典，号瑞峰，别号水竹居士。漳浦（今福建漳浦）人。隆庆三年（1569）进士。历官太常寺博士、户部侍郎。工诗善文，颇有声誉。著有《醒后集》等。

③标立玄奇：标新立异。

④迷然罔悟：茫然没有觉悟。

⑤瞽簧：迷惑，蒙骗。

⑥何但：岂止。

⑦阴符道德、释典丹经：这里泛指道教、佛教等儒家之外的典籍。

⑧曲畅（chàng）旁通：触类旁通。畅，通畅。

⑨虞伯生：虞集（1272~1348），字伯生，号道园，人称邵庵先生，仁寿（今四川仁寿）人。元代著名学者、诗人。官至奎章阁侍书学士。写有《舒城县学明伦堂记》一文。

【赏读】

这是作者与本地秀才在谈读书体会，语言直率简洁，快人快语，接近口语，由此可见其坦荡的性格。温故而知新，这是作者强调的一个核心。他告诫这些年轻人，刚开始读书，先不要急于自立门户，标新立异，否则难以领悟前贤的用意，徒增困惑。应该大量阅读前贤的著作，在此基础上，再去阅读道家、佛家的书籍，融会贯通，才能形成自己的看法。读书读出新意，这是很多人追求的目标，但新建立在旧的基础上，没有扎实的基础，所谓的新不过是胡言乱语而已。

最后作者以身说法，他所写《重修明伦堂记》一文，友人认为与元人虞集的《舒城县学明伦堂记》如出一辙，两文有暗合之处。作者几乎不读元人的文字，而能产生英雄所见略同的效果，这让他感到很得意，认为这是自己读书触类旁通的结果，希望诸生也能像自己这样读书。这番话还是比较有说服力的。

《文选纂注》[1] 江盈科[2]

吴中张伯起[3]刻有《文选纂注》，持送一士夫[4]。士夫览其题目，乃曰："既云文选，何故有诗？"伯起曰："这是昭明太子[5]做的，不干我事。"士夫曰："昭明太子安在？"伯起曰："已死。"士夫曰："既死，不必究他。"伯起曰："便不死，也难究他。"士夫曰："何故？"伯起答曰："他读的书多。"士夫默然。

《雪涛谈丛》

【注释】

[1]《文选纂注》：明代张凤翼编撰的一部研究《文选》的著作，杂采诸家诠释《文选》之说，故曰纂注。

[2] 江盈科（1553~1605）：字进之，号渌萝山人。桃源（今湖南桃源）人。万历二十年（1592）进士，历任翰林院编修、长洲县令、大理寺正、户部员外郎等。为明朝晚期公安派主要成员之一，著有《雪涛阁集》等。

[3] 张伯起：张凤翼（1527~1613），字伯起，号灵墟，别署冷然居士。长洲（今江苏苏州）人。嘉靖四十三年（1564）举人。擅长剧曲创作，著有《红拂记》《虎符记》《祝发记》《灌园记》《窃符记》等，另有《处实堂集》传世。

[4] 士夫：士大夫。

⑤昭明太子：萧统（501~531），字德施。南朝梁武帝长子，天监元年被立为太子。未即帝位而卒，谥昭明，世称昭明太子。曾编选先秦至南朝梁的诗文为《文选》，这是现存最早的一部诗文总集。

【赏读】

前贤多次强调读书要下苦功夫，要博览群书，看起来是老生常谈，实则是至理名言，颠扑不破。读书方法尽管很多，但有一点是不会改变的，那就是书要看过之后才有发言权。不懂装懂，望文生义，就会闹笑话。

文中这位既然称"士夫"，自然也是一个读书人，像《文选》这样的书应该读过才是，至少应该翻过一翻的，他显然没有下过这个功夫，甚至连昭明太子其人都不知道，可见其孤陋和狭隘。不知道也就算了，偏偏要发高论，显示自己有学问。既然叫《文选》，里面竟然有诗，自以为这下算是挑到毛病了，可以乘机卖弄一下，显示自己的高明，没想到恰恰暴露了自己的无知，越说越离谱。最后被张凤翼揭穿，闹个大红脸，这才闭嘴。

看起来是个笑话，笑过之后却要深思。在现实生活中，这样望文生义、乱发高论的事情并不少见。王士禛在《香祖笔记》一书中也记载了一个类似的故事，题目是《进士不读〈史记〉》，引录如下，可发一笑："宋荔裳方伯在塾读书时，有岸然而来者，则一老甲榜也。问小儿读何书？以《史记》对。问：'何人所作？'曰：'太史公。'问：'太史公是何科进士？'曰：'汉太史，非今进士也。'遂取书阅之，不数行辄弃去，曰：'亦不见佳，读之何益？'乃昂然而出。"

与李龙湖① 袁宏道②

小修帖来③,知翁在栖霞④,彼中有何人士可与语者?生⑤在此甚闲适,得一意观书,学⑥中又有廿一史及古人文集可读,穷官不须借书,尤是快事。

近日最得意,无如批点欧、苏⑦二公文集。欧公文之佳无论,其诗如倾江倒海,直欲伯仲少陵⑧,宇宙间自有此一种奇观,但恨今人为先入恶诗⑨所障难,不能虚心尽读耳。苏公诗高古不如老杜⑩,而超脱变怪过之,有天地来,一人而已。

仆尝谓六朝无诗,陶公⑪有诗趣,谢公⑫有诗料,余子⑬碌碌,无足观者。至李、杜⑭,而诗道始大,韩、柳、元、白、欧⑮,诗之圣也;苏,诗之神也。彼谓宋不如唐者,观场之见⑯耳,岂真知诗为何物哉。

《袁中郎全集》

【注释】

①李龙湖:即李贽(1527~1602),号卓吾,又号宏甫,别号温陵居士。泉州晋江(今福建泉州)人。嘉靖三十一年(1552)举人,历官辉县教谕、姚安知府,后辞官,专事讲学、著述。后被陷害下狱而自尽。著有《藏书》《续藏书》《焚书》《续焚书》《史纲评要》《李温陵集》等。因其曾居住湖北麻城龙湖,故称。

②袁宏道（1568～1610）：字中郎，又字无学，号石公。公安（今湖北公安）人。万历二十年（1592）进士，历官吴县知县、顺天府教授、礼部主事、吏部郎中等。与其兄袁宗道、其弟袁中道皆以文学见长，时称"三袁"。兄弟三人反对刻意复古，提倡"独抒性灵，不拘格套"，在当时影响较大，被人称作"公安派"。著有《袁中郎全集》。

③小修：袁中道（1570～1623），字小修。袁宏道之弟。帖：书帖，书信。

④翁：指李贽。栖霞：南京栖霞山。万历二十六年（1598）焦竑迎李贽至南京，在栖霞山筑室供其居住。

⑤生：学生，自称谦辞。

⑥学：顺天府学，时袁宏道为顺天府学教授。

⑦欧、苏：欧阳修、苏轼。

⑧伯仲：不相上下，差别极小。少陵：杜甫，号少陵野老。

⑨先入恶诗：指复古派推许的那些令人产生先入之见的诗作。

⑩老杜：古人一般称杜甫为老杜，杜牧为小杜。

⑪陶公：陶渊明。

⑫谢公：谢灵运。

⑬余子：其余的人。

⑭李、杜：李白、杜甫。

⑮韩：韩愈。柳：柳宗元。元：元稹。白：白居易。欧：欧阳修。

⑯观场之见：没有自己的见解，随声附和。观场，矮子观场的省称。

【赏读】

读书固然要旁收博采，但也不能为前人、时人的成见所束缚，要有自己独立的思考和判断，这才算是会读书。袁宏道生活的时代，复古思潮盛行，以前、后七子为代表的文坛领袖提出文必秦汉、诗必盛唐，这一思想影响深远，响应者众多，成为当时文坛的主流。秦汉、盛唐都是文学史上的黄金时代，名家辈出，佳作纷呈，值得学习，这是毫无疑问的，但如果将学习的对象仅仅局限在这两个历史时期，显然失之狭隘，对其他时代作家作品的评价也是不公平的。

袁宏道在给李贽的这封信里，以自己切身的阅读体会，对复古派的观点进行批驳。他认为欧阳修虽然是宋代人，但其诗与杜甫不分上下；苏轼也是宋代人，其诗作与杜甫各有所长。之所以这样对比，并不是刻意贬低杜甫，而是意在说明宋代也有好诗，诗不必盛唐，也可以是北宋。那些认为"宋不如唐者"，不过是"观场之见"，是不知"诗为何物"，话说得毫不客气。

袁宏道对诸位诗人的评价未必十分精准，带有一点夸饰成分，但其所讲的道理则是站得住的，对复古派的批评也是一针见血，点到了其要害之处。如此读书，才能读出新意，读出味道。

答王以明① 袁宏道

近日始学读书,尽心观欧九、老苏、曾子固、陈同甫、陆务观②诸公文集,每读一遍,心悸口呿③,自以为未尝识字。然性不耐静,读未终帙④,已呼羸马⑤,促诸年少出游。或逢佳山水,耽玩竟日。

归而自责,顽钝如此,当何所成?乃以一婢自监⑥,读书稍倦,令得呵责,或提其耳,或敲其头,或擦其鼻,须快醒乃止。婢不如命者,罚治之。

习久,渐惯苦读,古人微意⑦,或有一二悟解处,辄叫号跳跃,如渴鹿之奔泉也。曹公曰:"老而好学,惟吾与袁伯业。"⑧当知读书亦是难事。

求之于今,若老秃、去华、弱侯⑨其人也。去华《易解》⑩已脱三稿,而求精不已。生精神散缓,甚仗此老为药石⑪,毕竟旧习难除也。

《袁中郎全集》

【注释】

①王以明(生卒年不详):名辂,字以明。明代公安(湖北公安)人。曾任凤翔通判,后辞官归隐。精通禅学、性命之学,和李贽等人有交往。袁宏道曾向其问学。

②欧九：欧阳修，因其排行第九，故称。老苏：苏洵，号老泉，苏轼、苏辙之父，父子三人并称"三苏"。曾子固：曾巩，字子固。陈同甫：陈亮，字同甫。陆务观：陆游，字务观。

③心悸口呿（qū）：形容读书受到震撼的样子。心悸，心跳。口呿，嘴张开。

④终帙：终卷，读完。帙，书的封套。

⑤羸（léi）马：瘦马。羸，瘦弱。

⑥自监：对自己进行监督。

⑦微意：精深微妙的意旨。

⑧"曹公曰"句：语出《三国志·魏书·武帝纪》注引之《英雄纪》："太祖称：'长大而能勤学者，惟吾与袁伯业耳。'"曹公，曹操。袁伯业，袁遗，字伯业，袁绍从兄，曾为山阳太守、扬州刺史。

⑨老秃：李贽，晚年削发为僧，自号秃翁。去华：潘士藻，字去华，号雪松。弱侯：焦竑，字弱侯。三人皆为袁宏道师友。

⑩《易解》：《洗心斋读易述》，潘士藻解读《易经》的著作。

⑪药石：治病的药物和砭石，这里泛指药物。

【赏读】

　　袁宏道写给老师王以明的这封书信用语比较俏皮诙谐，表面上看起来轻松，但所讲的问题则是严肃认真的。起初阅读欧阳修、苏洵等人的文集时，作者感到很震撼。但很快遇到问题，那就是"性不耐静"，难以做到持之以恒。书还没有读完，就和年轻人一起出去游山玩水。

　　好在作者还是愿意向学的，游玩回来感到自责，便想办法予以克服。他所采用的办法也很别致，那就是让婢女监督自己。这看起来有些矫情可笑，不靠自觉而强迫婢女惩戒自己，说起来也挺难为那位姑娘的。不管用什么办法吧,还挺有效。这样总算是进入并习惯了苦读状态,逐渐体会到古书中的微妙精意,也尝到读书的快乐。通过这一过程,作者感悟到"读书亦是难事"。

幸运的是作者有几位喜爱读书的师友,尽管自己"旧习难除",有一些缺点,但有他们做榜样,也可以时常提醒、激励自己。不管如何读书,都是需要持之以恒,至于具体办法,则要根据个人情况而定,不见得都要依靠别人。

文漪堂①记 袁宏道

余既僦居②东直房，洁其厅右小室读书，而以徐文长所书"文漪堂"三字扁其上③。或曰："会稽④，水乡也，今京师嚣尘张天⑤，白日茫昧⑥，而此堂中无尺波一沼之积⑦，何取于涟漪而目之⑧？"

居士⑨笑曰："是未既水之实⑩者也。夫天下之物，莫文⑪于水，突然而趋，忽然而折，天回云昏，顷刻不知其几千里。细则为罗縠⑫，旋则为虎眼⑬，注则为天绅⑭，立则为岳玉⑮；矫⑯而为龙，喷而为雾，吸而为风，怒而为霆；疾徐舒蹙⑰，奔跃万状。故天下之至奇至变者，水也。

"夫余水国人也。少焉习于水，犹水之⑱也。已而涉洞庭，渡淮海，绝震泽⑲，放舟严滩⑳，探奇五泄㉑，极江海之奇观，尽大小之变态㉒，而后见天下之水，无非文者。

"既官京师，闭门构思，胸中浩浩，若有所触。前日所见澎湃之势，渊洄沦涟之象㉓，忽然现前。然后取迁、固、甫、白、愈、修、洵、轼㉔诸公之编而读之，而水之变怪，无不毕陈于前者。或束而为峡，或回而为澜，或鸣而为泉，或放而为海，或狂而为瀑，或汇而为泽，蜿蜒曲折，无之非水。故余所见之文，皆水也。

"今夫山高低秀冶，非不文也，而高者不能为卑，顽者不能为媚，是为死物㉕。水则不然。故文心与水机，一种而异形者也。夫余之堂中，所见无非水者。江海日交于睫前，而子不知，子则陋矣，余堂何病焉？"

《袁中郎全集》

【注释】

①文漪堂：袁宏道居官北京时期寓所的书房。
②僦（jiù）居：租房居住。
③徐文长：徐渭（1521~1593），字文清、文长，号天池山人、青藤道士、田水月。山阴（今浙江绍兴）人。屡试不第，为胡宗宪幕府书记，协赞军事。精于诗文书画，著有《徐文长全集》《南词叙录》《四声猿》等。扁：同"匾"，这里用作动词，制成匾额。
④会稽：今浙江绍兴。
⑤嚣尘张天：喧闹嘈杂，尘土飞扬。
⑥茫昧：昏暗，幽暗。
⑦尺波：微波。沼：水池。积：积存。
⑧涟漪：水面上细小的波纹。目：看作，题作。
⑨居士：作者自称。
⑩既水之实：完全了解水的实际情况。既，尽，完全。
⑪文：事物色彩错综所造成的纹理或形象。
⑫罗縠：绉纱一类的丝织品。
⑬虎眼：形状像虎眼的漩涡。
⑭注：倾泻。天绅：从天空垂下来的大带子，这里形容瀑布。
⑮岳玉：山岳上的玉石，这里形容激起的浪花。
⑯矫：夭矫，屈伸自如。

⑰疾徐舒蹙（cù）：快慢松紧。舒，舒展。蹙，紧缩。
⑱水之：视之为水，把水仅看作水。
⑲震泽：太湖的别称。
⑳严滩：指严子陵垂钓处的七里滩，在今浙江桐庐县南。
㉑五泄：在今浙江诸暨市西北。
㉒变态：事物形态的变化。
㉓渊洄沦涟之象：水的各种形态。渊洄，渊深回旋的样子。沦涟，水面泛起的微波。
㉔迁：司马迁。固：班固。甫：杜甫。白：李白。愈：韩愈。修：欧阳修。洵：苏洵。轼：苏轼。
㉕死物：静止不变的东西。

【赏读】

　　这篇文章是袁宏道为其书房文漪堂所写的题记。书房的名字似乎有些不通，正如设问者所质疑的，在京师这个地方，尘土飞扬，天空昏蒙蒙的，没有一点水的迹象，何以要取这个名字呢？

　　这正是作者用笔巧妙之处。他没有正面回答这个问题，而是用较多的篇幅来谈"天下之物，莫文于水"，并详细描绘"水文"的千姿百态。随后以自己的亲身经历，悟到"见天下之水，无非文者"。作者非但没有解释书房名称的用意，反倒大谈水之文，似乎站在质疑者的立场上。

　　接下来，作者文笔一宕，将书房中所读名家之文与自然界中的水之文巧妙地联系在一起，以水喻文，"所见之文，皆水也"。至此点出书房名称的用意，"余之堂中，所见无非水者"，不仅切题，而且十分巧妙。小小一间书房，被作者写得风生水起，寓意新奇，其读书自得之情，可以想见。

《吴越春秋》①跋 钱谦益②

　　余十五六,喜读《吴越春秋》,流观③伉侠奇诡之言,若苍鹰之突起于吾前,欲奋臂而与共撠击④者。刺⑤其语作《伍子胥论》,长老吐舌击赏。华颠胡老⑥,重观此书,灯窗小生⑦扼腕奋笔之状,宛然在行墨间。老阿婆临镜⑧,追理三五少年时事。不免掩口失笑。

《有学集》

【注释】

①《吴越春秋》:东汉赵晔所写的一部史书,主要记述吴、越两国间的史事,其中有不少民间传说。

②钱谦益(1582~1664):字受之,号牧斋,晚年号蒙叟,又号东涧遗老。常熟(今江苏常熟)人,万历三十八年(1610)进士,官至礼部侍郎。后降清,不久又秘密从事抗清斗争。著有《牧斋集》《初学集》《有学集》等。

③流观:观览,阅读。

④撠击:攻击。

⑤刺:选取,采用。

⑥华颠胡老:典出蔡邕《释诲》,意思是头发花白的老人,这里是作者自称。

⑦灯窗小生:灯下用功的年轻人。

⑧临镜：对着镜子，照镜子。

【赏读】

　　人的年龄、阅历、心境不同，读书的感受和理解自然也就各异，哪怕是读同一个人的书，哪怕是读同一部书。作者年轻的时候读《吴越春秋》，为吴越争霸的壮丽战争景象所感染，热血沸腾，跃跃欲试，还为此专门写了一篇《伍子胥论》，让老辈击节赞叹。

　　时光荏苒，作者如今垂垂老矣，见惯了人间纷争，经历了改朝换代，回过头来再看这部书，已经失去了当年的激情和冲动，但那些美好的记忆始终萦绕在心头，难以忘怀。很难说人生哪个阶段更适合读书，年长有阅历和知识的优势，对书的理解更深更透，但它缺少年少时的那股激情和锐气。年少轻狂固然是一个有些贬义的词汇，却是可贵的人生体验。从这个角度来看，读书是一生的事情，年少不算早，老年也不算晚。

示儿燕　孙枝蔚①

初读古书,切莫惜书;惜书之甚,必至高阁②。便须圈点③为是,看坏一本,不妨更买一本。盖惜书是有力④之家藏书者所为,吾贫人,未遑⑤效此也。譬如茶杯饭碗,明知是旧窑⑥,当珍惜;然贫家止有此器,将忍渴忍饥作珍藏计乎?儿当知之。

《溉堂文集》

【注释】

①孙枝蔚(1620~1687):字豹人,号溉堂,三原(今陕西三原)人。明末清初著名诗人。世代经商,家资丰厚。明亡后拒与新朝合作。著作有《溉堂集》等。

②高阁:束之高阁之省称。

③圈点:在书籍加圈加点,标示句读或标出精彩、重要或值得注意的语句。

④力:财力。

⑤未遑:未暇,顾不上。

⑥旧窑:古窑,指古代传下来的珍贵瓷器。

【赏读】

这同样也是一则父亲指导儿子读书的家训,但与前文《司马温公读书法》中司马光教给儿子的方法完全不同，甚至截然相反。司马光告诉儿子，一定要爱惜书籍，不仅打开书时要格外小心，就连翻书、放书也都要特别仔细，以避免书页被翻烂，可谓爱惜有加。孙枝蔚则不然，他告诉儿子千万不要吝惜书本，读的时候要进行圈点，看坏了没关系，可以再买一本。"惜书是有力之家藏书者所为"，自己不是"有力之家"，没必要如此。那么两个人的看法谁的更正确一些呢？

其实，这个问题是没有标准答案的，两人各有自己的道理。书印出来就是让人看的，因为吝惜书而不去看，束之高阁，那就失去藏书的本意，舍本逐末，有负作者的苦心。看书的时候如果能像司马光那样加以小心，自然是更好，特别是那些具有版本价值的书籍，更是得精心保护。总之，书是要读的，也是要爱惜的，每个人的家境、财力等情况不同，处理方式各异，没有统一的标准，根据个人的财力、习惯而定吧。

潍县署中寄舍弟墨①第一书 郑板桥②

读书以过目成诵为能,最是不济事。眼中了了,心下匆匆,方寸③无多,往来应接不暇,如看场中美色,一眼即过,与我何与也。千古过目成诵,孰有如孔子者乎?读《易》至韦编三绝④,不知翻阅过几千百遍来,微言精义⑤,愈探愈出,愈研愈入,愈往而不知其所穷。虽生知安行⑥之圣,不废困勉下学⑦之功也。

东坡读书不用两遍,然其在翰林读《阿房宫赋》⑧至四鼓,老吏苦之,坡洒然不倦。岂以一过即记,遂了其事乎。惟虞世南、张睢阳、张方平⑨,平生书不再读,迄无佳文。

且过辄成诵⑩,又有无所不诵之陋。即如《史记》百三十篇中,以《项羽本纪》为最,而《项羽本纪》中,又以钜鹿之战、鸿门之宴、垓下之会为最。反复诵观,可欣可泣,在此数段耳。若一部《史记》,篇篇都读,字字都记,岂非没分晓的钝汉!

更有小说家言、各种传奇恶曲及打油诗词,亦复寓目不忘,如破烂厨柜,臭油坏酱悉贮其中,其龌龊亦耐不得。

《郑板桥集》

【注释】

①舍弟墨：郑墨，郑板桥堂弟。

②郑板桥（1693~1765）：郑燮，字克柔，号板桥，世人习称郑板桥。兴化（今江苏兴化）人。乾隆元年（1736）进士，历官山东范县、潍县知县。为"扬州八怪之一"之一，以诗、书、画三绝名世，著有《郑板桥集》。

③方寸：心。此处意为用心、留心。

④韦编三绝：典出《史记·孔子世家》，孔子晚年反复研读《周易》，以致连接这部书简的皮绳断了多次。韦，皮绳。古代用竹简或木简写书，用皮绳编缀，故称韦编。

⑤微言精义：即微言大义，细微的言辞中蕴含深奥精妙的含义。

⑥生知安行：生而知之，安乐行事。

⑦困勉下学：遇到困惑而勉力学习，向地位或学问不如自己的人请教。

⑧《阿房宫赋》：唐杜牧所撰赋文，以阿房宫的描写反思秦亡的教训。

⑨虞世南（558~638）：字伯施，余姚（今属浙江）人。在隋为秘书郎，入唐后官至秘书监。唐初书法家，著有《北堂书钞》。张睢阳：张巡（709~757），唐蒲州河东（今山西永济西）人，一说邓州南阳（今河南南阳）人，开元末进士，安禄山反，与许远守睢阳，坚守数月，城陷被杀。张巡自称读书不过三遍，终身不忘。张方平（1007~1091）：字安道，号乐全居士，南京（今河南商丘）人，官至参知政事。张方平少颖悟，家贫无书，向人借《史记》《汉书》《后汉书》，旬日即还，说："吾已得其详矣。"凡书看一遍后即不再看。

⑩过辄成诵：看过就能背诵。过，过目。

【赏读】

　　这是郑板桥写给堂弟的论学书信,主要谈了两个问题:

　　一是如何对待过目成诵的问题。在作者看来,过目成诵"最是不济事",原因很简单,有这种能力的人仗着自己天资高,往往走马观花,书倒是看了,但没有留下什么印象。而很多书籍需要细心钻研体会才能读深读透的。稍后他举了两个正面的例子,一是孔子,一是苏轼,两人都是天资禀赋超群者,但他们用功的程度也超过一般人,因此有大的成就。而那些同样天资超群的人如虞世南、张巡、张方平则"迄无佳文",可见天分是靠不住的,后天的努力更为重要。

　　二是无所不诵的问题。这也是过目成诵容易产生的弊端。作者说了两层意思:读书要有重点,不能眉毛胡子一把抓,就像《史记》这部书,全书一百三十篇,内容丰富,不能平均用力,而是要有重点;有些书特别是那些境界不高、内容粗鄙的,不必"寓目不忘",完全可以不读。当然作者对小说、戏曲等通俗文学怀有偏见,这是时代局限,不必咬文嚼字去计较。

　　读书既要用心,也要得法,天资不可仰仗,办法也得讲究,如此,才算是善读书者,郑板桥希望堂弟也能如此。

潍县寄舍弟墨第四书 郑板桥

凡人读书,原拿不定发达①。然即不发达,要不可以不读书,主意便拿定也。科名②不来,学问在我,原不是折本③的买卖。愚兄而今已发达矣,人亦共称愚兄为善读书矣,究竟自问胸中担得出几卷书来?不过挪移借贷,改窜添补④,便尔钓名欺世。人有负于书耳,书亦何负于人哉!

昔有人问沈近思⑤侍郎,如何是救贫的良法?沈曰:读书。其人以为迂阔⑥。其实不迂阔也。东投西窜⑦,费时失业,徒丧其品,而卒归于无济⑧,何如优游⑨书史中,不求获而得力在眉睫间⑩乎。信此言,则富贵;不信,则贫贱,亦在人之有识与有决并有忍耳。

《郑板桥集》

【注释】

①发达:获取功名。

②科名:科举考中取得的功名。

③折本:亏本。

④挪移借贷,改窜添补:意思是重复前人的言语,添添改改,缺少自己独立的见解。这是作者自谦之词。

⑤沈近思(1671~1727):字位山,号闇斋。钱塘(今浙江杭

州)人。康熙三十九年(1700)进士。历官吏部侍郎、左都御史。著有《天鉴堂集》等。

⑥迂阔：迂腐，指脱离实际，不切近事理。

⑦东投西窜：为谋取功名利禄而奔走于显达之家。

⑧无济：无济于事的省称，对事情没有帮助。

⑨优游：闲适自得的样子。

⑩不求获而得力在眉睫间：意为眼前即可得到好处。

【赏读】

　　从《郑板桥集》一书所收文章来看，郑板桥写给郑墨的书信多达四五十封，可见他对这位堂弟的关心。其书信多谈为人处世之道、治学读书之方，言辞恳切。这封信也是谈读书问题，但与上封信的重点不同。

　　作者一开头就讲读书与科举的关系。在作者所处的那个时代，学而优则仕，读书当然是为了获得科名，作者本人并不反对这一点，他本人考中举人、进士，正是科举制度的受益者。但他不同意读书仅仅是为了科名，如果考不上，还要不要读书？他给出的答案是明确的，那就是"即不发达，要不可以不读书"，希望堂弟能拿定主意，不要只看眼前的利益。这是郑板桥超脱的地方，也是有见识的地方，"人有负于书耳，书亦何负于人哉"，可谓至理名言。

　　最后作者用沈近思的例子来告诉堂弟，读书可以让人富贵，也可以让人快乐。当然这种富贵主要是精神层面的，这是一种追求，也是一种境界，不是每个人都能达到的。

　　全文写得明白如话，接近口语，从字里行间，可见浓浓的关爱之情，显示出郑板桥孤傲、耿直之外的另一面，读后令人感动。

诗书 黄图珌①

窗明几净,开卷便与圣贤对语,天壤间第一快乐事也。然亦有时有处,有情有景,不可不知也。

夫明月当轩,清风拂户,有其时也。山静日长②,云深径僻,有其处也。鹤和松间,蛩吟砌畔③,有其情也。花笑阑④前,鸟啼林外,有其景也。

至若有时有处,有情有景,而后开卷诵读,其快乐又何可胜言⑤哉。

《看山阁闲笔》

【注释】

①黄图珌(1700~1771):字容之,号蕉窗居士、守真子。松江(今上海)人。历任杭州、衢州同知。著有传奇《雷峰塔》《温柔乡》等,另有《看山阁集》《看山阁闲笔》传世。

②山静日长:典出宋唐庚《醉眠》:"山静似太古,日长如小年。"意思是山中清幽宁静,感觉时间过得比较慢。

③蛩(qióng):蟋蟀。砌畔:石阶旁。

④阑:同"栏",栏杆,栅栏。

⑤胜言:说得完,说得尽。

【赏读】

读书是一件苦事,需要勤奋、专心,持之以恒,才能有收获。

前面有不少文章反复强调这一点。但这不是读书的全部，否则就没那么多人愿意拿起书本了。本文所讲的是读书的另一面，那就是享受快乐。文章不长，写得充满诗情画意，令人神往。

文章开宗明义，读书是与历代圣贤的跨时空对话，这是一件天下最为快乐的事情。既然是"天壤间第一快乐事"，那就需要一定的条件。作者将其概括为"有时有处，有情有景"。时是时间，最好是明月当空、清风吹拂的夜晚；处是地点，最好是在山间林里，云深路僻、少有人踪的地方；情是情景，最好是鹤鸣松间，虫吟台畔；景是景象，最好是花开栏前，鸟鸣林外。如此良辰美景，正适合读书，身处此时此处，此情此景，"开卷诵读"，其中的快乐只可意会，难以言传。如果读书仅仅是一件苦差事，怎么可能会有那么多人乐此不疲？作者用如画之笔，分享并描绘了这种快乐。

皇子读书　赵　翼①

本朝家法之严，即皇子读书一事，已迥绝千古。

余内直②时，届早班之期，率以五鼓③入，时部院④百官未有至者，惟内府苏喇数人（谓闲散白身⑤人在内府供役者）往来。黑暗中残睡未醒，时复倚柱假寐⑥，然已隐隐望见有白纱灯一点入隆宗门，则皇子进书房也。吾辈穷措大⑦专恃读书为衣食者，尚不能早起，而天家金玉之体乃日日如是⑧。

既入书房，作诗文，每日皆有程课，未刻⑨毕。则又有满洲师傅教国书、习国语⑩及骑射等事，薄暮⑪始休。然则文学安得不深，武事安得不娴熟？宜乎皇子孙不惟诗文书画无一不擅其妙，而上下千古成败理乱⑫已了然于胸中。以之临政，复何事不办？

因忆昔人所谓生于深宫之中，长于阿保之手⑬，如前朝宫廷间逸惰⑭尤甚，皇子十余岁始请出阁，不过官僚训讲片刻，其余皆妇寺⑮与居，复安望其明道理、烛事机哉⑯？然则我朝谕教之法，岂惟历代所无，即三代⑰以上，亦所不及矣。

《檐曝杂记》

【注释】

①赵翼（1727~1814）：字云松，一字耘松，号瓯北，阳湖（今

江苏常州）人。乾隆二十六年（1761）进士，历任镇安知府、广州知府、贵西兵备道等，后乞养归隐。曾主讲扬州安定书院。与袁枚、蒋士铨齐名，被称为"江右三大家"。著有《廿二史札记》《瓯北集》《瓯北诗话》《檐曝杂记》等。

②内直：在官内值勤。

③五鼓：五更。

④部院：六部、都察院。

⑤白身：没有功名、官职的人。

⑥假寐：小睡，打盹。

⑦穷措大：穷困失意的读书人。

⑧天家：帝王之家。金玉之体：皇子高贵的身体。

⑨未刻：下午一点至三点钟。

⑩国书：满族文字。国语：这里指满族语言。

⑪薄暮：傍晚。

⑫理乱：治乱，治理动乱。

⑬生于深宫之中，长于阿保之手：语出《荀子·哀公》："鲁哀公问于孔子曰：'寡人生于深宫之中，长于妇人之手。'"又见《康熙政要》："出生于深宫之中，长于阿保之手。"阿保，照料皇子生活的女人。

⑭逸惰：安逸、懒惰。

⑮妇寺：妇人、宦官。

⑯烛：洞察。事机：事情的先机。

⑰三代：上古时期夏、商、周。

【赏读】

读书是每个人的事情，不分身份高低贵贱，不分男女老幼。古代皇帝、皇子的读书情况如何，本书前面选有文章，介绍宋太宗开卷有益及张居正教育万历皇帝的情况,清代宫廷内皇子们的读书情况如何,赵翼以自己亲眼所见,进行了较为生动的描述。

从赵翼所见的情况来看,清代宫廷还是非常重视皇子的教育的,不管其本人是否情愿,每天很早就要起来读书。作者拿群臣早朝做了一个比较,当大臣们还在睡意蒙眬的时候,皇子就已经进入书房读书,每日如此,还是相当勤奋的。

读书的内容,也是早就安排好的,不仅学习诗文,还要学习满语、骑射等,一直到傍晚才算结束。可见皇子读书还是相当刻苦的。

作者为此感慨不已,将清朝皇子读书的情况与前朝进行对比,这固然有歌颂本朝的用意在,但这种比较还是有意义的。从读书这样一个侧面,可以看出不同王朝对皇子教育的差异,由此也可以看出一点兴衰的端倪。

读书强记法　阮葵生①

张尔岐②云:"历城叶奕绳③尝言强记之法云:'某性甚钝,每读一书,遇意所喜好,即札录④之。录讫,乃朗诵十余遍,粘之壁间。每日必十余段,少亦六七段,掩卷即就壁间观所粘录,日三五次以为常,务期精熟,一字不遗。粘壁既满,乃取第一日所粘者收笥⑤中,俟再读有所录,补粘其处,随收随补,岁无旷⑥日。一年之内,约得三千段;数年之后,腹笥⑦渐富。每见务为泛览⑧者,略得影响⑨而止,稍经时日,便成枵腹⑩,不如余之约取⑪而实得也。'"叶有文采,善剧曲⑫,济南人士推为淹洽⑬,其所言真困学⑭要诀。

予苦读书不能记,当时虽闻此法而不能用,年既衰暮,回忆旧所批览,已无只字。下笔窘索,徒有怅恨。见少年有志者辄述此语之,不惟自悔,亦冀此法不没人间也。

《茶余客话》

【注释】

①阮葵生(1727~1789):字宝诚,号吾山,山阳(今江苏淮安)人。乾隆十七年(1752)举人,历内阁中书、刑部主事、员外郎、郎中,官至刑部右侍郎。著有《七录斋集》《茶余客话》等。

②张尔岐(1612~1677):字稷若,号蒿庵。济阳(今山东济

阳）人。明诸生，入清后隐居不出，闭户著书，著有《仪礼郑注句读》《周易说略》《春秋传议》等。

③叶奕绳：叶承宗（1601~1648），字奕绳，历城（今山东济南）人。顺治三年（1646）进士，授临川知县。江西金声桓作乱，城陷而死。擅长戏曲创作，有作品《孔方兄》《贾阆仙》《十三娘》《狗咬吕洞宾》等十三种，此外还编有《历城县志》）。

④札录：抄录，摘录。

⑤笥（sì）：盛物品的方形竹器。

⑥旷：荒废、耽误。

⑦腹笥：肚子里所记的书籍。

⑧泛览：泛泛地读。

⑨影响：粗浅、模糊的印象。

⑩枵（xiāo）腹：空着肚子。

⑪约取：少而精地取得。

⑫善剧曲：擅长编写戏曲。

⑬淹洽：知识精深广博。淹，精深。洽，广博。

⑭困学：刻苦求学。

【赏读】

叶承宗根据个人读书经验总结出来的这个强记法在清代颇有影响，流传较广，有不少书籍记载，也有不少人照着学习，好像效果还可以。

这个方法从今天的角度来看，也是比较科学的，符合人的记忆特点。人都是会忘记的，特别是进入成年之后，记忆力逐渐衰退，因此需要不断强化，才能记牢。按照叶氏的办法，读书时遇到自己喜欢的段落字句，先是抄录下来，背诵十来遍。这时候虽然会背，但属于短期记忆，不久还会忘记。随后将这些背会的东西贴到墙上，每天再不断温习，做到一字不漏。经过一段时间的温习，短期记忆就转成长期记忆，然后再继续去记新的内容。这样循序渐进，日积月累，"一年之内，约得三千段；数年之后，腹笥渐富"，收获还是颇为可观的。

叶氏这个方法要想见效，还有一个必不可少的前提，那就是读书的人必须自觉，必须能坚持，否则前功尽弃，再好的读书办法也不灵。

日读三百字 阮葵生

姜西溟①曰：读书不需务多，但严立课程，勿使作辍。则日累月积，所蓄自富，且可不致遗忘。

欧阳公②言：《孝经》《论语》《孟子》《易》《尚书》《诗》《礼》《周礼》《春秋》《左传》，准以中人之资③，日读三百字，不过四年半可毕。稍钝者减中人之半，亦九年可毕。今计九年可毕，则日百五十字也。

东方朔④上书自称："年十二学书，三冬，文史足用；十五学击剑，十六学诗、书，诵二十二万言；十九学孙、吴兵法⑤，战阵之具，钲鼓⑥之教，亦诵二十二万言。凡臣朔固已诵四十四万言。"此时朔年正二十二。自十六至二十一而毕，皆作三年课程。三年诵二十二万言，每年正得七万三千三百余言。以一年三百六十日成数算之，则一日所诵，才得二百零三言耳。盖中人稍下之课也。

《茶余客话》

【注释】

①姜西溟：姜宸英（1628~1699），字西溟，号湛园。慈溪（今浙江慈溪）人。康熙三十六年（1697）进士，历任编修、顺天乡试副主考。后因弊案罢官，下狱死。著有《湛园题跋》《苇间诗集》

《西溪全集》等。

②欧阳公：欧阳修。

③准以中人之资：以一般人的天资为标准。

④东方朔（前154~前93）：字曼倩，平原厌次（今山东惠民）人。历官常侍郎、太中大夫。性诙谐滑稽，有《答客难》等著述。本文所引东方朔一段话出自《汉书·东方朔传》。

⑤孙、吴兵法：孙子、吴起有关兵法的著述。

⑥钲（zhēng）鼓：古代军中的乐器，行军时使用，指挥前进或停止。

【赏读】

　　这篇文章写得很有意思，它将看起来颇为艰巨的读书任务分解开，换算成每天阅读的文字量，让人感到新奇，也增加了读书的趣味。

　　按照欧阳修的算法，一般人如果每天读三百字的话，将《论语》在内的十部儒家基本经典全部读完需要四年半，如果减半，每天读一百五十字的话，需要九年。

　　作者还给东方朔算了笔账，按照东方朔向汉武帝上书所说，虽然他背诵了四十四万字的东西，但算成每天的话，不过才二百零三字。这样说来，东方朔还没有达到欧阳修所说的"中人"的标准。

　　这样拆分任务算细账，无疑会让初学者感到有信心。但这只是一种理想形态的算法，它忽视了一个问题，那就是每天所读的三百字后来会忘记的，如果要记牢的话，需要不断强化和温习，这样记新的东西加上温习旧的内容，任务还是相当艰巨的；再者，每个人每天都有其他事情要做，比如上班、出差等，很难做到每天都读三百字。如果一天做不到，就要积攒到下一天，到后面越积越多，同样相当繁重。不管怎样，作者的用意还是好的，目的是希望读书能持之以恒，坚持下去。

与师古儿① 姚鼐②

汝身子即③不健,不必锐意作时文④,却不可不读经书。盖人元⑤不必断要中举人、进士,但圣贤道理不可不明。读书以明理,则非如做时文,有口气枯索等题⑥,使天资鲁钝之人,无从着手,以致劳心生病。且心既明理,则寡欲少嗔,贪清净空明,则为知道之人。其可尊可贵,不远出于举人、进士之上乎?汝但宜时以此意,以读书问道为养病之法,则于汝父亦无不足之恨。如应考等事,不去何害,若强所必不能,徒自苦又何益哉。

《惜抱轩文集》

【注释】

①师古儿:姚师古,姚鼐次子。

②姚鼐(1732~1815):字姬传,别号惜抱,人称惜抱先生。桐城(今安徽桐城)人。乾隆二十八年(1763)进士。历官礼部主事、刑部郎中、四库馆纂修。后主扬州梅花书院、安庆敬敷书院、歙县紫阳书院、江宁钟山书院等,为"桐城派"创始人之一,著有《惜抱轩全集》《古文辞类纂》等。

③即:就。

④时文:八股文。

⑤元:同"原",原来,原本。

⑥枯索:草木枯萎,没有生机,这里比喻才思枯竭。等题:切

合考试题目的要求。

【赏读】

  读书到底是为了什么？面对自己的儿子，脱去了社会面具的父亲会怎么说？姚鼐在这篇文章中给出了自己的答案。

  这封书信是勉励儿子读书的，作者主要讲了三点：

  第一点，可以不中举人、进士，可以不做八股，但不能不读书，不能不读经书。这话如果从一个落第士子口中讲出，是很容易理解的，但它出自一位进士之口，就非常不容易了。在作者看来，读书特别是读经书比科举更为重要，因为"圣贤道理不可不明"，做人比做官更为重要。在科举制度盛行的当时，作者讲出这番清醒的话，是非常难能可贵的。前文郑板桥也有类似的看法，可见在当时那个科举盛行的社会里，还是不乏清醒之士的。

  第二点，读书的目的是为了"明理"，而不是为了科举。只要能明理，就可以做到"寡欲少嗔"，这样就成为"知道之人"，"知道"的人远比举人、进士"可尊可贵"。将这番话与《儒林外史》里那些所谓读书人的丑态描写放在一起看，高下立判。

  第三点，将"读书问道"作为"养病之法"，使读书真正对自己有益处，修身养性，不要强迫自己参加科举，自寻烦恼。

  在那个千军万马去挤独木桥的年代里，作者能这样超然，能有如此清醒的头脑，跳出科举看读书，很是让人钦佩。这样读书才是真读书，才是读出了境界。作者给儿子的这封信写得很真诚，可谓肺腑之言，从这些言语中，可见一位率真、高大的父亲形象。

读书法① 梁章钜②

  读书要有记性,记性难强③。要练记性,须用精熟一部书之法。不拘大书小书,能将这部烂熟,字字解得道理透明,诸家记④俱能辨其是非高下,此一部便是根,可以触悟他书。如领兵十万,一样看待,便不得一兵之力;如交朋友,全无亲疏厚薄,便不得一友之助。领兵必有几百亲丁死士,交友必有一二意气肝胆,便此外皆可得用。何也?我所亲者又有所亲,因类相感,无不通彻。

  只是这部书,却要实是纯粹无疵、有体有用⑤之书方可。倘熟一部没要紧的书,便没用。如领兵,亲待一伙没用的兵;交友,却亲待一伙没用的友,如何联属得他人。若亲待一班作奸犯科及无赖之徒,则更不可问矣。

《退庵随笔》

【注释】

  ①按:据《古今名人读书法》一书,这段文字为李光地所写。

  ②梁章钜(1775~1849):字闳中,一字茝林,号退庵。长乐(今福建长乐)人。嘉庆七年(1802)进士,历官礼部主事、江苏巡抚、两江总督。著有《藤花吟馆诗钞》《浪迹丛谈》等。

  ③强:勉强。

④诸家记：各家所做的笺注。

⑤有体有用：指书籍的内容深刻扎实，表达方式完美。体，本体，根本。用，体的功能和表现方法。

【赏读】

书不能乱读，前贤反复告诫，那种走马观花似的翻书，看起来读的东西不少，但没有多大收获，要选取一两部较为经典的书，读精吃透，然后触类旁通，再去读别的书，必有所得。类似的话前贤讲了不少。这段文字的特别之处在于，它虽然讲的也是这个道理，但讲得十分形象，易于接受。

作者将读书与带兵打仗、为人处世之道结合起来，这是一个很别致的角度。带兵打仗，手下十万精兵，不可能同样对待，一定要厚待那些关系亲密、勇于赴难的壮士，因为在作战时，他们往往能以一当十，起到关键作用。交友也是如此，可以广交朋友，但不可能对每个人都一样，必然有个厚薄亲疏之别，对那些意气相投的知心好友，肯定要和泛泛之交不一样。读书也是如此，古今书籍浩如烟海，无法一一读完，只能挑选那些经典之作重点来读，然后再去读别的书。看起来读书与带兵打仗、为人处世无关，实际上道理都是一样的。

作者还强调了选书的重要性。既然是挑一两部书精读，就要挑选那些"纯粹无疵、有体有用"的书来读，这和打仗、交友一个道理，选兵不精，择友不慎，其危害显而易见。读一部坏书，不仅浪费时间，而且危害身心。作者将读书与做人有机地联系在一起，讲了读书方法，也讲了为人之道，读起来亲切可感，形象生动。

致霖儿① 左宗棠②

字谕霖儿知之：

阅尔所写请安帖子③，字画尚好，心中欢喜。

尔近来读《小学》④否？《小学》一书是圣贤教人作人的样子；尔读一句，须要晓得一句的解；晓得解，就要照样做。古人说：事父母，事君上，事兄长，待昆弟⑤、朋友、夫妇之道以及洒扫、应对、进退、吃饭、穿衣，均有现成的好榜样。口里读着者⑥一句，心里就要想着者一句，又看自己能照着者样做否？能如古人，就是好人；不能，就不好，就要改，方是会读书，将来可成就一个好子弟。我心里就欢喜者，就是尔能听我教，就是尔的孝。

早眠，早起。读书要眼到（一笔一划莫看错）、口到（一字莫含糊）、心到（一字莫放过）。写字要端身正坐，要悬大腕⑦（大指节要凸起，五指爪均要用劲，要爱惜笔墨纸）。温书，要多遍数想解，读生书要细心听解。走路、吃饭、穿衣、说话，均要学好样（也有古人的样子，也有今人的样子，拣好的就学）。

此纸可粘学堂墙壁，日看一遍。

廿三夜四鼓父字。

久不作篆⑧，偶为霖儿书千文仿本⑨五纸寄去；须玩其用笔之意，以浓墨临之。

《左文襄公全集》

【注释】

①霖儿：左孝威（1846~1873），小名霖儿，字子重。左宗棠长子。同治元年（1862）举人。工篆书。

②左宗棠（1812~1885）：字季高，湘阴（今湖南湘阴）人，道光十二年（1832）举人。历官兵部郎中、浙江巡抚、闽浙总督、军机大臣等。晚清著名军事家、洋务派首领之一。著有《左文襄公全集》。

③帖子：书信，书简。

④《小学》：朱熹与弟子合编的一部童蒙读物。

⑤昆弟：兄弟。

⑥者：这。

⑦悬大腕：写字的一种方法，写字时将手腕悬空，不接触桌面。

⑧作篆：写篆书。

⑨仿本：仿写本，摹写本。

【赏读】

这是晚清重臣左宗棠写给儿子的一封家书。孩子尚在年少，左宗棠的语气不仅慈祥亲切，而且语言明白如话，如叙家常。给年幼的儿子谈读书，与给弟子以及外人所说自然不同，不会有陈词套语，也没有表演的成分，所说都是肺腑之言，发自内心，由此可见一个人真实的思想观念。

在这封信里，左宗棠主要指导儿子读《小学》，这是朱熹和其弟子所编的一部童蒙读物,选取古代先贤事迹及言论,教孩子修身做人。左宗棠希望儿子首先要读明白,"读一句,须要晓得一句的解",将书的字句意思都弄清楚了,"就要照样做",将书里所讲的道理落实为自己的行动。这既是左宗棠对儿子的要求,实际上也可以看作是他对自己的要求,由此可见其思想及人格。

随后,左宗棠将读书的方法概括为三点,即眼到、口到、心到,可谓至理名言,至今还有不少人屡屡提及。慈父之情,跃然纸上,带有亲情色彩的读书方法也可以很温馨,读后令人感动。

读书先宜校书　张之洞

校者,以善本与俗本对勘①,正其讹脱也。异同之间,常得妙悟②。且校过一次,繁难处亦易记得。但校后宜读,若校而不读,便成笑柄。

魏邢子才③云:"误书思之,恒是一适。若思而不得,则亦不劳读书矣。"④此一时兴到语,不可以训⑤。必如子才之博学殊资,始有思而得之之理。若浅学⑥读古书,不误尚不能尽解,况既误而能亿知耶?

《輶轩语》

【注释】

①俗本:市面上流行的校刻不精的版本。对勘:对照着进行校勘。

②妙悟:不同一般的领悟。

③邢子才:邢邵(496~?),字子才。北朝魏齐人。十岁便能属文,雅有才思,聪明强记,日诵万余言。

④"误书思之"四句:语出《北齐书·邢邵传》:"(邵)有书甚多,而不甚雠校。见人校书,常笑曰:'何愚之甚,天下书至死读不可遍,焉能始复校此。且误书思之,更是一适。'妻弟李季节,才学之士,谓子才曰:'世间人多不聪明,思误书何由能得?'子才曰:'若思不能得,便不劳读书。'"

⑤训：法则，典式。
⑥浅学：学术造诣不深者。

【赏读】

　　读书应当先从校书开始，这是张之洞为初学者指点的一条学术门径，但并不是一条捷径，因为这需要一个颇高的门槛，尤其是对于读书不多的初学者。前面有不少文章谈到，书不能滥读，要挑选一两部精读吃透，然后再去读别的书。也有文章提到，挑选这一两部书一定要慎重，不能读坏书，否则误人子弟。张之洞此文则更深入一层，即便是挑选了一部值得精读的书，还要关心这部书的版本，要选用善本，否则事倍功半。

　　张之洞这种从校书开始的读书法还是有其道理的，将善本与错误较多的俗本校勘一遍，不仅可以改正书中的错误，加深对书本的印象，而且可以通过文字的异同体会作者的用心之处，往往有意想之外的领悟和收获。当然校对之后还要再认真细读一遍，否则校对就失去了意义。

　　对于一般读者来说，可能无法做到先校对后读书，即便如此，也可以从张之洞的这篇文章中得到启发，那就是一部书往往有多个版本，一定要挑选那些经过认真校对、错误较少的版本，确保内容文字的正确，这是读书的一个基本前提。

卷三

藏书之苦

曹曾①石仓藏书 王 嘉

曹曾，鲁人也。本名平，慕曾参②之行，改名为曾。家财巨亿，事亲尽礼，日用三牲③之养，一味④不亏于是。不先亲而食新味也。为客于人家，得新味则含怀而归⑤。不畜鸡犬，言喧嚣惊动于亲老。时亢旱⑥，井池皆竭。母思甘清之水，曾跪而操瓶，则甘泉自涌，清美于常。学徒有贫者，皆给食。

天下名书，上古以来，文篆讹落⑦者，曾皆刊正，垂⑧万余卷。及国难既夷，收天下遗书于曾家，连车继轨⑨，输于王府。诸弟子于门外立祠，谓曰"曹师祠"。及世乱，家家焚庐，曾虑先文湮没⑩，乃积石为仓以藏书，故谓曹氏为"书仓"。

《拾遗记》

【注释】

①曹曾（生卒年不详）：字伯山。本名平，因慕曾参品行，改平为曾。济阴（今山东定陶）人。官至谏议大夫。东汉时期藏书家，门徒众多。

②曾参（前505~前436）：字子舆，春秋时期鲁国南武城（今山东平邑县）人。为孔子弟子，以孝名世，被后人尊为"宗圣"。相传《孝经》《大学》为其所著。

③三牲：古时祭祀用的供品，这里指牛、羊、猪肉。语出《孝经·纪孝行》："虽日用三牲之养，犹为不孝也。"

④一味：一种肉食。
⑤含怀而归：怀揣，放在怀里，拿回来献给双亲。
⑥亢旱：大旱。
⑦文篆讹落：文字错误脱落。文篆，文字。讹落，错漏。
⑧垂：接近，将近。
⑨连车继轨：形容车辆很多。
⑩先文：前代的典籍。湮没：毁灭。

【赏读】

这篇文章的主人公叫曹曾，作者讲述了他的两件事迹，都是不容易做到的。

一是孝行，为了学习先贤曾参的品行，竟然把名字都改了，从作者所举的三个例子来看，他真的做到了"事亲尽礼"，是个大孝子。

二是藏书。曹曾一方面大量刊正所藏书籍的讹落之处，达到上万卷之多，可见其勤奋用心；另一方面在动荡的环境中建书仓来保存收藏的典籍。在印刷术出现之前的那个手抄时代里，典籍的保存非常不易，不少书籍因各种原因散失。曹曾如此费心保存典籍，不仅是一位值得尊敬的藏书家，而且也是一位中国文化的守护者。民族文化的薪火正是靠这些人一代一代坚守，才得以延续，得以发扬光大的。

汉武帝聚书赞① 庾 信②

献书③路广,藏书府④开。秦儒出谷⑤,汉简吹灰⑥。芝泥⑦印上,玉匣⑧封来。坐观风俗⑨,不出兰台⑩。

《庾子山集注》

【注释】

①汉武帝(前156~前87):刘彻。西汉第五位皇帝,公元前141年至前87年在位。赞:古代一种文体,多以赞美为主。

②庾信(513~581):字子山。南阳新野(今河南新野)人。历仕梁、西魏、北周及隋四朝,官至骠骑大将军、开府仪同三司。早年善作宫体诗,与徐陵齐名,时称"徐庾体"。后期经乱离,多乡关之思,风格悲凉沉郁。有《庾子山集》。

③献书:进献书籍。多指民间向皇帝或官府进献书籍。刘歆《七略》:"武帝广开献书之路,百年之间,书积如丘。故外有太史博士之藏,内则延阁广内秘室之府。"

④府:秘府,官廷内保存图书的地方。

⑤秦儒出谷:相传秦始皇曾密令诸生种瓜于骊山硎谷,至瓜实而设计坑杀。出谷,这里指获救。

⑥汉简吹灰:汉代的简书得之于秦国的烬余。灰,焚书剩下的灰烬。

⑦芝泥:封泥。古人传达信息,在书简绳结处封泥钤印,故称封泥。

⑧玉匣：玉制或以玉为饰的盒子。
⑨坐观风俗：指看书。语出《汉书·艺文志》："故古有采诗之官，王者所以观风俗，知得失，自考正也。"
⑩兰台：汉代宫廷中藏书之所。

【赏读】

这是一篇赞体文章，主要是歌颂汉武帝的，虽然篇幅很小，只有短短的三十二个字，但内容相当丰富，因为它涉及中国图书史上一个十分重要的转变。

秦国统一中国，靠的是强大、蛮横的武力。统一之后，又用高压手段进行统治，这种高压也体现在思想文化上。秦始皇采取焚书坑儒的野蛮手段压制不同意见，发布《禁书令》《挟书律》，对文化典籍造成了很大的损害，这种损害也是无法弥补的。

汉朝开国后，文化政策较为宽松，废除了秦朝的那些严苛律令。特别是汉武帝，他本人喜欢读书，颁布《献书令》，广开献书之路，将幸免于战火的前代图书大量收罗，藏于秘府，这对文化典籍的保存与传承无疑是一个巨大的贡献，影响深远。因此仅就这一点而言，汉武帝也是当得起庾信的这一番赞美的。

馆阁^①藏书　沈　括^②

前世藏书，分隶^③数处，盖防水火散亡也。今三馆、秘阁^④，凡四处藏书，然同在崇文院^⑤。其间官书多为人盗窃，士大夫家往往得之。

嘉祐中，置编校官八员，杂雠四馆书^⑥，给吏百人，悉以黄纸为大册写之。自此私家不敢辄藏。校雠累年^⑦，仅能终昭文一馆之书而罢。

《梦溪笔谈》

【注释】

①馆阁：宋朝有史馆、昭文馆、集贤院等馆，又有秘阁、龙图及天章等阁，统称馆阁。

②沈括（1031~1095）：字存中，号梦溪丈人，钱塘（今浙江杭州）人，北宋科学家、改革家。著有《梦溪笔谈》《忘怀录》等。

③分隶：分别隶属。

④三馆：宋朝史馆、昭文馆、集贤院合称三馆。秘阁：宫廷收藏珍贵图书之所，宋太宗时建在崇文院中堂。

⑤崇文院：官署名。北宋初承袭五代，以小屋数十间为三馆。太宗太平兴国二年（977）选址重建，赐名崇文院，将三馆藏书籍于其中。

⑥杂雠四馆书：将史馆、昭文馆、集贤院、秘阁所藏之书进行

校对。

⑦累年：历年，多年。

【赏读】

  历代宫廷秘府、秘阁都是藏书重镇，天下珍本秘籍皆汇集于此，由此也带来了保存的问题，一旦出现水火之灾，其损失是难以估量、不可挽回的，特别是那些孤本、珍本，更是如此。为此，历代朝廷也都非常重视，采取很多措施，比如"分隶数处"的方式。北宋也是如此，宫廷藏书存放四处，但据作者的介绍，也有一个问题，那就是它们同在崇文院，离得较近，仍然存在隐患，一个"然"字写出了作者的担忧。

  水火之外，还有一个新的问题，那就是人多手杂，如果看管不严，容易出现偷盗现象。好在朝廷想出了比较有效的办法，那就是用黄纸大册抄写，这样标志明显醒目，士大夫们不敢收藏，这才遏制住偷盗问题。

  宫廷藏书可以集天下之力，将世间珍本秘籍一网打尽，但也有自身的局限，那就是人浮于事，效率低下。北宋朝廷派了八名官员、上百名书吏抄书、校书，结果几年时间过去了，才理清了一个馆的藏书。不过由此也可看出北宋宫廷藏书之丰富。

李氏①山房藏书记 苏 轼

象犀②珠玉怪珍之物，有悦于人之耳目，而不适于用。金石草木丝麻五谷六材③，有适于用，而用之则弊④，取之则竭。悦于人之耳目，而适于用，用之而不弊，取之而不竭，贤不肖⑤之所得，各因其才，仁智之所见，各随其分⑥，才分不同，而求无不获者，惟书乎！

自孔子圣人，其学必始于观书。当是时，惟周之柱下史老聃⑦为多书。韩宣子适鲁，然后见《易象》与《鲁春秋》⑧。季札聘于上国，然后得闻《诗》之风、雅、颂⑨。而楚独有左史倚相，能读三坟、五典、八索、九丘⑩。士之生于是时，得见六经者盖无几，其学可谓难矣。而皆习于礼乐，深于道德，非后世君子所及。

自秦、汉以来，作者益众，纸与字画⑪日趋于简便，而书益多，世莫不有，然学者益以苟简，何哉？余犹及见老儒先生，自言其少时，欲求《史记》《汉书》而不可得，幸而得之，皆手自书，日夜诵读，惟恐不及。近岁市人，转相摹刻诸子百家之书，日传万纸，学者之于书，多且易致如此，其文词学术，当倍蓰⑫于昔人，而后生科举之士，皆束书不观，游谈⑬无根，此又何也？

余友李公择，少时读书于庐山五老峰下白石庵之僧舍⑭。公择既去，而山中之人思之，指其所居为李氏山房。藏书凡九千余卷。公择既已涉其流，探其源，采剥其华实⑮，而咀嚼其膏味⑯，以为己有，发于文词，见于行事，以闻名于当世矣。而书固自如⑰也，未尝少损。将以遗来者，供其无穷之求，而各足其才分之所当得⑱。是以不藏于家，而藏于其故所居之僧舍，此仁者之心也。

余既衰且病，无所用于世⑲，惟得数年之闲，尽读其所未见之书，而庐山固所愿游而不得者，盖将老焉。尽发公择之藏，拾其余弃以自补，庶有益乎？而公择求余文以为记，乃为一言，使来者知昔之君子见书之难，而今之学者有书而不读为可惜也。

《苏轼文集编笺注》

【注释】

①李氏：李常（1027～1090），字公择，建昌（今江西永修）人。历官江州判官、礼部侍郎、户部尚书。著有《庐山奏议》。苏轼在《约公择饮，是日大风》一诗中称其"先生生长匡庐山，山中读书三十年"。出仕后，留所抄书九千卷于舍中，名曰李氏山房。

②象犀：象牙，犀牛角。

③五谷：稻、黍、稷、麦、豆五种粮食的合称。六材：指土工、木工、石工、金工、皮革工、染色工制作所需要的材料。

④弊：损坏，残破。

⑤贤不肖：贤者和不贤者，指各种人。

⑥分：天分，资质。

⑦周之柱下史老聃：老子。他曾做过周朝的柱下史、守藏室之史。柱下史，周、秦时掌理天下图书、计籍的官吏，因其所掌及侍立常住殿柱之下，故名。

⑧"韩宣子"二句：语出《左传·昭公二年》：晋国大夫韩宣子前往鲁国行朝聘礼，得"观书于大史氏，见《易象》与《鲁春秋》。曰：'周礼尽在鲁矣'"。韩宣子，韩起，春秋时期晋国正卿。《易象》，《周易》的《象辞》。《鲁春秋》，鲁国国史。

⑨"季札"二句：典出《左传·襄公二十九年》：季札朝聘于鲁，请观周乐，鲁国使乐工为之歌二南、国风与雅、颂。季札（前576~前484），姬姓，名札，又称公子札，吴王寿梦少子，多次辞王位而不就。聘，古代国与国之间遣使访问。上国，春秋时对中原诸侯国的称呼。

⑩"楚独有"二句：典出《左传·昭公十二年》：楚灵王对子革说，左史倚相"是良史也，子善视之，是能读三坟、五典、八索、九丘"。左史，官名。周代史官分为左史、右史，左史记事，右史记言。倚相，春秋时楚国左史。

⑪字画：文字的笔画、写法。

⑫倍蓰（xǐ）：超过前人多倍。蓰，五倍，这里泛指多倍。

⑬游谈：谈论。

⑭庐山：一名匡山，在江西九江南。五老峰：庐山东南部名峰，庐山胜景之一。

⑮华实：花朵、果实，比喻书中的精华。

⑯膏味：油脂，比喻书中的精髓。

⑰自如：像当初一样。

⑱各足其才分之所当得：不同资质天分的人都能从书中得到自己应得的东西。

⑲无所用于世：对这个社会没什么用了。

【赏读】

这是苏轼应好友李常之请为其藏书之所李氏山房撰写的题记。苏轼喜欢读书，曾手抄《汉书》，是下过苦功夫的人，深知其中的甘苦，他写这篇文章既是答应好友的要求，也是有感而发。

他首先将书籍与世间较为珍贵的"象犀珠玉怪珍之物""金石草木丝麻五谷六材"进行对比，指出书籍不仅"适于用"，而且"用之而不弊，取之而不竭"，不管什么人读书，都会有自己的收获。

书尽管如此重要，但在前代，由于各种因素的限制，读书是一件相当困难的事情。作者连用了几个典故，指出读书之难。随后笔锋一转，谈到当下。苏轼所处的时代，由于造纸业的发达和印刷术的发明，书籍的获得相当容易，但是那些"后生科举之士，皆束书不观"，以致"游谈无根"，这让作者感到很是不解。

做完这些铺垫之后，作者进入正题，指出好友李常不仅自己爱读书，"闻名于当世"，而且还愿意将珍贵的藏书与大家分享，他认为这是"仁者之心"。从"昔之君子见书之难"说到"今之学者有书而不读"，再说到李常的仁者之举，作者既是在肯定好友的善举，也是在勉励那些年轻后生，希望他们能把握如此好的机会，多读书。殷切之情，溢于言表。

藏书室记 苏 辙①

予幼师事先君②，听其言，观其行事。今老矣，犹志③其一二。先君平居不治生业④，有田一廛⑤，无衣食之忧；有书数千卷，手缉⑥而校之，以遗子孙。曰："读是，内以治身，外以治人，足矣。此孔氏⑦之遗法也。"先君之遗言今犹在耳。其遗书在椟⑧，将复以遗诸子，有能受而行之，吾世其庶矣乎⑨。

盖孔氏之所以教人者，始于洒扫、应对、进退⑩。及其安之，然后申之以弦歌⑪，广之以读书。曰："道在是矣，仁者见之，斯以为仁；智者见之，斯以为智矣⑫。"颜、闵由是以得其德，予、赐由是以得其言，求、由由是以得其政，游、夏由是以得其文⑬，皆因其才而成之。譬如农夫垦田，以植草木，小大长短，甘辛咸苦，皆其性也，吾无加损⑭焉，能养而不伤耳。

孔子曰："十室之邑，必有忠信如丘者焉，不如丘之好学也。"⑮如孔子犹养之以学而后成，故古之知道者必由学，学者必由读书。傅说⑯之诏其君，亦曰："学于古训，乃有获。"⑰"念终始典于学，厥德修罔觉。⑱"而况余人乎！

子路之于孔氏，有兼人⑲之才而不安于学，尝谓孔子：

"有民人社稷，何必读书，然后为学？"[20]孔子非之，曰："汝闻六言六蔽矣乎？好仁不好学，其蔽也愚；好知不好学，其蔽也荡；好信不好学，其蔽也贼；好直不好学，其蔽也绞；好勇不好学，其蔽也乱；好刚不好学，其蔽也狂。[21]"凡学而不读书者，皆子路也。信其所好，而不知古人之成败与所遇之可否，未有不为病者。

虽然，孔子尝语子贡矣，曰："赐也，汝以予为多学而识之者欤？"曰："然，非欤？"曰："非也，予一以贯之。[22]"一以贯之，非多学之所能致，则子路之不读书未可非邪？曰：非此之谓也。老子曰："为学日益，为道日损[23]。"以日益之学求日损之道，而后一以贯之者，可得而见也。孟子论学道之要曰："必有事焉而勿正，心勿忘，勿助长也。[24]"心勿忘则莫如学，必有事则莫如读书，朝夕从事于诗书，待其久而自得，则勿忘勿助之谓也。譬之稼穑，以为无益而舍之，则不耘苗者也；助之长，则揠[25]苗者也。以孔孟之说考之，乃得先君之遗意。

《苏辙集》

【注释】

①苏辙（1039~1112）：字子由，晚年自号颍滨遗老。眉山（今四川眉山）人。苏轼之弟。嘉祐二年（1057）进士。历官大名府推官、筠州酒税、绩溪县令、尚书右丞、门下侍郎等。著有《栾城集》等。

②先君：指作者已故的父亲苏洵。

③志：记得。

④生业：产业，资财。

⑤廛：古时一户人家所居的房地。

⑥缉：通"辑"，收集。

⑦孔氏：孔子。

⑧椟：柜子，匣子。

⑨世：世代，后世。庶：差不多。

⑩洒扫、应对、进退：打扫，接待客人，与尊长、客人见面、告别的礼仪。指日常生活中的小事。语出《论语·子张》："子夏之门人小子，当洒扫应对进退，则可矣，抑末也。"

⑪申：复，再。弦歌：指礼乐。

⑫"仁者"四句：语出《周易·系辞》："仁者见之谓之仁，知者见之谓之知。"

⑬"颜、闵"四句：语出《论语·先进》："德行：颜渊、闵子骞、冉伯牛、仲弓。言语：宰我、子贡。政事：冉有、季路。文学：子游、子夏。"颜，颜回，字子渊。闵，闵损，字子骞。予，宰予，字子我。赐，端木赐，字子贡。求，冉求，字子有。由，仲由，字子路，又称季路。游，言偃，字子游。夏，卜商，字子夏。

⑭加损：增减。

⑮"孔子曰"四句：语出《论语·公冶长》。十室之邑，只有十户人家的地方。丘，孔子自称其名。

⑯傅说：商朝武丁在位期间的贤相，又称"太公""殷说"。

⑰学于古训，乃有获：语出《尚书·说命》。古训，古人可为师法遵从的言语。

⑱"念终始"二句：语出《尚书·说命》。意思是要坚持学习，念终念始常在于学，在不知不觉中德行修养就已渐进。典，从事。

厌,其。德,德行。修,修养提高。罔,不,没有。觉,觉察。

⑲兼人:胜过别人。语出《论语·先进》:"由也兼人,故退之。"

⑳"尝谓孔子"四句:语出《论语·先进》:"子路曰:'有民人焉,有社稷焉,何必读书,然后为学?'"意思是那个地方有老百姓,有土地粮食,为什么一定要读书才叫学问呢?社稷,土神、谷神。

㉑"汝闻六言"等句:语出《论语·阳货》:"子曰:'由也,汝闻六言六蔽矣乎?'对曰:'未也。''居,吾语汝。好仁不好学,其蔽也愚;好知不好学,其蔽也荡;好信不好学,其蔽也贼;好直不好学,其蔽也绞;好勇不好学,其蔽也乱;好刚不好学,其蔽也狂。'"六言六蔽,六种品德,六种流弊。言,指品德。蔽,通"弊"。居,坐下。愚,被愚弄。荡,放荡,行为不受约束。贼,受害。绞,说话尖刻。乱,捣乱闯祸。狂,胆大妄为。

㉒"赐也"等句:语出《论语·卫灵公》。识,记住。

㉓为学日益,为道日损:语出《老子》第四十一章。意思是为学所以求知,所以知识一天比一天增多。为道所以去妄,所以错误一天比一天减少。

㉔"必有事焉"三句:语出《孟子·公孙丑上》。意思是一定要做,但不要有特定的目的,心中不要忘记它,不要违背规律地助其生长。正,同"征",目的。

㉕揠(yà):拔。

【赏读】

　　苏辙这篇文章从题目来看,是写自己的藏书室的,但他没有采取通常的写法,比如介绍藏书室的由来、寓意之类,相反他几乎没有对自己的藏书室着笔,而是反复强调"先君之遗言",那就是要读书。

　　随后作者用较大篇幅引用孔子、孟子等先贤的事迹和言论，强调读书的重要性，反复申说，一时难以知道其用意何在。到最后卒章显志，目的在"以孔孟之说考之，乃得先君之遗意"。用圣贤的事迹和言论来证明父亲教诲的正确性。

　　这些人物言行和藏书室有什么关系呢？文章是不是有些跑题呢？显然不是。作者是有深意的，他想通过自己的藏书室缅怀父亲的教诲，并将这些教诲作为家风，希望能一代一代传承下去。其境界之高远，非一般藏书家可比。

　　苏辙与父亲苏洵、兄长苏轼一起雄踞文坛，被人称作"三苏"，一家人同时有三位获此殊荣，这在中国文学史上是很少见的。可见父亲苏洵勉励子孙读书的教诲是非常成功的，这的确可以成为苏氏的家风，事实上，这也是中华民族的优秀文化遗产，值得好好传承。

余家藏旧书 叶梦得①

余家旧藏书三万余卷，丧乱②以来，所亡几半。山居狭隘，余地置书囊无几，雨漏鼠啮，日复蠹败③。今岁出曝之，阅两旬才毕。其间往往多余手自钞，览之如隔世事。因日取所喜观者数十卷，命门生等从旁读之，不觉至日昃④。

旧得酿法，极简易，盛夏三日辄成，色如渾醴⑤，不减玉友⑥。仆夫⑦为作之，每晚凉，即相与饮三杯而散，亦复盎然。

读书避暑，固是一佳事，况有此酿。忽看欧阳文忠⑧诗有"一生勤苦书千卷，万事消磨酒十分"⑨之句，慨然有当其心⑩。公名德著天下，何感于此乎？邹湛⑪有言："如湛辈，乃当如公言耳⑫。"此公始退休之时，寄北门韩魏公⑬诗也。

《避暑录话》

【注释】

①叶梦得（1077~1148）：宋代词人，字少蕴，号石林居士。吴县（今江苏苏州）人。绍圣四年（1097）进士，历任翰林学士、户部尚书、江东安抚大使等。著有《石林燕语》《石林诗话》《避暑录话》等。

②丧乱：死丧祸乱，这里指时局动乱。

③蠹败：被书虫咬坏。

④日昃：太阳偏西。

⑤浔（dòng）醴：一种美酒。

⑥玉友：白酒。

⑦仆夫：驾车的人，这里泛指家里的仆从。

⑧欧阳文忠：欧阳修。

⑨一生勤苦书千卷，万事消磨酒十分：语出欧阳修《退居述怀寄北京韩侍中二首》其一："悠悠身世比浮云，白首归来颍水渍。曾看元臣调鼎鼐，却寻田叟问耕耘。一生勤苦书千卷，万事销磨酒百分。放浪岂无方外士，尚思亲友念离群。"

⑩慨然有当其心：内心发出感慨。

⑪邹湛（？~299）：字润甫。南阳新野（今属河南）人。仕魏为通事郎、太学博士。入晋后历官尚书郎、廷尉平、太子中庶子、散骑常侍、渤海太守等。著有《周易统略》五卷，今佚。

⑫如湛辈，乃当如公言耳：语出《晋书·羊祜传》："祜乐山水，每风景，必造岘山，置酒言咏，终日不倦。尝慨然叹息，顾谓从事中郎邹湛等曰：'自有宇宙，便有此山。由来贤达胜士，登此远望，如我与卿者多矣。皆湮灭无闻，使人悲伤。如百岁后有知，魂魄犹应登此也。'湛曰：'公德冠四海，道嗣前哲，令闻令望，必与此山俱传。至若湛辈，乃当如公言耳。'"

⑬韩魏公：韩琦（1008~1075），字稚圭，相州安阳（今河南安阳）人。历官右司谏、枢密副使、宰相，被封魏国公。

【赏读】

对于一个藏书三万多卷的读书人来说，因时局动乱而损失近半，可以想象，这是一件多么让人痛苦的事情。好在作者心胸开阔，能看得开，其眼界非一般读者可比。稍后，他将残存的那些旧书整理一番，重新打理，其中多有自己以往亲手抄录者，并将自己喜欢看的书拿出来,和弟子们一起阅读,沉浸其中,不觉太阳西沉。虽历经沧桑坎坷,照样能从中读出滋味,真是善读书者。

更令人叫绝的是,作者因陋就简,品尝着自家酿制的美酒,将读书作为避暑的一种良方,自得其乐。读书读出了滋味,人生也活出了滋味,活出了境界。作者由此联想到欧阳修在诗中抒发的悲凉之感,联想到羊祜发出的人生苦短的感叹,觉得他们作为一代名贤,不应该如此牵肠挂肚,放不下。人生的得与失、人生的朽与不朽,谁能说得清呢?还是交给后人评述吧。言语之间,作者觉得自己比前贤更为心平气和,也更能享受到读书乃至人生的乐趣。

书巢记 陆 游①

陆子既老且病,犹不置②读书,名其室曰书巢。

客有问曰:"鹊巢于木,巢之远人者;燕巢于梁,巢之袭③人者。凤之巢,人瑞之;枭④之巢,人覆之。雀不能巢,或夺燕巢,巢之暴者也;鸠不能巢,伺鹊育雏而去,则居其巢,巢之拙者也。上古有有巢氏⑤,是为未有宫室之巢。尧民之病水⑥者,上而为巢,是为避害之巢。前世大山穷谷,中有学道之士,栖木若巢,是为隐居之巢;近时饮家者流⑦,或登木杪⑧,酣醉叫呼,则又为狂士之巢。今子幸有屋以居,牖户墙垣,犹之比屋⑨也,而谓之巢,何耶?"

陆子曰:"子之辞辩矣,顾未入吾室。吾室之内,或栖于椟,或陈于前,或枕藉⑩于床,俯仰四顾,无非书者。吾饮食起居,疾痛呻吟,悲忧愤叹,未尝不与书俱。宾客不至,妻子不觌⑪,而风雨雷雹之变有不知也。间有意欲起,而乱书围之,如积槁枝,或至不得行,则辄自笑曰:'此非吾所谓巢者耶?'"乃引客就观之。客始不能入,既入又不能出,乃亦大笑曰:"信乎其似巢也。"客去,陆子叹曰:"天下之事,闻者不如见者知之为详,见者不如居者知之为尽。吾侪未造夫道之堂奥⑫,自藩篱⑬之外而妄议之,可乎?"因书以自警。淳熙九年九月三日甫里陆某务观记⑭。

《陆游集》

【注释】

①陆游（1125~1210）：字务观，自号放翁，山阴（今浙江绍兴）人。南宋文学家、史学家、爱国诗人。隆兴元年（1163）进士。历任镇江、夔州等地通判，官至宝章阁待制。著有《渭南集》《剑园诗稿》《老学庵笔记》等。

②不置：不停。

③袭：近。

④枭：猛禽。古人认为这是不祥之鸟，故要掀翻其巢。

⑤有巢氏：传说中的古代君主，教民架木为巢，以便居住。

⑥病水：为洪水泛滥伤脑筋。

⑦饮家者流：好饮酒者。

⑧木杪：树枝的细梢，枝头。

⑨比屋：邻舍，指一般人家。

⑩枕藉：纵横交错地卧在一起。

⑪觌（dí）：相见。

⑫堂奥：厅堂的深处。此处比喻含义深奥的意境或事理。

⑬藩篱：以竹木编织的屏障，这里指外表、表层。

⑭淳熙九年：公元1182年。甫里：地名，在今江苏苏州东南，为陆游祖籍所在地。

【赏读】

这是陆游为自己书房所写的一篇题记。与一般读书人不同的是，陆游没有使用书房、书斋、书室之类常用的词语，而是以书巢名之。

这自然就引起了质疑，人们通常用巢来称呼鸟窝，陆游的书房和鸟巢之间有什么关联吗？

作者显然考虑到这一点，索性以客问的方式开门见山提出质疑，他一口气列出鹊巢、燕巢、凤巢、枭巢、雀巢、鸠巢等一系列鸟巢，然后又列出人间曾有的未有宫室之巢、避害之巢、隐居之巢、狂士之巢等不同时代、不同性质的穴居之巢。作者读书之所明明是房屋，有窗有墙，和一般人家的房屋相同，却偏偏叫做巢，这到底是什么缘故呢？

提出这些疑问之后，作者一一给出答案。首先，自己书房里到处是书，摆放随意，每天朝夕相伴，触手可及，这与鸟类日日进出的巢穴很是相似。再者，自己的书房很小，达到"有意欲起，而乱书围之，如积槁枝，或至不得行"的程度，像鸟巢一样狭小拥挤，这让那位设问者都感叹"信乎其似巢也"。虽然狭小拥挤，但每天读书其间，则是自成一体，其乐融融。书巢之称，不仅贴切，也准确传达出作者的情怀。文章先问后答，写得生动风趣，其思想、其情趣，于言语之间自然流露出来。

藏书 周煇①

聚而必散,物理②之常。父兄藏书,惟恐子弟不读。读无所成,犹胜腐烂箧笥③,旋致蠹鱼④之变。

陈亚少卿⑤藏书万卷、名画一千余轴,晚年复得华亭双鹤⑥及怪石异花。作诗戒其后曰:"满室图书杂典坟⑦,华亭仙客岱云根⑧。他年若不和花卖,便是吾家好子孙。"亚死,悉归他人。

《清波杂志》

【注释】

①周煇(1126~1198):字昭礼,海陵(今江苏泰州)人。南宋学者,藏书家。淳熙三年(1176)曾任使金随员,晚年居钱塘清波门,家富藏书。著有《清波杂志》等。

②物理:事情的规律或道理。

③箧笥:竹编的箱子。

④蠹鱼:又称白鱼,一种蛀蚀书籍、衣物的虫子。

⑤陈亚少卿:字亚之,一字少卿。扬州(今江苏扬州)人。北宋诗人、藏书家。咸平五年(1002)进士,官至太常少卿。

⑥华亭双鹤:一种很名贵的奇石。白居易《池上作》:"华亭双鹤白矫矫,太湖四石青岑岑。"

⑦典坟:三坟五典的省称,这里泛指各类书籍。

⑧岱云根：泰山山石。

【赏读】

既然有藏书，就会有散书，世事无常，得失难料，这是无可讳言的。搜书的时候千辛万苦，费尽财力、心血，总希望子弟能多读书，也希望他们能将其传承下去，但事情的发展往往并不遂人所愿。

作者举了一个典型的例子，陈亚一生苦心经营，收藏大量书籍、名画，还有一些名贵的奇石。他为此专门写诗告诫子孙，希望他们不要转卖。情之殷殷，溢于言表，可是等到他去世后，子孙将其珍藏全部出卖，一生心血落入他人之手。

也许正如作者所说的，聚而必散，物理之常。有聚就有散，这似乎是不可抗拒的规律，但谁又知道，聚难散易，一生历尽艰辛的收罗转眼之间散失一空，其中的甘苦又有多少人清楚呢？

味书阁①记 刘克庄②

  阁在丰城③山间。名，子贱潘公也④；笔，广微袁公也⑤。德夫⑥读书其上有年矣，去而仕于朝，因以其所读者为天子言之，忠愤激发，几寤⑦上意，竟坐是由省闼放还故山⑧。或窃笑曰："世盖有剽窃涉猎书之毫芒而光顾遇合者⑨。德夫无所不读，顾龃龉留落如此⑩，意者书误德夫耶？德夫宁能味此无味之味耶？"德夫亦叹曰："有是哉。"

  夫书无穷极，味有浅深。尝试以古人观之：行之笃、守之固，味之深者也；先信而后畔⑪，始合而终离，味之浅者也。叔孙通、鲁两生⑫皆学《礼》，一以取封，一没世无闻。舒、弘⑬皆学《春秋》，一徒步⑭拜相，一老摈⑮郡国。岂非深者守道而难合，浅者谐世而易售⑯欤？使其果深于书，捽茹山雌⑰也，脱粟太牢⑱也。苟为不然，如唊土炭，如嚼腊火，将唾弃之矣。然则德夫之所味，固世之所不能味；世之所味，固德夫之所不屑味欤。

  或又曰："阁仅三间，奚其记？"余曰："不然。石渠、天禄⑲，高则高矣，而不能逃莽大夫⑳之讥；临春、结绮㉑，美则美矣，而不能湔狎客之谤㉒。德夫阁虽小，然圣贤之事具焉，古今之变合焉，天下、后世之责在焉。德夫味之不已，出则为遗直㉓，为名臣；处㉔则为高士，为全人㉕。是阁与天壤俱敝矣。勿记，可乎？"

《后村先生大全集》

【注释】

①味书阁：徐鹿卿所建的一座私人藏书楼。该文又题作《为徐德夫右司作》。

②刘克庄（1187~1269）：字潜夫，号后村居士。莆田（今福建莆田）人。淳祐六年（1246）赐进士出身。官至工部尚书兼侍读。为南宋豪放派词人，著有《后村先生大全集》等。

③丰城：在今江西丰城。

④名：命名。子贱潘公：潘良贵（1094~1150），字子贱，一字义荣，号默成居士。金华（今浙江金华）人。政和五年（1115）进士，官至中书舍人。

⑤笔：题写。广微袁公：袁甫，字广微，号蒙斋。鄞县（今浙江宁波）人。嘉定七年（1214）进士，官至兵部尚书、吏部尚书，著有《孝说》《孟子解》等。

⑥德夫：徐鹿卿（1189~1250），字德夫。丰城（今江西丰城）人。嘉定十六年（1223）进士，历官枢密院编修官、吏部侍郎、国子祭酒等。著有《泉谷文集》等。

⑦寤：通"悟"，违忤。

⑧坐是：因此，由此。省闼：尚书省的别称。徐德夫曾在此任右司。故山：故乡，家乡。

⑨毫芒：细枝末节。遇合：得到君主信任使用。

⑩龃龉：不合。留落：流落，沦落。

⑪畔：通"叛"。

⑫叔孙通：鲁国薛县（今山东滕州）人，曾为秦博士及项羽部属，后归刘邦，为新建立的西汉王朝制订礼仪制度。鲁两生：叔孙通征召鲁地儒生商议礼仪，其中有二人呵斥叔孙通而不肯行。后以"两生"比喻熟谙礼乐典籍而不知权变的人。

⑬舒：董仲舒（前179~前104）。广川（治今河北景县西南）人。西汉经学家，著有《春秋繁露》。他曾因谏诤而被贬为胶西国相。弘：公孙弘（前200~前121），字季。菑川（郡治今山东寿光南）人。曾拜相，封平津侯。

⑭徒步：布衣平民的代称。

⑮摈：排除，抛弃。

⑯易售：畅销，引申为吃得开。

⑰捽（zuó）茹山雌：视平常饮食如山鸡美味。捽茹，野菜。山雌，山鸡。

⑱脱粟太牢：视糙米如盛筵美食。脱粟，粗粮。太牢，祭品。

⑲石渠、天禄：汉代宫中藏书之所。

⑳莽大夫：扬雄。扬雄曾颂美篡国的王莽，被后人称为"莽大夫"。

㉑临春、结绮：南朝陈后主及诸贵嫔所居之阁。

㉒湔（jiān）：洗清。狎客：陈后主荒于国事，日与江总、孔范等人游宴后廷，做艳诗，时人称其为"狎客"。

㉓出：出仕。遗直：刚正率直，有古人遗风。

㉔处：隐居。

㉕全人：道德品行完美的人。

【赏读】

这是刘克庄应好友徐鹿卿之邀，为其藏书楼味书阁所写的一篇题记。文章不大好写，正如有人所质疑的："阁仅三间，奚其记？"

的确，藏书楼不大，仅三间而已，自然藏书也不会太多，更无珍本秘籍可资炫耀，似乎没有可写之处。但这些都难不倒作者，因为他的目光早已超越了这座藏书楼，他有更为重要的话题要说。

作者首先从藏书楼主人徐鹿卿的境遇说起。徐鹿卿潜心读书多年，有真才实学，到朝廷为官，结果因为违背皇帝的意志而被放还，赋闲在家，为此受到别人的嘲笑，他们认为有些人靠剽窃书中的一些皮毛就可以得到朝廷的重用，徐鹿卿无所不读，境遇却如此落魄。这说明是读书误了徐鹿卿，所谓的味书也不过是"味此无味之味"。如此便提出一个尖锐的话题，世人不是都强调读书的好处吗？徐鹿卿读了那么多书，为什么会沦落到如此境地？是不是说明读书误人？

作者并不讳言，这样的事情并非特例，在历史上多的是，比如叔孙通与鲁两生，比如董仲舒与公孙弘，他们学识差不多，但境遇却完全不同。这与味书的深浅无关，而是与一个人的境界相关，徐鹿卿"所味"的是"世之所不能味"，而"世之所味"，则是他"所不屑味"的，这种境界正是读书才可以达到的。

作者最后勉励朋友，书斋未必大，未必富丽堂皇，但"圣贤之事具焉，古今之变合焉，天下、后世之责在焉"，这样才可以与天地同在，也才可以不朽。

东野书房①记 黄仲元②

叟曩客樵川、富沙、汇江、芝山、瑞安时③,倾囊置书归里,朱墨校雠惟谨。丙子、戊寅间,兵蹂其半,盗藏其半,然后叹藏书之难。

廿余年来,新进小生④以科举不行⑤而辍读,与刀笔相从事者⑥不暇读,吟风月以为工者又他读,闲知课儿⑦灯火,寻行数墨⑧,而不知其所以读。叟虽未离清净业⑨,然聪明不及中年,开卷如生,掩卷旋忘,乃又叹读书之难。

或喜榷订讹缺,穿穴⑩丛琐,骋⑪韶妍,钓声誉,而斫木不胜任⑫,制锦不中度,不为行河之《禹贡》⑬,则为理财之《周官》⑭。惟读错,故用错。叟发种种,不谐于时,益重叹用书之难。

噫嘻!藏而不善读,犹不藏也;读而不善用,犹不读也。

三山⑮谳掾⑯汪君,学仕俱优,有房庋书万卷,朝夕徜徉其间,慨然忻戚⑰今古,介博士涂君嘱叟记数语。叟喜君之善藏,又善读,且善用也,故以其所感叹,乐为君道之。前代元夫钜人⑱宅⑲三事⑳者,惟受用《论语》一句、两句,用书正不在多,此语又惟东野领会,幸勿使他客见曰,我辈学问止《论语》。

汪君名某㉑,新安人。叟谓谁?莆四如老人黄渊,字天叟。记已,授涂君复之,俾留东野壁间,以为吾儿异日邂逅一笑话柄。

《黄四如集》

【注释】

①东野书房:汪东野所建藏书之所。

②黄仲元(1231~1312):又名黄渊,字善甫、天叟,号韵乡、四如。莆田(今福建莆田)人。咸淳七年(1271)进士,曾任国子监主簿。宋亡后隐居不仕,讲学以终。著有《四如讲稿》《黄四如集》等。

③樵川:在今福建南平。富沙:在今福建富沙。芝山:在今福建漳州。瑞安:在今浙江瑞安。

④新进小生:年轻的读书人。

⑤不行:未举行,停办。

⑥与刀笔相从事者:泛指官吏。

⑦课儿:教孩子读书。

⑧寻行数墨:逐字逐句读书。

⑨清净业:佛教术语,指身、口、业要清净。

⑩穿穴:钻研。

⑪骋:展示。

⑫斫木不胜任:典出《孟子·梁惠王下》:"工师得大木,则王喜,以为能胜其任也。匠人斫而小之,则王怒,以为不胜其任矣。"斫(zhuó),砍。

⑬行河之《禹贡》:典出《汉书·平当传》:"当以经明《禹贡》,使行河,为骑都尉,领河堤。"行河,巡行黄河。《禹贡》,

《尚书》中的一篇，托言夏禹治水的记录，实为古代地理著作。

⑭《周官》:《周礼》，该书中有较为丰富的理财思想。

⑮三山：福州的别称。

⑯谳掾：即奏谳掾，汉代廷尉属官，掌管负责呈报罪案之事。

⑰忻戚：悲喜交集。

⑱元夫钜人：强壮的男人，大丈夫。

⑲宅：处理。

⑳三事：语出《尚书·立政》："立政：任人、准夫、牧作三事。"

㉑汪君名某：汪东野，新安（今安徽徽州）人。生平事迹不详。

【赏读】

这篇藏书楼的题记也是应邀为别人所写，作者的重点在抒发个人的感慨，通过自己的亲身经历，道出对读书之事的感悟。

他首先提出读书有如下三难：

第一难为"藏书之难"。一生辛勤搜罗，"倾囊置书"，并且"朱墨校雠惟谨"，藏书的数量想必还是颇为可观的，转眼间遭遇战乱，被兵士、盗匪损毁一空。这是读书人最为担心也最为伤心的一大劫难。

第二难为"读书之难"。一生忙忙碌碌，要么"辍读"，要么"不暇读"，要么"他读"，要么"不知其所以读"。等到什么都想明白也想读书的时候，人已渐老，"开卷如生，掩卷旋忘"。但是人生没有后悔药，这种教训往往是一代又一代重演着。

第三难为"用书之难"，即便读书，往往怀着名利之心，要么囫囵吞枣，要么曲解古人，"惟读错，故用错"。

有此三难，可见读书之不易，作者发出感叹："藏而不善读，犹不藏也;读而不善用,犹不读也。"可见无论藏书、读书还是用书,都要格外用心。

　　作者为别人藏书楼写题记,却用如此多篇幅来写个人的读书经历,这是因为主人"善藏,又善读,且善用",故此将自己的人生体验与其分享,这比简单地写几句客套话,将主人吹捧几句要真诚得多,相信也是主人更乐意看到的。

庄蓼塘①藏书　陶宗仪②

庄蓼塘住松江府上海县青龙镇,尝为宋秘书小史③。其家蓄书数万卷,且多手抄者。经史子集、山经地志④、医卜方伎、稗官小说,靡所不具。书目以甲乙分十门。

蓼塘既没,子孙不知保惜,或为虫鼠蚀啮,或为邻识盗窃,或供饮博⑤之需,或应糊覆⑥之用。编帙⑦散乱,所存无几。

至正六年⑧,朝廷开局,修宋、辽、金三史,诏求遗书,有以书献者,予一官。江南藏书多者止三家,庄其一也。继命危学士朴⑨特来选取。其家虑恐兵遁、图谶⑩干犯禁条,悉付祝融氏⑪。及收拾烬余,存者又无几矣。其孙群玉⑫悉载入京,觊⑬领恩泽,宿留日久,仍布衣而归。

书之不幸如此。

《南村辍耕录》

【注释】

①庄蓼塘:庄肃(1245~1315),字恭叔,号蓼塘,松江(今上海)人。仕宋为秘书小史,宋亡后弃官隐居。

②陶宗仪(1316~1403后):字九成,号南村,黄岩(今浙江台州市黄岩区)人。元末举进士不第,明洪武时曾任教官,著有

《南村辍耕录》《南村诗集说》等。

③秘书小史：掌管宫廷图书的官员。

④山经地志：地理、方志类的书籍。

⑤饮博：饮酒博戏。

⑥糊覆：糊东西，盖东西。

⑦编帙：书籍卷册。

⑧至正六年：公元1346年。

⑨危学士朴：危素（1303～1372），字太朴，号云林，金溪（今江西金溪）人。元时官至礼部尚书、参知政事、翰林学士承旨。入明后授翰林侍讲学士。著有《说学斋稿》《云林集》等。

⑩兵遁、图谶：兵法、谶纬一类的图书。

⑪祝融氏：火神，这里指火。

⑫群玉：庄群玉，庄肃之孙。

⑬觊：希望。

【赏读】

收书、藏书，必然就会有散失，这是一个人人皆知的道理，同时也是一个异常残酷的事实。书籍的散失并不仅仅是财产的损失，它同时也是典籍乃至文化的浩劫，所造成的损失往往是无法挽救，不可弥补的。历史上这样的劫难实在太多，但是读到这篇文章还是心情沉重，无法平静。

庄蓼塘为当时江南三大藏书家之一，其家中藏书多达数万卷，内容涉及各个方面，连目录都分十门，由此不难想象其藏书数量之大。而且其中还有不少"手抄者"，手抄的图书多是因为特别稀见，无法购置，只好从别人那里抄录，往往十分珍贵。

但是转眼之间，随着庄蓼塘的去世，其藏书的劫难也开始了。其子孙不知爱惜，任由这些书散失，"或为虫鼠蚀啮，或为邻识盗窃，或供饮博之需，或应糊覆之用"，每一个散失的理由都让人心疼。但是浩劫还没有结束，本来这些残存的书还可以献给朝廷，发挥点用处的，结果因担心灾祸，又有意放火去烧，这简直就是造孽了。就这样，庄蓼塘的那位孙子竟然还想靠火后余存的那些书"觊领恩泽"。幸好，朝廷没有满足他的非分之想。

庄蓼塘的不幸也是书的不幸乃至中国文化的不幸。

别业①蓄书 孔 齐②

古人积金以遗子孙，子孙未必能尽守；积书以遗子孙，子孙未必能尽读。不如积阴德于冥冥之中，以为子孙无穷之计③。此言甚好。

吾家自先人寓溧阳④，分沈氏居之半以为别业，多蓄书卷，平昔爱护尤谨，虽子孙未尝轻易检阅，必有用然后告于先人，得所请，乃可置于外馆⑤。晚年子弟分职⑥，任于他所，惟婢辈几人在待。予一日自外家归省⑦，见一婢执《选诗演》半卷，又国初名公柬牍⑧数幅，皆剪裁之余者。急扣其故，但云："某婢已将几卷褙⑨鞋帮，某婢已将几卷覆酱瓿⑩。"予奔告先人。先人曰："吾老矣，不暇及此，是以有此患。尔等居外，幼者又不晓事，婢妮无知，宜有此哉！"不觉叹恨，亦无如之何矣。

予至上虞⑪，闻李庄简公光⑫无书不读，多蓄书册与宋名刻数万卷，子孙不肖，且粗率鄙俗，不能保守，书散于乡里之豪民家矣。家训徒存，无能知者。往往过客知庄简者，或访求遗迹，读其家训者，不觉为之痛心也。

又见四明袁伯长学士⑬，承祖父之业，广蓄书卷，国朝以来甲于浙东。伯长没后，子孙不肖，尽为仆干⑭窃去，转卖他人,或为婢妾所毁者过半。且名画旧刻,皆贱卖属异姓矣。悲夫!古人之言,信可征⑮也。

《至正直记》

【注释】

①别业:别墅。

②孔齐(生卒年不详):或作孔克齐,字肃夫、行素,号静斋,又号行素居士,阙里(今山东曲阜)人,曾任黄冈书院山长。著有《至正直记》等。

③"古人积金以遗子孙"等句:语出司马光家训。

④先人:已故的父亲。溧阳:在今江苏溧阳。

⑤外馆:外面的房间。

⑥分职:分别担任职务。

⑦外家:旧时已婚男子在自己原来家庭以外另成的小家。归省:回乡省亲。

⑧柬牍:书信。

⑨褙:把布或纸一层一层地粘在一起做鞋。

⑩酱瓿(bù):盛酱的小坛子。

⑪上虞:在今浙江上虞。

⑫李庄简公光:李光(1078~1159),字泰发,一作字泰定,号转物老人,谥号庄简。上虞(今浙江上虞)人。南宋名臣、文学家。著有《前后集》等。

⑬四明:今浙江宁波。袁伯长:袁桷(1266~1327),字伯长,庆元(治今浙江宁波)人。历任翰林国史院检阅官、集贤直学士。著有《易说》《春秋说》《清容居士集》)。

⑭仆干:仆从。

⑮可征：可信，可证明。

【赏读】

　　这篇文章很有意思，本来是谈藏书问题，开篇说的却是留什么东西给子孙。这也是一个具有民族特色的问题，中国人总希望能积累一些东西留给子孙，要么金银，要么藏书，但实际情况往往事与愿违。事实证明，这不仅对子孙没有益处，相反还会成为他们的负担，甚至可以说是害了他们。所以最好的办法是留阴德，如果可以将阴德宽泛地理解为声誉、美德之类精神财富的话，这倒不失为高明之举。

　　作者之所以这样说，显然是有感而发。他也出身一个藏书之家，尽管平时家族管理很严，努力避免书籍散失的悲剧，但还是未能幸免。随着下一代子弟到外地任职，家里只剩下老父亲和一些仆从。对于没有文化、不读书的婢女来说，这些所谓的珍本秘籍没什么实在的用处，不过是做鞋、盖坛子的纸片而已。因为缺少有效的管理，这些损失无可避免。作者叹恨归叹恨，"亦无如之何"，这并非个人之力所能挽回。

　　后文所说的李光、袁桷，都是有名的藏书家，也都逃脱不了这样的命运。一部藏书史就是一部散书史，自然也是一部伤心史和血泪史。

杏花书屋①记 归有光

　　杏花书屋，余友周孺允②所构读书之室也。孺允自言其先大夫玉岩公为御史③，谪沅、湘时④，尝梦居一室，室旁杏花烂漫，诸子读书其间，声琅然⑤出户外。嘉靖初，起官陟宪使⑥，乃从故居迁县之东门，今所居宅是也。公指其后隙地⑦，谓孺允曰："他日当建一室，名之为杏花书屋，以志吾梦云。"

　　公后迁南京刑部右侍郎，不及归而没于金陵。孺允兄弟数见侵侮⑧，不免有风雨飘摇⑨之患。如是数年，始获安居。至嘉靖二十年⑩，孺允葺公所居堂，因于园中构屋五楹，贮书万卷，以公所命名，揭之楣间⑪，周环艺⑫以花果竹木。方春时，杏花粲发⑬，恍如公昔年梦中矣。而回思洞庭木叶⑭、芳洲杜若⑮之间，可谓觉之所见者妄，而梦之所为者实矣。登其室，思其人，能不慨然矣乎！

　　昔唐人重进士科⑯，士方登第时，则长安杏花盛开，故杏园之宴⑰，以为盛事。今世试进士，亦当杏花时⑱，而士之得第，多以梦见此花为前兆。此世俗不忘于荣名者为然。公以言事忤天子，间关岭海⑲十余年，所谓铁石心肠，于富贵之念灰灭尽矣；乃复以科名⑳望其子孙。盖古昔君子，爱其国家，不独尽瘁其躬而已㉑；至于其后，犹冀其世世享德而宣力㉒于无穷也。夫公之所以为心者如此。

今去公之殁，曾几何时，向之所与同进者，一时富贵翕赫[23]，其后有不知所在者。孺允兄弟虽蠖屈[24]于时，而人方望其大用；而诸孙皆秀发[25]，可以知《诗》《书》之泽也。《诗》曰："自今以始，岁其有；君子有谷，贻孙子。于胥乐兮！"[26]吾于周氏见之矣！

《震川先生集》

【注释】

①杏花书屋：周孺允根据父亲遗愿所建的读书之所。

②周孺允：字士洵，太仓（今江苏太仓）人。生平事迹不详。

③先大夫：已故的父亲。玉岩：周广（1474～1531），字充之，号玉岩。弘治十八年（1505）进士，官至南京刑部右侍郎。曾任浙江道监察御史。任御史两月，上疏言事，被贬为怀远（今广西三江）驿丞。

④沅、湘：沅江、湘江，湖南境内的两条江。

⑤琅然：声音清脆响亮。

⑥起官：起复，被贬官后重新起用。陟（zhì）：晋升，提升。宪使：御史的古称。古称御史台为宪台，故御史有宪使之称。

⑦隙地：空地，闲地。

⑧侵侮：受侵凌，受凌辱。

⑨风雨飘摇：语出《诗经·豳风·鸱鸮》："予室翘翘，风雨所漂摇。"原意是鸱鸮鸟巢高而危，受到风雨侵袭，后用以比喻倾危不安。

⑩嘉靖二十年：公元1541年。

⑪揭：揭示，张挂。楣：门上的横木。

⑫艺：种植。

⑬粲发：盛开。

⑭洞庭木叶：语出《九歌·湘夫人》："袅袅兮秋风，洞庭波兮木叶下。"

⑮芳洲杜若：语出屈原《九歌·湘君》："采芳洲兮杜若。"这里指其父周广被贬的地方。

⑯唐人重进士科：唐代取士科目有秀才、明经、俊士、进士、明法、明字、明算等，以进士一科最受重视，许多宰相都是进士出身。

⑰杏园之宴：杏园在今陕西西安大雁塔南。唐代制度，新进士登第后，到此举行宴会，称杏园宴或探花宴，然后到大雁塔下题名留念。

⑱今世试进士，亦当杏花时：明代制度，会试时间为农历二月上旬至中旬，廷试在三月朔日。此时正值杏花盛开。

⑲间关岭海：指周广被贬谪的地方。间关，道路艰险，不易行走。岭海，泛指五岭以南、临近南海的两广地区。

⑳科名：科举考试取得的功名。

㉑尽瘁：竭尽全力。躬：身体。

㉒宣力：效力，为朝廷出力。

㉓翕赫：显赫，发达。翕，盛大。

㉔蠖（huò）屈：屈身隐退，指不得志。

㉕秀发：容貌英秀焕发，指人有神采、才华。

㉖《诗》曰等句：语出《诗经·鲁颂·有駜》。岁其有，每年都获得丰收。有谷，有俸禄。谷，俸禄。一说指良善的品行。于胥，全都。于，叹词。胥，都。

【赏读】

　　这是归有光为好友周孺允的杏花书屋所写的一篇题记，与同类文章不同的是，他没有宕开笔墨去引申发挥，而是紧紧围绕着书屋的来龙去脉而写，讲述了一段感人的故事。

　　书屋虽然是周孺允所建，但那位去世的父亲周广才是真正的主人，因为这是他的遗愿。这个遗愿来自一段梦境："室旁杏花烂漫，诸子读书其间，声琅然出户外。"说是梦境，实则是周广的一个心愿，寄托着对子弟的殷切期望。周广生前未能看到书屋的建成，经过一番周折之后，他的孩子终于完成了这一遗愿。书屋的建造是儿子对父亲愿望的满足，也是一种精神的传承。

　　通过作者的描绘，一位高大的父亲形象跃然纸上。他虽然仕途坎坷，却仍对孩子的教育成长念念不忘，以建造书屋这件事来勉励他们读书。读书未必能给后人带来现实的好处，就是作者写这篇题记时，周氏一家也并未发达，但他们延续了一种可贵的精神。人生的得失是不可一概而论的。

《世善堂书目》①题词　陈　第②

吾性无他嗜，惟书是癖。虽幸承世业③，颇有遗本④，然不足以广吾闻见也。自少至老，足迹遍天下，遇书辄买，若惟恐失，故不择善本，亦不争价值。又在金陵焦太史⑤、宣州沈刺史⑥家得未曾见书，抄而读之，积三、四十余年，遂至万有余卷，纵未敢云汗牛充栋，然以资闻见、备采择，足矣，足矣。

今岁闲居西郊，伏去凉生，课儿孙辈晒晾入簏⑦，粗为位置⑧，以类相从，因成目录，得便查检。

古人有言："积书以遗子孙，子孙未必能读。"吾买书盖以自娱，特未即弃去耳，非积之以为子孙遗也。子孙之读不读，听其自然。至于守与不能守，亦数⑨有必至，吾虽不听之，其可得耶。万历丙辰温麻山农志⑩。

《世善堂书目》

【注释】

①世善堂：陈第所建藏书楼，颇多善本，乾隆初藏书散佚。《世善堂书目》为其所藏图书的书目。

②陈第（1541~1617）：字季立，号一斋。连江（今福建连江）人。明代音韵学家。善诗，精研音韵之学，藏书极富。著有《一斋集》《世善堂目录》等。

③世业：祖上遗留的产业、财产。

④遗本：祖上遗留的图书。

⑤金陵焦太史：焦竑（1540~1620），字弱侯，号澹园，江宁（今江苏南京）人。万历十七年（1589）进士，历官翰林修撰、福宁州同知。家富藏书，著有《澹园集》《国朝献征录》等。

⑥宣州沈刺史：沈有严，字士庄，号震阳，宣城（今安徽宣城）人，万历七年（1579）举人。

⑦篋：书箱。

⑧位置：处理，安置。

⑨数：命运，天命。

⑩万历丙辰：万历四十四年（1616）。温麻山农：陈第的别号。

【赏读】

本文是陈第为其藏书所编写的《世善堂书目》所作的题词。与一般读书人不同，他出身行伍，按说与藏书并不相干，但他偏偏喜爱这个，"性无他嗜，惟书是癖"，达到如痴如狂的程度。经过几十年的苦心经营，蔚然可观，家中藏书达到万卷以上。

陈第也是出身藏书世家，家里"颇有遗本"，较之一般读书人，显得十分开明旷达。他没有像一般藏书家那样谆谆告诫子孙，要如何如何保存这些图书，而是明确告诉世人，自己买书的目的不过是为了"自娱"，"非积之以为子孙遗"，至于他们是否爱读，能否守得住这些藏书，都不是自己能决定的，故顺其自然吧。显然，陈第对此前藏书家散书的悲剧看得太多，也听得太多，与其徒劳无功地坚守，不如权作旷达。说是旷达，不如说是一种无奈。哪有辛苦搜集一生，甘心看着自己的珍藏散失的？

陈第的话并非多余，很快就得到了应验。在他去世之后，那些珍藏多年的书籍最终还是散失了。

梅花书屋① 张 岱

陔萼楼后老屋倾圮,余筑基四尺,造书屋一大间。旁广耳室如纱幮②,设卧榻。前后空地,后墙坛③其趾,西瓜瓤大牡丹三株,花出墙上,岁满三百余朵。坛前西府④二树,花时积三尺香雪。前四壁稍高,对面砌石台,插太湖石数峰。西溪梅骨古劲,滇茶数茎妩媚其傍,梅根种西番莲⑤,缠绕如缨络⑥。窗外竹棚,密宝襄⑦盖之。阶下翠草深三尺,秋海棠疏疏杂入。前后明窗,宝襄、西府,渐作绿暗。余坐卧其中,非高流佳客,不得辄入。慕倪迂"清閟"⑧,又以"云林秘阁"名之。

《陶庵梦忆》

【注释】

①梅花书屋:张岱所建的读书之所。
②耳室:堂屋两旁的小房间。纱幮(chú):纱帐。
③坛:建坛,筑坛。
④西府:西府海棠的简称,海棠的一个品种。
⑤西番莲:又称龙珠菜,一种多年生草质藤本植物。
⑥缨络:同"璎珞",一种用珠玉串成的装饰品。
⑦宝襄:当为"宝相",一种蔷薇花。
⑧倪迂"清閟":倪瓒(1301~1374),初名珽,字元镇,号云

林,别号幼霞子、荆蛮民、奚元朗等,无锡(今江苏无锡)人。元代书画家,与黄公望、吴镇、王蒙并称"元四家",著有《清閟阁集》。家中建有清閟阁以收藏书画、古玩。清閟阁,清秘阁。张岱《夜航船》一书有介绍:"清秘阁:倪云林所居,有清秘阁、云林堂。其清秘阁尤胜,前植碧梧,四周列以奇石,蓄古法书名画其中,客非佳流不得入。尝有夷人入贡,道经无锡,闻云林名,欲见之,以沉香百斤为贽,云林令人给云:'适往惠山饮泉。'翌日再至,又辞以出探梅花。夷人不得一见,徘徊其家。倪密令开云林堂使登焉,东设古玉器,西设古鼎彝尊,夷人方惊顾,问其家人曰:'闻有清秘阁,可一观否?'家人曰:'此阁非人所易入,且吾主已出,不可得也。'夷人望阁再拜而去。"

【赏读】

对于会生活的人来说,居所不一定非要奢华,稍作布置,便成人间仙境。张岱就是这样一个很懂得生活情趣的人。

这座梅花书屋不是他刻意建造的,而是就着已倒塌的老屋的地址顺势而建,房间也不大,看起来很普通。但作者将周围种上各种花草、放上太湖石之后,感觉就马上不同了。这些花草都是精心选择的,种在什么位置,什么时间开花,也都是很有讲究的。稍作布置之后,便成一处秀美幽静的读书之所。作者"坐卧其中",自得其乐,可以想象在这样的环境中读书该是多么赏心悦目的事情。"非高流佳客,不得辄入",一般人还没有资格到这里观览,真是令人神往。

除本文外,作者还写有《云林秘阁》三首,其二云:

清閟倪迂在,云林浪得名。
鼎彝贡使拜,渍唾主人熏。
石卧苍霞老,蔓横空翠生。
琅嬛真福地,南面有书城。

三世藏书　　张　岱

余家三世积书三万余卷。大父①诏余曰："诸孙中惟尔好书，尔要看者，随意携去。"余简②太仆、文恭、大父③丹铅④所及有手泽者存焉，汇以请，大父喜，命舁⑤去，约二千余卷。崇正乙丑⑥，大父去世，余适往武林，父叔及诸弟、门客、匠指、臧获、巢婢⑦辈乱取之，三代遗书，一日尽失。

余自垂髫聚书四十年，不下三万卷。乙酉避兵入剡⑧，略携数簏随行，而所存者，为方兵所据，日裂以吹烟，并舁至江干，籍甲内，挡箭弹，四十年所积，亦一日尽失。此吾家书运，亦复谁尤⑨。

余因叹古今藏书之富，无过隋、唐。隋嘉则殿分三品，有红琉璃、绀琉璃、漆轴之异⑩。殿垂锦幔，绕刻飞仙。帝幸书室，践暗机⑪，则飞仙收幔而上，橱扉自启；帝出，闭如初。隋之书计三十七万卷⑫。

唐迁内库书于东宫丽正殿，置修文、著作两院学士⑬，得通籍⑭出入。太府月给蜀都麻纸五千番⑮，季给上谷墨⑯三百三十六丸，岁给河间、景城、清河、博平四郡兔千五百皮为笔，以甲、乙、丙、丁为次⑰。唐之书计二十万八千卷。

我明中秘书不可胜计，即《永乐大典》⑱一书，亦堆积数库焉。余书直⑲九牛一毛耳，何足数哉。

《陶庵梦忆》

【注释】

①大父：祖父。

②简：挑选。

③太仆：指张岱高祖张天复（1513～1573），字复亨，号内山。嘉靖二十六年（1547）进士。历任礼部主事、云南按察司副使、甘肃道行太仆卿。文恭：指张岱曾祖张元忭，谥文恭。

④丹铅：校勘书籍所用的朱砂和铅粉，这里指校订。

⑤舁（yú）：带走。

⑥崇正乙丑：崇正即崇祯，因避"祯"字，改其为"正"。崇祯间没有乙丑年，结合此年"大父去世"一语，当为天启乙丑，即天启五年（1625）。

⑦匠指：工匠。臧获：奴婢。作者在《夜航船》一书中有解释："臧获：海岱之间骂奴曰臧，骂婢曰获。盖古无奴婢，犯事者被臧，没入官为奴；妇女逃亡，获得者为婢。"巢婢：婢女，女仆。

⑧剡（shàn）：剡溪，在今浙江省嵊州市。

⑨尤：埋怨，怨恨。

⑩"隋嘉则殿"二句：典出《隋书·经籍志》："炀帝即位，秘阁之书，限写五十副本，分为三品：上品红琉璃轴，中品绀琉璃轴，下品漆轴。"嘉则殿，隋代宫廷藏书之所。

⑪暗机：隐藏的机关。

⑫"隋之书"句：典出《新唐书·艺文志》："隋嘉则殿书三十七万卷。"

⑬"唐迁"二句：典出《新唐书·艺文志》："及还京师，迁书

东宫丽正殿,置修书院于著作院。"

⑭通籍:古代出入官时将写有姓名、年龄、身份的竹片挂在门外,以备核对。作者《夜航船》一书亦有解释:"通籍:举子登科后,禁门中皆有名籍,可恣意出入也。"

⑮"太府"句:语出《新唐书·艺文志》。太府,官名,掌管国家钱谷财货。

⑯上谷墨:一种墨,因产于上谷(今河北易县),故称。

⑰以甲、乙、丙、丁为次:作者《夜航船》:"四部,唐《经籍志》:玄宗两都各聚书四部,以甲、乙、丙、丁为号;甲,经部,赤牙签;乙,史部,绿牙签;丙,子部,碧牙签;丁,集部,白牙签。"

⑱《永乐大典》:明成祖时期解缙等人所编辑的一部大型类书,共二万二千八百七十七卷,收录古代典籍七八千种。正本约毁于明亡之际。副本至清咸丰时逐渐散失。1900年,八国联军攻入北京,副本遭到焚毁和抢掠。现存已征集到残卷七百九十五卷,不过是原书的一个零头。

⑲直:只不过。

【赏读】

三世藏书,整整有三万多卷,竟然随着祖父的去世,"一日尽失"。自己四十年的积累,不下两万卷珍藏,在改朝换代的战火中,"亦一日尽失"。这就是作者家的书运,也是很多藏书家的书运。古人有"富不过三代"的说法,其实不只是富,藏书过三代的也不多见,像天一阁那样经过历代流传还能完好保存的少之又少。

作者由自己家的藏书联想到古往今来的官府藏书,"古今藏书之富,无过隋、唐",都是有几十万卷之巨。但这些藏书随着朝代的更迭,都流落到哪里去了呢?作者又进一步想到,明朝仅《永乐大典》一书，就已蔚然可观，随着改朝换代的惨烈战火，这些藏书的命运又如何呢？

　　作者写的是书运，着眼点则在国运。当一个王朝连自己的命运都不保的时候，还能保护那些藏书吗？当一个人连身家性命都成问题的时候，那些藏书又算得了什么呢？个人的不幸与一个王朝、一个国家的不幸相比，又算得了什么呢？"何足数哉"，言语之间，透着多少悲凉与沧桑。

传是楼①记 汪 琬②

昆山徐健庵③先生,筑楼于所居之后,凡七楹。间④命工斫木为橱,贮书若干万卷,区为经史子集⑤四种,经则传注义疏之书附焉⑥,史则日录、家乘、山经⑦、野史之书附焉,子则附以卜筮⑧、医药之书,集则附以乐府、诗余之书⑨,凡为橱者七十有二,部居类汇⑩,各以其次,素标缃帙⑪,启钥灿然⑫。于是先生召诸子登斯楼而诏之曰:"吾何以传女曹⑬哉?吾徐先世,故以清白起家,吾耳目濡染旧⑭矣。盖尝慨夫为人之父祖者,每欲传其土田货财,而子孙未必能世富⑮也;欲传其金玉珍玩、鼎彝尊斝⑯之物,而又未必能世宝⑰也;欲传其园池台榭、舞歌舆马之具,而又未必能世享其娱乐也。吾方以此为鉴。然则吾何以传女曹哉?"因指书而欣然笑曰:"所传者惟是矣!"遂名其楼为"传是",而问⑱记于琬。琬衰病不及为,则先生屡书督之,最后复于先生曰:

甚矣,书之多厄也。由汉氏⑲以来,人主⑳往往重官赏㉑以购之,其下名公贵卿,又往往厚金帛以易之,或亲操翰墨,及分命笔吏以缮录之。然且裒聚㉒未几,而辄至于散佚,以是知藏书之难也。琬顾㉓谓藏之之难不若守之之难,守之之难不若读之之难,尤不若躬体㉔而心得之之难。是故藏而勿守,犹勿藏也；守而弗读，犹勿守也。夫既已读之矣，而或口与躬违，心与迹㉕忤，采其华而忘其实，是则呻占㉖记诵之学所为哗众而窃名者也，与弗读奚以异哉。

古之善读书者，始乎博，终乎约，博之而非夸多斗靡也，约之而非保残安陋也。善读书者根柢于性命㉗而究极于事功㉘。沿流以溯源，无不探也；明体㉙以适用，无不达也。尊所闻，行所知，非善读书者而能如是乎！

今健庵先生既出其所得于书者，上为天子之所器重，次为中朝士大夫之所矜式㉚，藉是以润色大业，对扬休命㉛，有余矣，而又推之以训敕其子姓，俾后先跻巍科㉜，取膴仕㉝，翕然㉞有名于当世。琬然后喟焉太息，以为读书之益弘矣哉！循是道也，虽传诸子孙世世，何不可之有？

若琬则无以与于此矣。居平㉟质驽才下，患于有书而不能读。延及暮年，则又跧伏㊱穷山僻壤之中，耳目固陋，旧学㊲消亡，盖本不足以记斯楼。不得已勉承先生之命，姑为一言复之，先生亦恕其老悖否耶？

《尧峰文钞》

【注释】

①传是楼：徐乾学所建藏书楼。

②汪琬（1624~1691）：字苕文，号钝庵，人称尧峰先生。长洲（今江苏苏州）人。顺治十二年（1655）进士，历官户部主事、刑部郎中。擅古文辞，与侯方域、魏禧合称清初散文三大家。著有

《钝翁类稿》《尧峰文钞》等。

③徐健庵：徐乾学（1631~1694），字原一，号健庵，昆山（今江苏昆山）人。康熙九年（1670）进士，历任《明史》总裁官、《清会典》《大清一统志》副总裁、左都御使、刑部尚书。著有《通志堂经解》《读礼通考》，另编有《传是楼书目》等。

④间：稍后，过了一段时间。

⑤经史子集：中国古代图书分类的四大部类。

⑥传注：解释经籍之书。义疏：疏解经义之书。这里指给经籍做注释讲解的书。

⑦日录：史官逐日的记录。家乘：家谱，家史。山经：《山海经》的一部分，这里泛指记录山脉等的地理著作。

⑧卜筮：这里泛指占卜。古时预测吉凶，用龟甲称卜，用蓍草称筮，合称卜筮。

⑨乐府：诗体名。原指汉代乐府采集保存的民歌，后将可以配乐的诗歌及模仿之作统称乐府。诗余：词的别称。

⑩部居类汇：按类编排、摆放。

⑪素标：白色的书签。缃（xiāng）帙：浅黄色的书套。

⑫启钥：开锁。灿然：鲜丽的样子。

⑬女曹：你们。女，通"汝"。

⑭旧：长久。

⑮世富：世世富足。

⑯鼎彝尊斝（jiǎ）：古代的青铜器，这里泛指珍贵的古董文物。鼎彝，古代祭器。尊斝，古代酒器。

⑰宝：珍藏。

⑱问：请教。

⑲汉氏：汉代。

⑳人主：人君，君主。

㉑官赏：授予官爵和赏赐。

㉒裒（póu）聚：搜集、聚集。

㉓顾：却，反而。

㉔躬体：亲身履行，亲自去做。

㉕迹：形迹，行动。

㉖呻占：诵读。

㉗性命：人的善良本性。

㉘事功：事业，功绩。

㉙体：本体，根本。

㉚矜式：效法。

㉛对扬休命：拜谢帝王对自己的任命和器重。

㉜跻巍科：在科举考试中名列前茅。

㉝取膴（wǔ）仕：得高官厚禄。

㉞翕然：和顺的样子。

㉟居平：平日，往常。

㊱跧伏：趴在地上。这里指蜷伏，隐居。

㊲旧学：往日所学的知识。

【赏读】

  这是汪琬应徐乾学之请，为其传是楼所写的题记，可以说带有应酬的成分。作者明言自己收到邀请之后，"衰病不及为"，后来徐乾学"屡书督之"，实在没有办法，"不得已勉承先生之命，姑为一言复之"。这种应酬表现在，作者在文章开头循规蹈矩，介绍了传是楼的建造经过、藏书情况以及命名的寓意。文后还点出徐乾学为后人着想的良苦用心。话说得很得体，想必也是徐乾学所希望看到的。

  但是进入正题，作者还是说出了自己想说的话。他首先感叹

"甚矣，书之多厄也"，回顾历史，强调"藏书之难"。言下之意，历代朝廷如此重视藏书，都难免书籍散失的厄运，徐乾学又有什么办法能走出这一怪圈呢？藏书之难只是开始，后面还有"守之之难""读之之难""得之之难"等一系列问题。如果解决不了这些难题，还不如不藏书。言语之间，流露出隐忧，为徐乾学的这些藏书担忧。随后作者一再强调"善读书"，而不提藏书，这似乎是他提出的解决办法。

表面上看，通篇文章都是在赞美徐乾学，实际上暗含劝诫，只是不知道主人是否听得进去，所以文章最后，作者说了一句"先生亦恕其老悖否耶"。随着徐氏家道中落，传是楼的藏书大量散失，汪琬的担忧果然应验了。

醉书斋①记　郑日奎②

于堂左洁一室③，为书斋，明窗素壁，泊如④也。设几二：一陈笔墨，一置香炉、茗碗之属。竹床一，坐以之；木榻一，卧以之。书架、书筒各四，古今籍在焉。琴磬麈尾诸什物，亦杂置左右。

甫晨起，即科头⑤，拂案上尘，注水砚中，研墨及丹铅⑥，饱饮笔以俟。随意抽书一帙，据坐批阅之。倾至会心处，则朱墨淋漓渍纸上，字大半为之隐⑦。有时或歌或叹，或笑或泣，或怒骂，或闷欲绝，或大叫称快，或咄咄⑧诧异，或卧而思、起而狂走。

家人瞯⑨见者悉骇愕，罔测所指⑩，乃窃相议。俟稍定，始散去。婢子送酒茗来，都不省取⑪。或误触之，倾湿书册，辄怒而加责，后乃不复持至。逾时或犹未食，无敢前请者。惟内子⑫时映帘窥余，得间始进，曰："日午矣，可以饭乎？"余应诺。内子出，复忘之矣。羹炙皆寒，更温以俟者数四。及就食，仍挟一册与俱，且啖且阅，羹炙虽寒，或且变味，亦不觉也。至或误以双箸乱点所阅书，良久，始悟非笔，而内子及婢辈罔不窃笑者。

夜坐漏常午⑬，顾僮侍，无人在侧，俄而鼾震左右，起视之，皆烂漫睡地上矣。客或访余者，刺⑭已入，值余方校书，不遽见。客伺久，辄大怒诟，或索取原刺，余亦不知也。盖余性既严急，家中人启事⑮不以时，即叱出，而事之急缓不更问，以故仓卒⑯不得白。而家中盐米诸琐务，皆内子主之，颇有序。余是以无所顾虑，而嗜益僻。

他日忽自悔，谋立誓戒之，商于内子。内子笑曰："君无效刘伶断饮⑰法，只赚余酒脯，补五脏劳耶？吾亦惟坐视君沉湎耳，不能赞成君谋。"余怅然久之，因思余于书，洵⑱不异伶于酒，正恐旋誓且旋畔⑲；且为文字饮，不犹愈于红裙耶⑳？遂笑应之曰："如卿言，亦复佳。但为李白妇、太常妻不易耳㉑。"乃不复立戒，而采其语意，以名吾斋，曰"醉书"。

《静庵集》

【注释】

①醉书斋：郑日奎读书之所。

②郑日奎（1631～1673）：字次公，号静庵。贵溪（今江西贵溪）人。清初文学家。顺治十六年（1659）进士，官至工部主事。著有《静庵集》等。

③洁一室：整理出一间洁净的屋子。

④泊如：淡然无欲的样子。

⑤科头：不戴帽子。

⑥丹铅：朱砂、铅粉，古人作画、批书所用的两种颜料。

⑦隐：隐匿，意为模糊不清。

⑧咄咄：惊诧的声音。

⑨瞷（jiàn）：窥视，偷看。

⑩罔测所指：不知道什么意思。

⑪省取：记得去取。

⑫内子：对自己妻子的称呼。

⑬漏常午：经常到午夜时分。漏，古时滴水计时的仪器，这里指时刻。

⑭刺：名片。

⑮启事：禀告事情。

⑯仓卒：同"仓猝"，匆忙。

⑰刘伶断饮：刘伶戒酒。典出《晋书·刘伶传》："（伶）尝渴甚，求酒于其妻。妻捐酒毁器，涕泣谏曰：'君酒太过，非摄生之道，必宜断之。'伶曰：'善，吾不能自禁，惟当祝鬼神自誓耳，便可具酒肉。'妻从之。伶跪祝曰：'天生刘伶，以酒为名；一饮一斛，五斗解酲；妇儿之言，慎不可听。'仍引酒御肉，隗然复醉。"

⑱洵（xún）：确实。

⑲畔：通"叛"。

⑳"且为"二句：意谓沉醉于书胜于沉迷于女色。红裙，代指女色。

㉑"但为"句：语出李白《赠内诗》："三百六十日，日日醉如泥。虽为李白妇，何异太常妻。"太常妻，太常周泽之妻。据《后汉书·周泽传》记载："常卧病斋宫。其妻哀泽老病，窥问所苦。泽大怒，以妻干犯斋禁，遂收送诏狱谢罪，当世疑其诡激。时人为之语曰：'生世不谐，作太常妻。一岁三百六十日，三百五十九日斋。'"

【赏读】

　　这篇文章是郑日奎为自己书斋所写的题记，与通常所见的同类文章不同，他没有讲自己如何藏书之不易，也没有谈如何读书的大道理，而是通过细节的生动描绘，写出自己平日的书斋生活。文章写得风趣幽默，一位有些痴狂的读书人形象呼之欲出。

文章处处围绕"醉"字而写，这种醉不是醉酒而是醉书，沉湎于书中的程度可以与前代的刘伶醉酒相比。作者醉心于读书，这种醉首先表现为情绪失控，随着书中的内容或喜或悲，旁若无人，在家人及奴仆看来，其疯癫程度不亚于醉酒。其次表现为沉迷其中，完全忘记吃饭、忘记睡觉，以至于怠慢得罪来访的客人。在旁人看来，这是难以理喻的。读书竟然读到这种程度，只能用如痴如醉来形容。

这种读书的迷狂状态是不可改变的，作者曾想有所改变，连妻子都不相信他，他自己也没有信心，索性就这样一直沉迷下去，干脆以"醉书"来为自己的书斋命名。说起来醉也是一种境界，特别是对读书来说，作者未必真是个书呆子，言语之间可见他很善于捕捉生活中的情趣，说自己痴呆的人能算是痴呆吗？真是书呆子，就不会写这类带有自嘲色彩的文章了，即便写，也未必写得如此有趣。

书卷 黄图珌

书为文人至重之宝,收藏不可忽略也。世俗不过锦套牙签①,高置于架,以为慎重而得法者矣。殊不知表糊②之物,岂能耐久?一不翻阅,受湿即蛀;略不检点,必致损坏。则未寓人目,先饱蠹腹矣。予因构思一法,或锦或布,务用夹层,联合作套,仍以牙签为弼③,如手卷④样,不独轻便易成,亦且经久而无虫伤之患,不亦妙乎?

又

批评古今才子之书,非大名人不可为,亦不敢为也。如不知其不可为,亦不知其不敢为者,本属平庸之学,辄行效尤,任意鸦涂满纸,而殃及陈玄⑤、毛颖⑥,饮恨难舒。噫,乌知东村捧心⑦,徒自形其丑耳。若此并置于架间,岂得谓之珍藏者邪?

又

藏书最宜向阳楼房,庶得干燥而不致潮湿,以免烘晒之烦。始知田弘正⑧造楼聚书,良有以也。

《看山阁闲笔》

【注释】

①锦套:函套。牙签:书函上所缀的牙制签牌,上标书名,以

备检取。

②表糊：裱糊。

③弼：辅佐。

④手卷：书画横幅之类的长卷，因便于用手卷舒，故称。

⑤陈玄：墨的别称。墨色黑，存放年代越陈越佳，故称。典出韩愈《毛颖传》。

⑥毛颖：即毛笔。因唐韩愈作寓言《毛颖传》以笔拟人，而得此称。

⑦东村捧心：东施效颦。典出《庄子·天运》："故西施病心而颦其里，其里之丑人见而美之，归亦捧心而颦其里。其里之富人见之，坚闭门而不出；贫人见之，挈妻子而去之走。"

⑧田弘正（764～821）：原名兴，字安道，平州卢龙（今河北卢龙）人。幼通兵法，善骑射。官至魏博节度使。好聚书，藏书万余卷。

【赏读】

这篇文章由三则文字构成，前后两则谈的都是书籍的保存问题，中间一则谈的是批点问题。明清时期是批点的高峰时期，几乎达到每有书籍刊印必批点的程度，也涌现了一批优秀的批点家，如李贽、金圣叹、毛宗岗、张竹坡等。当然，良莠不齐，也出现了一些粗制滥造的煞风景之作，作者批评的正是这种胡乱批点的不良现象。

作者认为对古往今来影响较大、水平较高的书籍，应该由那些见解高超的大名人进行批点，一般人是不宜动笔的，但就怕遇到那种"不知其不可为，亦不知其不敢为"的半瓶醋，随意在书上涂涂抹抹，还自以为得意，殊不知这样既糟蹋了原书，也暴露了自己的浅薄。经过如此涂抹的书籍是无法称作珍藏的，能不能收藏，都是一个问题。作者抓住了当时读书的时弊，有感而发，也许这样还真可以让一些书籍逃脱被粗暴涂鸦的不幸。

文源阁①记 弘 历②

  藏书之家颇多,而必以浙之范氏天一阁③为巨擘。因辑《四库全书》,命取其阁式,以构庋贮之所。既图④以来,乃知其阁建明嘉靖末,至于今二百一十余年。虽时修葺,而未曾改移。阁之间数及梁柱宽长尺寸,皆有精义,盖取"天一生水,地六成之"⑤之意。于是就御园中隙地,一仿其制为之,名之曰文源阁,而为之记曰:

  文之时义大矣哉⑥,以经世,以载道,以立言,以牖民⑦,自开辟以至于今,所谓天之未丧斯文也⑧。以水喻之,则经者文之源也,史者文之流也,子者文之支也,集者文之派也。流也、支也、派也,皆自源而分;集也、子也、史也,皆自经而出。故吾于贮四库之书,首重者经。而以水喻文,愿溯其源。且数典天一之阁,亦庶几不大相径庭也夫。

《日下旧闻考》

【注释】

  ①文源阁:清代宫廷所建藏书阁。乾隆四十年(1775)建于圆明园内,专门存放《四库全书》。咸丰十年(1860),英法联军攻入北京,火烧圆明园,文源阁及其藏书被焚毁。

  ②弘历(1711~1799):即清乾隆皇帝,爱新觉罗氏,雍正第四

子。号长春居士、信天主人、十全老人。1735 年至 1796 年在位,年号乾隆。当政期间下令纂修《四库全书》。

③天一阁:明代范氏所建藏书楼。始建于嘉靖四十年(1561),由曾任兵部右侍郎的范钦主持建造,是中国现存最古的藏书楼。

④既图:绘出图样。

⑤"天一"二句:语出《易经》。

⑥"文之"句:语出《易经·遯》:"遯之时义大矣哉。"时义大矣哉即意义、作用重大。

⑦牖民:开启民智。

⑧"天之"句:语出《论语·子罕》:"天之未丧斯文也,匡人其如予。"

【赏读】

这篇文章出于乾隆皇帝之手,是为文源阁所写的题记。《四库全书》纂修完成之后,乾隆皇帝下令建造七座藏书楼专门存放,文源阁为其一。这座藏书楼仿照宁波的范氏天一阁而建。在中国历史上,宫廷向为藏书重镇,历朝都为此建有专门的秘府殿堂。乾隆为何不仿照那些具有皇家气派的建筑,而偏偏去模仿民间藏书楼天一阁?

这当然与天一阁自身的历史有关,到乾隆写这篇文章时,这座建于明嘉靖年间的藏书楼已经历二百一十多年的风雨,巍然屹立,这本身就是一个奇迹。相比之下,那些私人藏书,随着主人的去世而散失,那些宫廷藏书,随着王朝的没落而焚毁,它们都难以逃脱不过三代的宿命。模仿天一阁的建筑,固然是为了讨个吉利,实则也是为了传承这座藏书楼经历百年而完好的文化奇迹。

一座民间藏书楼创造了奇迹,由此成为朝廷的楷模,这本身就是一个传奇,一个中国图书的传奇。

所好轩①记 袁 枚②

所好轩者,袁子藏书处也。袁子之好众矣,而胡以书名?盖与群好敌③而书胜也。其胜群好奈何④?曰:袁子好味⑤,好色,好葺屋⑥,好游,好友,好花竹泉石,好珪璋彝尊⑦、名人字画,又好书。书之好无以异于群好也,而又何以书独名?曰:色宜少年,食宜饥,友宜同志⑧,游宜晴明,宫室花石古玩宜初购,过是欲少味矣⑨。书之为物,少壮、老病、饥寒、风雨,无勿宜也。而其事又无尽,故胜也。

虽然,谢⑩众好而昵焉,此如辞狎友⑪而就严师也,好之伪者也。毕⑫众好而从焉,如宾客散而故人尚存也,好之独者也。昔曾皙嗜羊枣⑬,不嗜脍炙⑭也;然谓之嗜脍炙,曾皙所不受也。何也?从人所同也。余之他好从同,而好书从独,则以所好归书也固宜。

余幼爱书,得之苦无力。今老矣,以俸⑮易书,凡清秘之本⑯,约十得六七。患得之,又患失之。苟患失之,则以"所好"名轩也更宜。

《小仓山房诗文集》

【注释】

①所好轩:袁枚的藏书之所。

②袁枚（1716~1798）：字子才，号简斋、随园老人，晚年自号仓山居士，钱塘（今浙江杭州）人。清朝著名散文家、文学评论家、美食家。乾隆四年（1739）进士，历任溧水、江浦、沭阳、江宁等县县令。后辞官闲居，专事著述。在文学上主张抒写性情，张扬性灵，对当时文坛产生较大影响。著有《小仓山房诗文集》《随园诗话》《子不语》等。

③敌：比较、竞争。

④奈何：如何，怎么样。

⑤好味：好吃，喜爱美食。

⑥葺屋：修建房屋。

⑦珪璋彝尊：泛指古董玉器。珪璋，古代贵重的礼器。

⑧同志：志同道合者。

⑨欲：欲望，愿望。少味：减少趣味，没有味道。

⑩谢：辞去，拒绝。

⑪狎友：关系密切而行为不庄重的朋友。

⑫毕：完成，结束。

⑬曾皙嗜羊枣：典出《孟子·尽心下》："曾皙嗜羊枣，而曾子不忍食羊枣。"曾皙，名点，孔子弟子。羊枣，一种果实，初生色黄，熟时变黑，似羊矢，俗称"羊矢枣"，可食。

⑭脍炙：切细的肉、烤熟的肉。

⑮俸：俸禄，薪水。

⑯清秘之本：珍本秘籍，难以见到的书。

【赏读】

所好轩是袁枚的藏书之所，何以叫这个名字？作者说得很清楚，"与群好敌而书胜"。一般藏书室的题记通常都是说自己如何痴爱读书，如何专心，如何排除杂念，作者则不然，明确说自己"所好众矣",这些爱好包括"好味,好色,好葺屋,好游,好友,好花竹泉石,好珪璋彝尊、名人字画",可谓爱好广泛,书只不过是其中一种。作者并不想把读书看得那么庄重,而是将其作为自己的爱好之一。如此坦荡直率,是一般人做不到的。

当然,作者也承认,在各种爱好之中,他最喜欢读书,因为在"少壮、老病、饥寒、风雨"等情况下都适合,"其事又无尽"。他还明确表示,在其他爱好上他"从同",但是在读书上他"从独"。因为他对藏书、读书有着自己独立的思考。

作者以"所好"为藏书室命名,既谈到自己对书的喜爱,也坦言这只是自己的爱好之一,由此可见其人生态度。文字生动、风趣,可谓文如其人。

陈氏①藏书楼记　姚　鼐

士大夫好古能聚书籍者多矣,而传守至久远者盖少。惟鄞范氏天一阁书②,自明至今,最多历年岁。国家修四库书③,取资④范氏,以助中秘⑤之藏,海内称盛焉。余家近合肥,闻合肥龚芝麓⑥尚书所藏书亦至今未失,其家专以一楼庋⑦之,命一子弟贤者专司其事,借读入出,必有簿籍⑧,故其存也获久。闻范氏之家法,盖亦略与同焉。夫一人之心,视其子孙皆一也,而子孙辄好分异,以书籍与田宅、奴仆资生之具同析之⑨,至有恐其不均,剪割书画古迹者,闻之使人悲恨。然则藏书非必不可久,抑其子孙之贤不异也。

新城陈凝斋⑩先生,尝购书万卷,其后诸子为专作楼,以贮手泽⑪。楼旁即为子孙读书之舍,今其仲子约堂太守⑫,又虑岁久而后人或有变也,乃摹凝斋先生之像于石,而奉之于楼下。使后人一至其楼前,而怆然⑬思,惕然⑭悚,愈久而不敢不敬守也。以余少获奉见凝斋先生,乃以拓本⑮寄余,且命为楼记。余于先生后裔又识数人,皆贤隽⑯也,而约堂用意又是如是之至⑰。然则百年之后,数海内藏书家,必有屈指⑱及新城陈氏者矣,吾安得不乐而为之记也?

《惜抱轩文集》

【注释】

①陈氏：指新城（今江西黎川）人陈凝斋、陈约堂父子。

②鄞（yín）：鄞县（今浙江宁波）。范氏：指范钦，嘉靖间创建天一阁藏书楼。

③四库书：乾隆年间所修的《四库全书》。

④取资：得到帮助，助益。

⑤中秘：宫廷。

⑥龚芝麓（1615~1673）：龚鼎孳，字孝升，号芝麓。合肥（今安徽合肥）人。明崇祯七年（1634）进士。官兵科给事中。后降清，官至礼部尚书。诗文皆有名，与吴伟业、钱谦益并称"江左三大家"。著有《定山堂集》。

⑦庋：收藏，放置。

⑧簿籍：用本子登记。籍，登记。

⑨资生：资助生活。析：分解，分割。

⑩陈凝斋（1707~1760）：名道，字绍洙，号凝斋，新城（今江西黎川）人。乾隆十三年（1748）进士，不愿做官而归乡隐居，笃于理学，为人任恤好义。有《凝斋遗集》传世。

⑪手泽：指先人的遗物。

⑫仲子：次子。约堂太守：陈守诒，字仲牧，号约堂。曾任兵部员外郎、郎中、太平府知府、陈州府知府。

⑬怆然：悲伤的样子。

⑭惕然：敬畏的样子。

⑮拓本：以湿纸覆在碑帖或金石文物上，用墨打拓其文字或图形而成的复印品。

⑯贤隽：贤能杰出的人。

⑰如是之至：如此周到。

⑱屈指：扳着指头计算，引申为少数、突出。

【赏读】

  谈到藏书楼，必然会提及书籍的散失问题，尽管这有些煞风景，本文也不例外。作者虽然是受人请托而写，但没有回避这一问题。所以文章一开头就谈到天一阁以及龚鼎孳藏书的完好，指出这与两家管理严格、规范有关。而更多的藏书则是在主人去世后被子孙当做遗产瓜分而遭到破坏，令人痛心，作者认为根本的原因在于子孙。

  随后作者从别的藏书家谈到陈道，陈氏后人为了避免藏书散失，想了很多办法，包括将陈道画像勒石，让子孙有所敬畏，以保存好这些藏书。藏书容易散失，这是一个延续了上千年的话题，但容易散失并不是不保存典籍的理由，也不是无所作为的借口。因此明清时期还是有不少藏书家汲取历史教训，想尽办法将自己的藏书传承下去。这是一种可贵的精神，也是一笔宝贵的精神财富和遗产，应该与那些珍贵的秘籍一起传承下去。

  作者写作此文，并非仅仅说些冠冕堂皇的套话，他为陈氏后人的真诚和执着所感动，对这种传承文化的精神给予肯定和鼓励。自陈道之后，陈氏家族人才济济，到道光年间，整个家族在百年间有七人考上进士，成为当地的名门望族。可见这种精神得到了很好的传承。

《绛云楼书目》① 跋 吴翌凤②

此册为张子白华③所藏,予尝借阅。癸巳④秋日,得陈丈少章⑤阅本,爱其博洽,爰抄录如右。张子疑予有藏匿不返之意,索取甚急,几至面赤⑥不顾。因录置别本,亟将此册还之。

张子博雅多闻,独于书斤斤护惜,古人所谓读书种子,习气未除,然即此知张子能谨守勿替者矣。丙申⑦秋七月二十四日灯下,枚庵漫士吴翌凤记。

《绛云楼书目》

【注释】

①《绛云楼书目》:钱谦益为其藏书楼绛云楼所编书目。

②吴翌凤(1742~1819):字伊仲,号枚庵、漫士,一作梅荨,晚自号漫叟,又署名小钝。长洲(今江苏苏州)人。嘉庆时诸生。少好学,工诗,著有《吴梅村诗集笺注》《怀旧集》《与稽楼丛稿》《唐诗选》《卬须集》等。

③张子白华:张思孝,字南陔,号白华,长洲(今江苏苏州)人。生平事迹不详。著有《白华堂集》。

④癸巳:乾隆三十八年(1773)。

⑤陈丈少章:陈景云(1670~1747),字少章。吴县(今江苏苏州)人。作者曾向其问学。

⑥面赤：脸红，指变脸，生气。
⑦丙申：乾隆四十一年（1776）。

【赏读】
　　这篇跋文很生动地描述了两位朋友之间的借书经过，刻画了一位有些性急的"读书种子"形象。
　　作者酷好读书，从好友张思孝那里借到一部《绛云楼书目》，后来又从自己业师那里得到一个批注本，遂进行抄录。张思孝听到这个消息后，怀疑作者不想还书，一下就沉不住气了，一再催要，达到要翻脸的程度。作者实在没有办法，只好赶紧抄录一个副本，将书还给人家。
　　好在作者也是读书人，对此并没有生气。他虽然认为张思孝有些读书人的习气，让人感觉不是那么愉快，但对其行为还是颇能理解的，因为也只有这样，才能守得住那些珍贵的典籍。
　　作者抄录的这个本子流传至今，后人也因此得知了这段几百年前的借书佳话。

藏书家有数等　洪亮吉①

藏书家有数等：

得一书必推求本原，是正缺失，是谓考订家。如钱少詹大昕②、戴吉士震③诸人是也。

次则辨其版片，注其错讹，是谓校雠家。如卢学士文弨④、翁阁学方纲⑤诸人是也。

次则搜采异本，上则补石室金匮⑥之遗亡，下可备通人博士之浏览，是谓收藏家。如鄞县范氏之天一阁、钱塘吴氏之瓶花斋⑦、昆山徐氏之传是楼是也。

次则第求精本，独嗜宋刻。作者之旨意，纵未尽窥；而刻书之年月，最所深悉，是谓赏鉴家。如吴门黄主事丕烈⑧、乌镇鲍处士廷博⑨诸人是也。

又次则于旧家中落者，贱售其所藏；富室嗜书者，要求其善价。眼别真赝，心知古今。闽本、蜀本⑩，一不得欺；宋椠、元椠⑪，见而即识，是谓掠贩家⑫，如吴门之钱景开⑬、陶五柳⑭、湖州之施汉英⑮诸书贾是也。

《北江诗话》

【注释】

①洪亮吉（1746~1809）：字稚存，号北江居士，阳湖（今江苏

常州）人。乾隆五十五年（1790）进士，授编修，后以言获罪，遣戍伊犁。赦归后，以著书、游历为业。著有《北江诗文集》《北江诗话》等。

②钱少詹大昕：钱大昕（1728~1804），字晓征，号辛楣，一号竹汀，晚称潜研老人，嘉定（今上海嘉定）人。乾隆十九年（1754）进士。历官广东学政、少詹事等。著有《二十二史考异》《十驾斋养新录》等。少詹，即少詹事，在清代为文学侍从，经筵充日讲官，负责编纂书籍、典试提学等。

③戴吉士震：戴震（1724~1777），字东原，休宁（今属安徽）人。乾隆二十七年（1762）举人。晚年特召为四库馆纂修官，封翰林院庶吉士。著有《孟子字义疏证》等。吉士，庶吉士，因戴震曾任翰林院庶吉士，故称。

④卢学士文弨：卢文弨（1717~1796），字绍弓，号矶渔，又号檠斋，晚号弓父，人称抱经先生。清余姚（今浙江余姚）人。乾隆十七年（1752）进士，历官翰林院侍读学士，晚年主讲江浙各书院。著有《抱经堂文集》《仪礼注疏详校》《广雅注》等。

⑤翁阁学方纲：翁方纲（1733~1818），字正三，一字忠叙，号覃溪，晚号苏斋。直隶大兴（今北京）人。乾隆十七年（1752）进士，官至内阁大学士。著有《两汉金石记》《粤东金石略》《汉石经残字考》《石洲诗话》等。

⑥石室金匮：古代宫廷藏书之所。

⑦吴氏之瓶花斋：吴氏指吴焯（1676~1733），字尺凫，号绣谷，钱塘（今浙江杭州）人。著有《薰习录》《药园诗稿》等。瓶花斋为其藏书之所。

⑧黄主事丕烈：黄丕烈（1763~1825），字绍武，一字承之，号荛圃，别署有荛夫、老荛等。吴县（今江苏苏州）人。乾隆五十三年（1788）举人，官至分部主事。刊印《士礼居丛书》，著有《士

礼居藏书题跋记》《荛言》《印须集》等。

⑨鲍处士廷博：鲍廷博（1728~1814），字以文，号渌饮。歙县（今安徽歙县）人。刊印《知不足斋丛书》。著有《花韵轩咏物诗存》等。处士，指有才学隐居不仕的读书人。

⑩闽本、蜀本：福建、四川的刻本。

⑪宋椠、元椠：宋刻本、元刻本。

⑫掠贩家：利用版本鉴别知识收购倒卖古书的商人。

⑬钱景开：钱时霁（1735~1801），字景开，一字听默。湖州（今浙江湖州）人。在苏州开有萃古斋书肆。

⑭陶五柳：陶珠琳，字蕴辉，号五柳。原籍苏州（今江苏苏州），后居金陵（今江苏南京），开有五柳居书肆。

⑮施汉英：湖州书商。赵翼有《赠贩书施汉英》诗："我时有钱欲得书，汝时有书欲得钱；一凫那愁两乖角，乘我所急高价悬。"

【赏读】

明清时期，随着印刷业的发达和文化事业的繁荣，出现了越来越多的藏书家，这些藏书家形形色色，收藏动机、兴趣爱好不同，对书籍的态度和方式也是各异。作者将这些藏书家分成五类，分别为考订家、校雠家、收藏家、赏鉴家、掠贩家。这五类人基本涵盖当时的藏书家。

这五类藏书家又可分为三类：一是学者。考订家、校雠家属于学者，他们藏书的目的是为了进行学术研究，以考订、校雠的方式进行阅读。二是收藏家、赏鉴家。他们也是学者，但更重视书籍本身，或搜罗异本，或刊印旧籍，对典籍的保存有着较大贡献。三是书商。对那些以书籍牟利的书商，作者是颇有微词的，称他们为掠贩家。对藏书家来说，这种人也是必不可少的，他们尽管从中牟利，但客观上促进了书籍的流通，使书籍落到真正喜欢的人手里，说起来也是有贡献的。

洪亮吉不仅为清代藏书业勾勒了一个全景图,实际也描绘了清代书业的生态图,颇有史料价值。

藏书印^①文 杨继振^②

予席^③先世之泽，有田可耕，有书可读，自少及长，嗜之弥笃。积岁所得，益以青箱^④旧蓄，插架充栋，无虑数十万卷。暇日静念，差足自豪。顾书难聚而易散，即偶聚于所好，越一二传，其不散佚殆尽者亦鲜矣。

昔赵文敏^⑤有云："聚书藏书，良非易事。善观书者，澄神端虑，净几焚香。勿卷脑，勿折角，勿以爪侵字，勿以唾揭幅，勿以作枕，勿以夹刺^⑥。"予谓吴兴^⑦数语，爱惜臻至，可云笃矣，而未能推而计之于其终，请更衍^⑧曰："勿以鬻钱，勿以借人，勿以贻不肖子孙。"星凤堂主人杨继振手识，并以告后之得是书而能爱而守之者。

予藏书数十万卷，率皆卷帙精整，标识分明，未敢轻事丹黄^⑨，造劫楮素^⑩。至简首卷尾，钤朱累累，则独至之癖，不减墨林^⑪，窃用自喜，究之于书，不为无补。

《清稗类钞》

【注释】

①藏书印：又称藏书章，收藏者在图书上钤盖的印章，或为藏主名号，或表达思想爱好，通常盖在正文首页右下方空白处。

②杨继振（？～约1877）：字彦起、幼云，又作又云，号莲公、

星凤堂主人。汉军镶黄旗人,道光二十五年(1845)进士,官至工部侍郎。家富藏书。著有《星凤堂诗集》。

③席:凭借,依仗。

④青箱:典出《宋书·王准之传》:"彪之博闻多识,练悉朝仪,自是家世相传,并谙江左旧事,缄之青箱,世人谓之'王氏青箱学'。"这里指祖上传下的图书。

⑤赵文敏:赵孟頫(1254~1322),字子昂,号松雪道人,又号水精宫道人,谥号文敏。湖州(今浙江吴兴)人。入元,官至翰林学士承旨、荣禄大夫。著有《松雪斋集》。

⑥"聚书藏书,良非易事"等句:语出陈继儒《读书十六观》所记赵孟頫语:"聚书藏书,良非易事。善观书者,澄神端虑,静几焚香,勿卷脑,勿折角,勿以爪侵字,勿以唾揭幅,勿以作枕,勿以夹刺。随损随修,随开随掩。后之得吾书者,并奉赠此法。"澄神端虑,专心致志。卷脑,折卷书脊。爪,指甲。揭幅,翻开书页。夹刺,夹着、扎着。

⑦吴兴:这里代指赵孟頫。

⑧衍:续。

⑨丹黄:批点书籍所用的颜料。

⑩楮(chǔ)素:纸张。

⑪墨林:项元汴(1525~1590),字子京,号墨林子,又号香岩居士。嘉兴(今浙江嘉兴)人。精于书画鉴别。

【赏读】

这是清代藏书家杨继振藏书印上的文字,长达二百多字,也是目前所知中国古代最长的藏书印文字。

藏书家得到自己珍爱的书籍,喜欢在卷首钤上藏书印,这也是一种雅好。就其内容而言,或为自己的名号,或为体现自己思想、爱好的字句。但通常不过三字五字，也有稍长一点的，但如此之长，唯此一家。

作者为何要这样做呢？从印文的内容就可以看出来。他主要讲了两点：一是介绍自己的藏书，强调"书难聚而易散"。二是引用赵孟頫的话，既是与后人分享，也是强调要爱惜图书。由此不难看出作者的目的，他虽然苦心搜罗，藏书达到数十万卷，但自己心里很清楚，这些藏书总归是要散失的。他希望后世得到这本书的人能了解一下该书的流传情况，知道这本书曾被自己收藏过，同时也希望新藏主能爱惜手中的图书，将其传承下去。殷切之情，令人感动。

卷四

好书之癖

诗可以兴观群怨 孔 丘①

子曰:"小子何莫学夫诗②?诗可以兴③,可以观④,可以群⑤,可以怨⑥。迩⑦之事父,远之事君,多识于鸟兽草木之名。"

《论语》

【注释】

①孔丘(前551~前479):字仲尼,鲁国陬邑(今山东曲阜)人。曾任鲁国司寇,后历游齐、卫、陈、蔡、楚等国。晚年整理《诗》《书》《春秋》等古代文献。后人将其与弟子言论编成《论语》一书。

②小子:门人弟子。何莫:为什么不。

③兴:联想,触景生情。

④观:观察,观看。这是指提高观察力。

⑤群:合群。

⑥怨:讽谏。

⑦迩(ěr):近。

【赏读】

孔子是春秋时期的思想家,也是教育家,他经常指导自己的弟子读书。这一次他劝弟子们学诗,原因很简单,学诗可以有多重收获,可以提高个人的文化素养与知识水平,比如可以培养自己的想象力，可以提高自己的观察力，可以合群，可以抒发情感。就其功用来说，掌握其中的知识，理解其中的道理，在家可以服侍父母，在朝廷可以服务国家。好处如此之多，自然是值得去学。

可见孔子对诗的看法是多元的，既重视其文学性，同时也重视其社会性。这样的看法是开放的，也是有收获的。读诗如此，读其他书籍也应该作如是观。

尽信书不如无书① 孟 轲

尽信书,则不如无书。吾于《武成》②,取二三策而已矣③。仁者无敌于天下,以至④仁伐至不仁,而何其血之流杵也⑤。

《孟子》

【注释】

①书:这里指《尚书》。

②《武成》:《尚书·周书》中的一篇,记述周武王讨伐商纣王之事。

③取:选取,采用。策:编在一起的竹简,先秦时期文字主要写于竹简上。

④至:最,极。

⑤何其:何至于。血之流杵:形容战争伤亡惨重,士兵所流的血将杵漂浮起来。杵,舂米或捶衣的木棒。

【赏读】

这段话非常有名,影响深远,但也容易引起误解。从这段话提炼出怀疑精神是没有问题的,但不能由此推断出书之不可信,这就从一个极端滑到另一个极端。需要注意的是,孟子在"信书"之前,加了一个修饰词,那就是"尽",尽就是全部的意思。孟子的意思很明显,书籍是我们了解历史的主要渠道,没有典籍的记载,人们几乎无从了解历史。但是这些记载不能全部相信。

之所以不能全部相信，是因为从中会发现有矛盾之处。孟子随后举了一个例子，《尚书》中的武成篇是记载武王伐纣的。在孟子看来，武王是"至仁"者，而纣王是"至不仁"者。"仁者无敌于天下"，当时民心所向是很清楚的，应该都在武王这边，再说纣王手下的兵力并不多，何以战争惨烈到"血之流杵"的程度呢？孟子认为这段记载是有问题的。

孟子的质疑有自己的逻辑，但也需要其他书籍等资料的验证。他的质疑最后也许是不成立的，但这种精神则是值得提倡的。

从书籍中获得知识，但需要保持清醒的头脑，所提出的质疑必须合情合理，这才是孟子提倡的读书法。片面强调书的信和不信都是有失偏颇的。

郝隆①晒书 刘义庆

郝隆七月七日②出日中仰卧。人问其故,答曰:"我晒书。"

《世说新语》

【注释】

①郝隆:字佐治,曾任征西参军。东晋名士,诙谐,善应对。
②七月七日:晋时有在七月七日晾晒衣物的风俗。

【赏读】

这个仰卧晒书的故事只有三句话,极为精练,但故事完整,人物的形象也呼之欲出。抓住人物言行的一个细节或片段,寥寥几笔,如同人物速写,形神兼备。这就是《世说新语》的艺术特点。

说起来这个故事还是颇为风趣的。到了七月七日,家家户户都忙着晾晒衣物,这位郝隆却不慌不乱,自己一个人出来,躺在太阳底下。这种怪异的行为自然会招来人们的好奇,一句"我晒书"道出了自己的目的,也透露出其自信、张狂的个性。固然带有一点行为艺术的意思,但也是挺可爱的。自己读了一肚子书,确实是值得自豪的。

对郝隆晒书的动机,也有从其他角度解读的,比如俞梦蕉,他在《蕉轩摭录·晒书》中是这样评述的:

"郝隆于七夕,见都人曝衣,乃仰卧亭边曰:'我晒腹中书!'

说者曰:'郝隆不亦自矜耶?'识者曰:'郝隆亦有劝惩意,你们朝夕所谋,衣物怕他坏,是以曝之。衣物未有不坏,勿能受用到头。我朝夕无所谋,惟腹中书,怕他坏也。学他们晒晒,用着他时,功德无量。'然惟郝隆腹中有书,可以晒得,人胡不学郝隆撑满腹笥,到七夕时,也好晒晒也。"

此言颇为别致,也是一说。

《郡斋读书志》[①]自序 _{晁公武[②]}

杜邺从张京兆之子学问[③],王粲为蔡中郎所奇[④],皆尽得其家书,故邺以多闻称,而粲以博物显。下逮国朝[⑤],宋宣献公亦得毕文简、杨文庄家书[⑥],故所藏之富,与秘阁[⑦]等,而常山公[⑧]以赡博闻于时。夫世之书多矣,顾非一人之力所能聚;设令笃好而能聚之,亦老将至,而耄[⑨]且及,岂暇读哉!然则二三子所以能博闻者,盖自少时已得先达所藏故也。

公武家自文元公[⑩]来,以翰墨[⑪]为业者七世,故家多书;至于是正[⑫]之功,世无与让[⑬]焉。然自中原无事时,已有火厄,及兵戈之后,尺素[⑭]不存也。公武仕宦连蹇[⑮],久益穷空,虽心志未衰而无书可读,每恨之。南阳公[⑯]天资好书,自知兴元府至领四川转运使[⑰],常以俸之半传录[⑱]。时巴蜀独不被兵[⑲],人间多有异本[⑳],闻之,未尝不力求,必得而后已。历二十余年,所有甚富。既罢,载以舟,即庐山之下居焉。

宿与公武厚。一日,贻书曰:"某老且死,有平生所藏书,甚秘惜之。顾子孙稚弱,不自树立。若其心爱名,则为贵者所夺;若其心好利,则为富者所售,恐不能保也,今举以付子。他日,其间有好学者,而后归焉,不然,则子自取之。"公武惕然[㉑]从其命。书凡五十箧,合吾家旧藏,除其复重，得二万四千五百卷有奇。

今三荣僻左少事②，日夕躬以朱黄③雠校舛误，每终篇，辄撮其大旨论之，岂敢效二三子之博闻，所期者不坠家声而已。书则固自若也，倘遇其子孙之贤者，当如约。绍兴二十一年㉔元日，昭德晁公武序。

《郡斋读书志》

【注释】

①《郡斋读书志》：晁公武为个人藏书所编撰的一部解题式书目。郡斋为作者书房的名字。

②晁公武（1105～1180）：字子止，号昭德先生。巨野（今山东巨野）人。南宋著名目录学家，藏书家。绍兴间进士。出身世宦家族，累官至吏部侍郎。家富藏书，著有《郡斋读书志》等。

③"杜邺"句：典出《汉书·杜邺传》："邺少孤，其母张敞女。邺壮，从敞子吉学问，得其家书。"杜邺（？～前2），字子夏，西汉繁阳（今河南内黄）人，历任侍御史、凉州刺史。张京兆，张敞（？～前47），字子高，河东平阳（今山西临汾）人。西汉大臣，曾任京兆尹。

④"王粲"句：典出《三国志·魏志·王粲传》："献帝西迁，粲徙长安，左中郎将蔡邕见而奇之。时邕才学显著，贵重朝廷，常车骑填巷，宾客盈坐。闻粲在门，倒屣迎之。粲至，年既幼弱，容状短小，一坐尽惊。邕曰：'此王公孙也，有异才，吾不如也，吾家书籍文章，尽当与之。'"王粲（177～217），字仲宣，山阳高平（今山东邹城西南）人。东汉末年文学家，为"建安七子"之一。曾依附刘表，后依为曹操效力，历任丞相掾、侍中。蔡中郎

(133~192),即蔡邕,字伯喈。陈留圉(今河南杞县西南)人。东汉时期著名文学家、书法家。历官郎中、侍御史、左中郎将。博学多才,擅长辞赋,有《蔡中郎集》传世。

⑤国朝:古时称本朝为国朝,这里指宋朝。

⑥宋宣献公:宋绶,北宋著名学者、藏书家,谥号"宣献"。毕文简:毕士安(938~1005),字仁叟,谥号文简。代州云中(今山西大同)人。乾德四年(966)进士。历官翰林学士、吏部侍郎、参知政事。毕文简去世后,其藏书归宋绶。杨文庄:杨徽之(921~1000),字仲献,谥号文庄。建州浦城(今福建浦城)人。进士,官至兵部侍郎。晚年无子,将所藏之书悉赠予外孙宋绶。

⑦秘阁:古代宫廷藏书之所。

⑧常山公:宋绶,赵州平棘(今河北赵县)人。因平棘为汉代常山郡治所,故称常山宋氏,后人称"宋常山公"。

⑨耄(mào):古人以七十岁至九十岁为耄。

⑩文元公:晁迥(951~1034),字明远,谥号文元,晁公武五世祖。清丰(今河南清丰)人。北宋文学家、藏书家。太平兴国五年(980)进士,官至工部尚书、太子少保。

⑪翰墨:原指笔、墨,此借指文章。

⑫是正:发现错误加以校正,这里指校订书籍。

⑬让:退让,谦让。

⑭尺素:信笺,书信。这里有片纸之意。

⑮连蹇:艰难,困顿。

⑯南阳公:井度(生卒年不详),字宪孟。南阳(今河南南阳)人,人称"南阳公"。历官四川转运使,兼川陕宣抚司参议官、协忠大夫等。家富藏书。

⑰转运使:官职名,负责财赋输转。

⑱传录:抄录书籍。

⑲被兵：遭受战祸。
⑳异本：同一书籍的另一种版本。
㉑惕然：惶恐的样子。
㉒三荣：在今四川荣县。僻左：偏僻。
㉓朱黄：丹砂、雌黄，批校书籍所用的两种颜料。
㉔绍兴二十一年：公元1151年。

【赏读】

　　这篇文章是晁公武为个人藏书书目所写的自序，读后令人感动。之所以感动，是因为它写到了一位真正读书人的坦荡胸怀，让我们看到了读书的另一面。

　　晁公武虽然出身世家，祖上传下了一些书籍，但由于战火的洗劫，所剩无几。他之所以后来能成为藏书家，全是因为井度。井度也是一位读书人，酷爱藏书，苦心搜罗，一生所得，颇为可观。随着年龄的增长，开始为藏书的归宿担心，他看到"子孙稚弱，不自树立"，勉强将藏书留给自己的后人，必定免不了散失的悲剧。于是决定将藏书转让给晁公武，让他延续自己的藏书事业。晁公武也果然不负井度所托，不仅将这些珍籍妥善保管，而且还编写了一部藏书书目，这也是中国现存第一部私撰解题式目录，在中国目录史乃至文化史上具有重要的地位和影响。

　　这种将所藏转赠同好者的义举并非特例，作者在文章开头还举了几个例子。与藏书留给子孙相比，这也不失为一种好办法，它构成了一个藏书的传统，一个民族文化的优良传统。相比之下，后者更有利于典籍的保护和传承。

书换铜器 道山先生①

张文潜②尝言：近时印书盛行，而鬻书者往往皆士人，躬自负担。有一士人，尽掊③其家所有，约百余千④，买书，将以入京。

至中途，遇一士人，取书目阅之，爱其书，而贫不能得。家有数古铜器，将以货之。而鬻书者雅有好古器之癖，一见喜甚。乃曰："毋庸货⑤也，我将与汝，估其直而两易之。"于是，尽以随行之书，换数十铜器，亟返其家。

其妻方讶夫之回疾。视其行李，但见二三布囊，磊碨然⑥铿铿有声。问得其实，乃詈⑦其夫曰："你换得他这个，几时近得饭吃？"士人曰："他换得我那个，也几时近得饭吃？"

因言人之惑⑧也如此，坐皆绝倒。

《道山清话》

【注释】

①道山先生：生平不详，著有《道山清话》等。

②张文潜：张耒（1054~1114），字文潜，号柯山，楚州淮阴（今江苏淮阴）人。宋代著名诗人。熙宁六年（1073）进士，曾官太常少卿。擅诗文，为"苏门四学士"之一，有《张右史文集》传世。

③掊（póu）：聚集，汇聚。
④千：千文，一贯。古代货币单位。
⑤货：卖，出售。
⑥磊魂（kuǐ）然：像石块累积的样子。
⑦詈（lì）：责骂。
⑧惑：糊涂。

【赏读】

　　这则文字人们多当作笑话来读，确实，里面有值得发笑的东西。让书生去卖书，这本身就有些喜感，偏偏这位书生"雅有好古器之癖"，偏偏又遇到了另一位爱读书却买不起书的穷书生，而那位穷书生家里就有铜器，于是两人以物易物，皆大欢喜。欢喜归欢喜，家里的生活可就有问题了，妻子的责骂也在情理之中。没想到这位书生还振振有词，在他看来，自己弄回来这些破铜没办法换饭吃，那位把书弄回家的穷书生也同样无法换饭吃。

　　在古代笑话中，有不少类似的故事，嘲笑那些缺少生活能力、不懂人情世故的书呆子。换个角度来看，这两位读书人虽然有些痴迷，但直率、单纯，比起那些满脑子功名利禄的读书人来说，可以说是可爱甚至有些令人敬佩。无论是读书还是做其他事情，都需要这种投入的状态，精通一样，必然在另一样上有所欠缺，行行都精通、样样拿得起的能人毕竟是少数。这两位痴迷的读书人也许并不糊涂，糊涂的是我们自己罢了。

书籍之厄 洪 迈①

梁元帝②在江陵，蓄古今图书十四万卷，将亡之夕尽焚之。隋嘉则殿有书三十七万卷，唐平王世充③，得其旧书于东都④，浮舟溯河⑤，尽覆于砥柱⑥。贞观、开元⑦募借缮写，两都⑧各聚书四部。禄山之乱⑨，尺简⑩不藏。代宗、文宗时⑪，复行搜采，分藏于十二库。黄巢之乱⑫，存者盖鲜。昭宗⑬又于诸道求访，及徙洛阳，荡然无遗。今人观汉、隋、唐《经籍》《艺文志》⑭，未尝不茫然太息也。

晁以道记本朝王文康初相周世宗⑮，多有唐旧书，今其子孙不知何在。李文正⑯所藏既富，而且辟学馆以延学士大夫，不待见主人，而下马直入读书。供牢饩以给其日力⑰，与众共利之。今其家仅有败屋数楹，而书不知何在也。宋宣献家兼有毕文简、杨文庄二家之书⑱，其富盖有王府不及者。元符⑲中，一夕灾为灰烬。

以道自谓家五世于兹，虽不敢与宋氏争多，而校雠是正，未肯自逊。政和甲午⑳之冬，火亦告谴㉑。唯刘壮舆㉒家于庐山之阳，自其祖凝之㉓以来，遗子孙者唯图书也，其书与七泽㉔俱富矣。于是为作记。今刘氏之在庐山者不闻其人，则所谓藏书殆亦羽化㉕。乃知自古到今，神物亦于斯文为靳靳也㉖。

宣和殿、太清楼、龙图阁㉗御府所储，靖康㉘荡析之余，尽归于燕㉙，置之秘书省㉚，乃有幸而得存者焉。

《容斋随笔》

【注释】

①洪迈（1123~1202）：字景卢，别号野处。南宋鄱阳（今江西鄱阳）人。绍兴十五年（1145）进士，官至龙图阁学士、端明殿学士。学识渊博，著有《容斋随笔》《夷坚志》《野处类稿》等。

②梁元帝：萧绎（508~554），字世诚。南北朝时梁代皇帝，552年至554年在位。博览群书，长于诗文书画。

③王世充（？~621）：字行满，本姓支，祖籍西域，后迁居新丰（今陕西临潼）。隋末称帝，建元开明，国号郑。后降唐被杀。

④东都：指洛阳。

⑤河：指黄河。

⑥砥柱：山名，在今河南三门峡以东黄河急流中，形如柱石。

⑦贞观：唐太宗李世民年号，即627年至649年。开元：唐玄宗李隆基年号，即713年至741年。

⑧两都：西京长安、东京洛阳。

⑨禄山之乱：安禄山叛乱。

⑩尺简：书信，书简，这里有片纸之意。

⑪代宗：李豫，762年至779年在位。文宗：李昂，827年至840年在位。

⑫黄巢之乱：指黄巢起义，是唐末历时最久、影响最深远的一场农民起义，导致唐末国力大衰。

⑬昭宗：李晔，888年至904年在位。

⑭《经籍》《艺文志》：古代纪传体史书、政书和方志中记载图

书目录部分的专名。《隋书》《旧唐书》称《经籍志》,《汉书》《新唐书》《宋史》《明史》则称《艺文志》。

⑮晁以道:晁说之(1059~1129),字以道,自号景迂生。济州巨野(今山东巨野)人。宋代经学家。元丰五年(1082)进士。历官兖州司法参军、秘书少监、侍读。精通六经,长于山水,工诗。著有《儒言》《晁氏客语》《景迂生文集》等。王文康:王曙(963~1034),字晦叔,谥号文康。河南(今河南洛阳)人。官至枢密使同中书门下平章事。著有《周书音训》《唐书备问》等。周世宗:柴荣(921~959),邢州龙冈(今河北邢台)人。五代时期后周皇帝。954年至959年在位。

⑯李文正:李昉(925~996),字明远,谥号文正。深州饶阳(今河北饶阳)人。尝仕后汉、后周,入宋历官文明殿学士、参知政事、平章事。参与编撰《太平御览》《太平广记》《文苑英华》等。

⑰牢饩:本指祭祀用的牛、羊、猪等牺牲,这里泛指食物。日力:本指一天的力量,这里泛指时间。

⑱宋宣献:宋绶。毕文简:毕士安。杨文庄:杨徽之。

⑲元符:宋哲宗年号,即1098年至1100年。

⑳政和甲午:宋徽宗政和四年(1114)。

㉑告谴:谴责,责备。

㉒刘壮舆:刘羲仲(约1059~1120),字壮舆,号漫浪翁,筠州(今江西高安)人。历官宣教郎、编修官。著有《通鉴问疑》等。

㉓凝之:刘涣(999~1080),字凝之,号西涧居士。高安(今江西高安)人,天圣八年(1030)进士,历任屯田员外郎、颍上令。性格刚直,不善逢迎上司,皇祐三年(1051)辞官归隐庐山。

㉔七泽:楚地湖泊。

㉕羽化：飞升，这里指不复存在。
㉖斯文：指儒雅文士。靳靳：吝惜，吝啬。
㉗宣和殿、太清楼、龙图阁：宋代宫廷藏书之所，合称三馆。
㉘靖康：指靖康之难。
㉙燕：指金人。
㉚秘书省：古代掌管图书的官署。

【赏读】

这篇文章专论书籍的厄难，读起来触目惊心。

唐朝之前的书籍保存至今者极为少见，一方面是年代久远，保存不易，另一方面则是毁于水、火、战争等灾祸。其中有不少损失数量巨大，比如梁元帝临死前一把火烧掉十四万卷藏书，隋朝的三十七万卷藏书葬于急流，可以想象，毁于安禄山、黄巢之乱的书籍数量并不亚于上述两宗，用惨痛一词都难以形容这些书籍的损失。这只是官廷里的藏书，藏在民间的更是无法统计，从作者列举的几人可以想象到数量的庞大。现在我们还能读到唐代之前的典籍，应该算是万幸了。

作者所举仅到宋代，此后元明清三代，书籍的损失比前代更多，只要看看《永乐大典》的焚毁就可以想象到。一部中国图书史同时也是一部血泪史。了解这一点，对那些藏书家总是感叹藏书之难会有更深的体会和同情。

周密在其《齐东野语》一书中也写有《书籍之厄》一文，对历代书籍的厄难统计得更为详细，这里摘录一些，可以与本文对读。其中谈历代官府书籍厄难者如下：

> 梁元帝江陵蓄古今图书十四万卷，隋嘉则殿书三十七万卷。唐惟贞观、开元最盛，两都各聚书四部至七万卷。宋宣和殿、太清楼、龙图阁、御府所储，尤盛于前代。今可考者，《崇文

总目》四十六类三万六百六十九卷，史馆一万五千余卷，余不能具数。南渡以来，复加集录，馆阁书目五十二类四万四千四百八十六卷、续目一万四千九百余卷，是皆藏于官府耳。

谈历代私人藏书特别是宋代厄难者如下：

若士大夫之家所藏，在前世如张华载书三十车，杜兼聚书万卷，韦述蓄书二万卷，邺侯插架三万卷，金楼子聚书八万卷，唐吴竞西斋一万三千四百余卷。宋室承平时，如南都戚氏、历阳沈氏、庐山李氏、九江陈氏、鄱阳吴氏、王文康、李文正、宋宣献、晁以道、刘壮舆，皆号藏书之富。邯郸李淑五十七类二万三千一百八十余卷，田镐三万卷，昭德晁氏二万四千五百卷，南都王仲至四万三千余卷，而类书浩博，若《太平御览》之类，复不与焉。次如曾南丰及李氏山房，亦皆一二万卷，然后靡不厄于兵火者。

至若吾乡故家如石林叶氏、贺氏，皆号藏书之多，至十万卷。其后齐斋倪氏、月河莫氏、竹斋沈氏、程氏、贺氏，皆号藏书之富，各不下数万余卷，亦皆散失无遗。近年惟直斋陈氏书最多，盖尝仕于莆，传录夹漈郑氏、方氏、林氏、吴氏旧书至五万一千一百八十余卷，且仿《读书志》作解题，极其精详，近亦散失。至如秀岩、东窗、凤山三李，高氏、牟氏皆蜀人，号为史家，所藏僻书尤多，今亦已无余矣。

教官①改题   陆　游

　　三舍法②行时,有教官出《易》③义题云:"乾为金④,坤亦为金,何也?"诸生乃怀监本⑤《易》至帘前请云:"题有疑,请问。"教官作色⑥曰:"经义岂当上请⑦。"诸生曰:"若公试⑧,固不敢;今乃私试⑨,恐无害。"教官乃为讲解大概,诸生徐出监本,复请曰:"先生恐是看了麻沙本⑩,若监本,则坤为釜⑪也。"教授皇恐,乃谢⑫曰:"某当罚。"即输罚,改题而止。然其后亦至通显⑬。

《老学庵笔记》

【注释】

①教官:古代府、州、县学教授、学正、教谕、训导等掌教诲晓谕之职者的通称。

②三舍法:即三舍考选法。宋神宗熙宁四年(1071),设立太学生三舍法,将学生分为上舍、内舍、外舍三等,初入学为外舍生,逐级升为内舍生、上舍生,上舍生成绩优异者可直接授官。

③易:《周易》。

④乾为金:乾为六十四卦之首,象征阳性、刚健,故有"乾为金"之说。

⑤监本:宋代国子监所刻书籍,质量较精。

⑥作色:脸色改变,生气。

⑦经义：经书的义理。上请：学生对试题有疑问至帘前请教。

⑧公试：宋代学校的考试方式，国子监属下各学和地方州学外舍一年举行一次，北宋由各学学官主持，南宋的太学则由朝廷派员主持。

⑨私试：又称"月校"，学校考试方式之一，每月一次，孟月试经义，仲月试论，季月试策，由本学长官命题考校，朝廷不差遣派官。

⑩麻沙本：宋时福建建阳县麻沙镇书坊所印书籍，质量较差。

⑪坤为釜：《周易·说卦》："坤为地，为母，为布，为釜。"坤为六十四卦之次，象征阴性，滋生万物。釜为一种炊具，能煮食物，化生为熟，故称"坤为釜"。

⑫谢：谢罪，承认错误。

⑬通显：通达显贵。

【赏读】

这篇文章通过一个具体的事例，生动地阐明了读书需要精心挑选版本、务必认真校对的道理，古人多次撰文强调这一点，但讲道理容易枯燥，不如一个具体的事例来得生动形象。

文中的教官显然读书不精，缺少足够的学术素养，依据印刷较为粗糙的麻沙本来出题，书中文字失于校对，将坤"为釜"错写成"为金"。一字之差，意思完全不同。依据错误的文句出题，自然是误人子弟。连题目都有问题，学生没法作答，提出质疑也就在所难免。

这位教官一开始还挺自信，并不知道错误所在，等学生将监本拿出，这才意识到自己的问题。好在他态度还是相当诚恳的，不仅认罚，而且将考题改正。可见他本性不错，只是读书功夫不到而已，正是这种知错就改的态度，使他后来也能走到通显的程度。出错题是一回事，发现错题后如何面对又是另一回事，通过这件事，无论是教官还是学生，都从中可以学到不少东西。

借书 周 辉

"借书一瓻,还书一瓻"①,后讹为"痴",殊失忠厚气象。书非天降地出,必因人得之,得而秘之,自示不广,人亦岂肯以未见者相假。唐杜暹②家书,末自题云:"清俸③买来手自校,子孙读之知圣道,鬻④及借人为不孝。"鬻为不孝,可也;借为不孝,过也。

然辉手抄书,前后遗失亦多,未免往来于怀⑤。因读唐子西⑥《失茶具说》,释然不复芥蒂。其说曰:"吾家失茶具,戒妇勿求。妇曰:'何也?'吾应之曰:'彼窃者,必其所好也。心之所好,则思得之,惧吾靳之不予也而窃之,则斯人也,得其所好矣。得其所好则宝之,惧其泄而秘之,惧其坏而安置之,则是物也,得其所托矣。人得其所好,物得其所托,复何言哉!'妇曰:'嘻,是乌得不贫!'"余亦云。

《清波杂志》

【注释】

① "借书"二句:语出宋何薳《春渚纪闻·瓻酒借书》:"杜征南与儿书言:昔人云'借人书一痴,还人书一痴'。"另据宋邵博《闻见后录》:"俗语借与人书为一痴,还与人书为一痴。予每疑此语近薄,借书还书,理也,何痴云?后见王乐道《与钱穆四书出师

颂书》,函中最妙绝,古语:借书一瓻,还书一瓻,欲以酒二尊往,知却例物不敢。因检《说文》:瓻,抽迟反,亦音绨。注云:酒器,古以借书,盖俗误以为痴也。"宋张世南《游宦纪闻》:"借书一痴,还书一痴,或作'嗤'字,此鄙俗无状语。前辈谓借书还书,皆以一瓻。《礼部韵》云'瓻,盛酒器也'。"瓻(chī),陶制的酒器。古人借书还书,以此器盛酒为酬。

②杜暹(678~740):濮州濮阳(今河南濮阳)人,唐代宰相。历官婺州参军、监察御史、同中书门下平章事、户部尚书。藏书万余卷。

③清俸:旧时官员的薪俸。

④鬻(yù):变卖。

⑤往来于怀:萦绕心头,经常想起。

⑥唐子西(1071~1121):唐庚,字子西,人称鲁国先生。眉州丹棱(今四川眉山)人。元祐六年(1091)进士,历官阆中令、宗学博士、京畿常平、承议郎,著有《三国杂事》《唐子西集》。

【赏读】

这篇文章谈的是借书问题,也是让读书人很头疼的一个问题。藏书家再苦心搜罗,也不可能尽得天下书,总有自己没有收藏乃至没看到的书。至于那些出身贫寒的读书人,则买不起书,无书可读,只能向别人去借,或借来阅读,或借来抄录。但由此也引发了一个新问题:那就是借书不还。有些藏书家如杜暹担心藏书被借阅者藏匿,干脆一概不外借,还写诗告诫子孙,将这件事提到不孝的高度。爱书之心固然可以理解,但正如作者所言:"过也。"

作者也多次遇到被人借书不还的事情,"前后遗失亦多",自然也是不开心。后来读了唐庚的《失茶具说》一文,觉得释然。唐庚的说法有其道理,从书的流传和利用来说,借书不还,书毕竟会到真正爱读的人那里，得到妥善保存。当然，从书的主人的角度来看，自己喜爱的书被人藏匿不还，毕竟不是一件开心的事。如果放任不管，那就是纵容不良风气了。可见作者不过是从别人那里得到一点心理安慰而已，书已经找不到了，再烦恼也没有用，不如想开一些吧。

借书不还亦一痴　刘　祁①

　　昔人云："借书一痴，还书亦一痴。"故世之士大夫有奇书多秘之，亦有假而不归者，必援此。予尝鄙之，以为君子惟欲淑诸人②，有奇书当与朋友共之，何至靳③藏，独广己之闻见？果如是，量亦狭矣。如蔡伯喈之秘《论衡》④，亦通人之一蔽⑤，非君子所尚，不可法也。

　　其假而不归者尤可笑，君子不夺人之所好，己所不欲，勿施于人⑥，岂有假人物而不归之者耶？因改曰："有书不借为一痴，借书不还亦一痴也。"

《归潜志》

【注释】

①刘祁（1203~1250）：字京叔，号神川遁士，浑源（今山西浑源）人。金末太学生。天会元年（1123）进士。廷试失意，闭门读书。入元后曾任山西东路考试官、征南行台。后筑"归潜堂"乡居。著有《归潜志》等。

②"君子"句：典出《诗经·鸤鸠》："淑人君子，其仪一兮。"淑，行善，做好事。

③靳：吝啬。

④"蔡伯喈"句：典出《后汉书·王充传》注引《袁山松书》："充所作《论衡》，中土未有传者。蔡邕入吴始得之，恒秘玩

以为谈助。"蔡伯喈，蔡邕。

⑤通人：学识渊博、贯通古今的人。蔽：缺点，不足。

⑥"己所不欲"二句：语出《论语·卫灵公》。

【赏读】

  这篇文章可以和前面周煇的《借书》一文对读，因为他们讨论的是同一个话题，两个不同时代的人隔空交锋，还是很有意思的。

  作者没有辨析"瓻"还是"痴"的问题，而是直接针对社会上流行的"借书一痴，还书亦一痴"一语进行讨论。他的态度非常鲜明，对那些有书不借的人"鄙之"。在他看来，读书人都是君子，应该有着较高的品德和修养，家藏秘本不肯示人，度量未免太小。他明确指出蔡邕秘藏《论衡》一事"非君子所尚，不可法"。

  与周煇体谅借书不还者不同，作者则是各打五十大板，有书不借非君子所为，借书不还则"尤可笑"，更不是君子应做的事情。相比之下，作者的态度更为公允。对"借书一痴，还书亦一痴"这句书界流行语，他有自己的新解，即文末所说的"有书不借为一痴，借书不还亦一痴也"。这正如一句民间俗语所说的"好借好还，再借不难"，连一般民众都明白的道理，为什么到读书人那里就变得复杂了呢？这着实是一个耐人深思的问题。

送东阳马生①序 宋　濂②

　　余幼时即嗜学，家贫，无从致③书以观，每假借于藏书之家，手自笔录，计日以还。天大寒，砚冰坚，手指不可屈伸，弗之怠④。录毕，走送之，不敢稍逾约⑤。以是人多以书假余，余因得遍观群书。既加冠⑥，益慕圣贤之道，又患无硕师⑦、名人与游，尝趋百里外，从乡之先达⑧执经叩问。先达德隆望尊⑨，门人弟子填其室，未尝稍降辞色⑩。余立侍左右，援疑质理⑪，俯身倾耳以请；或遇其叱咄⑫，色愈恭，礼愈至，不敢出一言以复；俟其欣悦，则又请焉。故余虽愚，卒获有所闻。

　　当余之从师也，负箧曳屣⑬，行深山巨谷中，穷冬烈风，大雪深数尺，足肤皲裂而不知。至舍，四肢僵劲不能动，媵人持汤沃灌⑭，以衾拥覆，久而乃和。寓逆旅⑮主人，日再食，无鲜肥滋味之享。同舍生皆被绮绣，戴朱缨宝饰之帽，腰白玉之环，左佩刀，右备容臭⑯，烨然⑰若神人；余则缊袍⑱敝衣处其间，略无慕艳意。以中有足乐者，不知口体之奉⑲不若人也。盖余之勤且艰若此。今虽耄老，未有所成，犹幸预君子之列⑳，而承天子之宠光，缀公卿之后，日侍坐备顾问，四海亦谬称其氏名，况才之过于余者乎？

今诸生学于太学㉑，县官日有廪稍㉒之供，父母岁有裘葛之遗，无冻馁之患矣；坐大厦之下而诵诗书，无奔走之劳矣；有司业、博士㉓为之师，未有问而不告，求而不得者也；凡所宜有之书，皆集于此，不必若余之手录，假诸人而后见也。其业有不精，德有不成者，非天质之卑，则心不若余之专耳，岂他人之过哉！

东阳马生君则，在太学已二年，流辈㉔甚称其贤。余朝京师，生以乡人子谒余㉕，撰长书以为贽㉖，辞甚畅达，与之论辩，言和而色夷㉗。自谓少时用心于学甚劳，是可谓善学者矣。其将归见其亲也，余故道为学之难以告之。谓余勉乡人以学者，余之志也；诋我夸际遇之盛而骄乡人者，岂知余者哉！

《宋文宪公全集》

【注释】

① 东阳马生：马从政，一说马君则，字均济，号日济，曾任承事郎、东昌棠邑令。东阳，在今浙江东阳。

② 宋濂（1310~1381）：字景濂，号潜溪，浦江（今浙江义乌）人。元末辞征召不就。后应朱元璋征聘，官至翰林学士承旨知制诰。晚年辞官归乡，因长孙宋慎犯罪，谪居茂州，客死途中。著有《宋文宪公全集》等。

③ 致：得到。

④ 弗之怠：即"弗怠之"，不懈怠，不放松。

⑤ 逾约：超过约定之期。

⑥加冠：古时男子二十岁时举行加冠仪式，表示已经成人。这里即指二十岁。

⑦硕师：大师，学问渊博的老师。硕，大。

⑧先达：有地位、有声望的前辈。

⑨德隆望尊：德高望重。

⑩辞色：言语和脸色。

⑪援疑质理：提出疑难，质询道理。援，引、提出。质，询问。

⑫叱咄：训斥，呵责。

⑬负箧曳屣：背着书箱，拖着鞋子。箧，书箱。

⑭媵人：婢女。汤：热水。

⑮逆旅：旅店，客舍。

⑯容臭：香袋。臭，气味，这里指香气。

⑰烨然：光彩照人的样子。

⑱缊袍：破旧的衣服。

⑲口体之奉：衣食享用。

⑳预君子之列：意思是在朝做官。

㉑太学：国子监。

㉒廪稍：朝廷供给的廪食。

㉓司业、博士：太学里的教官。

㉔流辈：同辈。

㉕以乡人子谒余：以同乡晚辈的身份拜访我。谒，拜见。

㉖撰长书以为贽：写封长信作为表示敬意的礼物。长书，长信。贽，初次见面为表敬意而送的礼物。

㉗色夷：脸色平和。

【赏读】

这是一篇勉励后生读书、流传较广的名篇。作者宋濂是明朝的开国重臣,在当时德高望重,面对来自家乡的年轻后进,他想到自己的人生际遇,内心有很多感慨,遂写下了这篇文章。文章既是写给像马生这样的年轻人,勉励他们用功读书,也是写给自己的,回顾自己的一生,进行总结反思。

作者用较大的篇幅来写自己的求学经历,这似乎有些炫耀的成分,正如他在文后所担心的,"夸际遇之盛而骄乡人",事实上其目的在"勉乡人以学者",其诚意是可以分明感受到的。作者文笔生动,很形象地描绘了自己当年的"为学之难"。首先是没有书看,只能从人家那里借,然后"手自笔录",天再冷也要坚持,不敢违约。其次是没有人指导,只能到百里之外向先达虚心请教。最后家庭贫寒,条件艰苦。尽管有此三难,作者都一一克服,最终成为德高望重的朝廷重臣,文名享誉海内。

从自己早年读书的艰辛,作者联想到当时在太学里的那些年轻人。他们各方面读书的条件都比自己好得多,理应比自己学得更好。作者一一列举他们拥有的良好条件,目的在勉励他们,希望他们业精德成。对像马生这样的年轻后生来说,读书条件好并不是一种罪过,而应是更高的起点。他们不必再像宋濂那样吃苦,但是这种虚心向学、认真苦读的精神是不能抛弃的,应该发扬光大。这种精神古人需要,现代人也同样需要。名篇就是名篇,今天再读这篇文章,一点都不觉得过时。

景清①借书　徐　咸②

景清倜傥，尚大节③，领乡荐④，游国学⑤。时同舍生有秘书⑥，清求而不与。固请，约明旦即还书。生旦往索。曰："吾不知何书，亦未假书于汝。"生忿，讼于祭酒⑦。清即持所假书往见，曰："此清灯窗所业书。"即诵辄卷⑧。祭酒问生，生不能诵一词。祭酒叱生退。清出，即以书还生，曰："吾以子珍秘太甚，特此相戏⑨耳。"

《泽山杂记》

【注释】

①景清（？~1402）：一说本姓耿，讹作景。真宁（今甘肃正宁）人。洪武进士，历官编修、左佥都御史、北平参议。后行刺朱棣未成被杀。

②徐咸（1481~1566）：字子正。明朝海盐（今浙江海盐）人。正德六年（1511）进士，历官襄阳知府。著有《东滨三稿》《泽山杂记》等。

③尚大节：注重气节。

④领乡荐：乡试考中。

⑤游国学：到国子监求学。游，游学。

⑥秘书：稀见的、珍贵的图书。

⑦讼：诉讼。祭酒：国子监祭酒，主管国子监的官员。

⑧辄卷：全书。辄，通"彻"。
⑨相戏：开玩笑。

【赏读】

  这篇文章讲了一个有趣的借书故事。景清在国子监看到同宿舍的书生有本稀见的书，想借来看看，但那位学生"珍秘太甚"，不允。经过一再请求，才答应，但要求明天一早就要还书。结果第二天一大早那位书生就来要书，没想到景清不承认，说书是自己的。官司打到教官那里，景清竟然能把书通背，而那位书生却"不能诵一词"。书最后成为景清的。好在景清只是开了一个玩笑而已。

  虽然只是一个笑谈，但里面有值得思考的问题。那位书生虽然是书的主人，却对书的内容并不熟悉；景清虽然只是短时间内借来看看，却能背诵下来。如此说来，谁才是这本书的真正主人呢？古人在谈藏书之难的同时，往往强调读书之难，这种难就表现在有书不读，就像文中那位书生。不知那位书生在被景清调笑一番后，能明白这个道理否。

书斋铭① 归有光

斋,故市廛②也,恒③市人居之。邻左右,亦惟市人也。前临大衢④,衢之行,又市人为多也。挟策⑤而居者,自项脊生⑥始。无何⑦,同志者亦稍稍来集,与项脊生俱。无中庭⑧,以衢为庭。门半开,过者侧立凝视,故与市人为买卖者,熟旧地⑨,目不暇举⑩,信足及门,始觉而去。已⑪,乃为藩篱⑫,衷以修扉⑬,用息人影。然耳边声哄然,每至深夜,鼓冬冬,坐者欲睡,行者不止。宁静之趣,得之目而又失之耳也。

项脊生曰:"余闻朱文公⑭欲于罗浮山静坐十年,盖昔之名人高士,其学多得之长山大谷之中,人迹之所不至,以其气清神凝而不乱也。夫莽苍⑮之际,小丘卷石⑯,古树数株,花落水流,令人神思爽然,况天闷地藏,神区鬼奥邪⑰?其亦不可谓无助也已。然吴中名山,东亘巨海,西浸林屋、洞庭⑱,类非人世⑲,皆可宿舂⑳游者。今遥望者几年矣,尚不得一至。即今欲稍离市廛,去之寻丈㉑,不可得也。盖君子之学,有不能屑屑㉒于是者矣。"

管宁与华歆读书,户外有乘轩者,歆就视之,宁弗为顾㉓。狄梁公对俗吏,不暇与偶语㉔。此三人者,其亦若今之居也，而宁与欸之辨，又在此而不在彼也㉕。项脊生曰："书斋可以市廛，市廛亦书斋也。"铭曰：

深山大泽，实产蛇龙㉖。哲人静观，亦宁其宫㉗。余居于喧，市肆纷那㉘。欲逃空虚，地少天多㉙。日出事起，万众憧憧㉚。形声变幻，时时不同。蚊之声雷，蝇之声雨。无微不闻，吾恶吾耳。曷敢怀居㉛，学颜之志㉜。高堂静居，何与吾事㉝。

彼美室者，不美厥㉞身。或静于外，不静于心。余兹是惧㉟，惕焉㊱靡宁。左图右书，念念㊲兢兢。人心之精，通于神圣。何必罗浮，能敬斯㊳静。鱼龙万怪，海波自清。火热水濡㊴，深夜亦惊。能识鸢鱼㊵，物物道真㊶。我无公朝㊷，安有市人。

是内非外㊸，为道为释㊹。内外两忘，圣贤之极。目之畏尖㊺，荆棘满室。厥恐惴惴，危阶是习㊻。余少好僻，居如处女。见人若惊，嚅不能语。出应世事，有如束缚。所养若斯，形秽心怛㊼。矧㊽伊同胞，举目可恻。藩篱已多，去之何适。皇风既邈㊾，淳风日漓㊿，谁任其责，吾心孔㉛悲。人轻人类，不满一瞬。孰涂之人㉜，而非尧舜㉝。

《震川先生集》

【注释】

①铭：古代一种文体。其内容和特点如明徐师曾《文体明辨序说》所言："要其体不过有二，一曰警戒，二曰祝颂。"

②市廛（chán）：堆藏旧物的仓库。

③恒：常常。

④衢（qú）：四通八达的道路。

⑤挟策：手持书本。策，同"册"，指书籍。

⑥项脊生：作者早年自称。

⑦无何：没过多长时间。

⑧中庭：院落，庭院。

⑨熟旧地：熟悉从前的地方。

⑩目不暇举：不用抬眼观看。

⑪已：不久。

⑫藩篱：篱笆。

⑬衷：正中处。修扉：装饰的门扉。

⑭朱文公：朱熹，谥文，世称朱文公。

⑮莽苍：景色迷茫。

⑯卷石：亦作"拳石"，像拳头一样大的石头。

⑰天閟（bì）地藏，神区鬼奥：人迹不易到达之地。閟，同"闭"。奥，深远之处。

⑱林屋：山洞名，在今江苏省苏州市洞庭西山。洞庭：山名，在今江苏省太湖中，包括东、西二山。

⑲类非人世：大都不像人世间，指景致很美。

⑳宿舂：典出《庄子·逍遥游》："适莽苍者，三飡而反，腹犹果然；适百里者，宿舂粮；适千里者，三月聚粮。"宿舂，即宿舂粮，隔夜舂捣食粮。

㉑寻丈：八尺至一丈左右，意为距离短。寻，古代长度单位，八尺。

㉒屑屑：琐碎繁细，此处指不值得计较。

㉓"管宁与华歆"等句：典出《世说新语·德行》："管宁、华

歆共园中锄菜,见地有片金,管挥锄与瓦石不异,华捉而掷去之。又尝同席读书,有乘轩冕过门者,宁读如故,歆废书出看。宁割席分坐,曰:'子非吾友也。'"管宁(158～241),字幼安,北海朱虚(今山东临朐)人。曾与华歆游学,后至辽东,于山谷隐居不仕。华歆(157～231),字子鱼,平原高唐(今山东禹城)人。汉末官至尚书令,曹丕称帝后官司徒、太尉。乘轩者,高级官员。轩,一种曲辕而有屏障的车。古代规定为卿大夫乘坐的车。就,靠近。

㉔"狄梁公"二句:典出《旧唐书·狄仁杰传》:"仁杰儿童时,门人有被害者,县吏就诘之,众皆接对,唯仁杰坚坐读书。吏责之,仁杰曰:'黄卷之中,圣贤备在,犹不能接对,何暇偶俗吏而见责耶。'"狄梁公,狄仁杰(630～700),字怀英,并州太原(今山西太原)人。举明经,历官大理丞、侍御史、宁州刺史、豫州刺史等。去世后被追封为梁国公。

㉕"宁与歆之辨"二句:意思是管宁与华歆的区别在如何对待功名富贵,而不在是否认真读书。

㉖蛇龙:同"龙蛇",比喻非常之人。

㉗宁其宫:使其居室宁静。宫,室。

㉘纷那:繁多杂乱。

㉙地少天多:意思是在地上实现的可能性小。

㉚憧憧:往来不绝。

㉛曷:同"何"。怀居:留恋安逸的生活。

㉜颜之志:典出《论语·雍也》:"子曰:'贤哉回也!一箪食,一瓢饮,在陋巷,人不堪其忧,回也不改其乐,贤哉回也!'"颜,颜回,字子渊,春秋时鲁国人。孔子弟子。

㉝何与吾事:与我何干。

㉞厥:同"其"。

㉟兹是惧:同"惧兹",害怕这样。

㊱惕焉：警惕的样子。

㊲念念：刹那。佛教用语。

㊳斯：乃，则。

㊴火热水濡：火烧水淹。

㊵鸢（yuān）鱼：典出《诗·旱麓》：“鸢飞戾天，鱼跃于渊。”形容鸢与鱼各得其所。鸢，鸷鸟的一种，性凶猛。

㊶物物道真：道出万事万物的真性。

㊷公朝：朝廷，官府。

㊸是内非外：肯定内心的重要，否定外物的存在。

㊹道：道教。释：佛教。

㊺畏尖：害怕尖物。

㊻危阶是习：指经常保持警惕。危阶，危险的台阶。习，习惯。

㊼忸（niǔ）：惭愧，羞愧。

㊽矧（shěn）：况且。

㊾皇风：美好的世风。邈：远。

㊿淳风：淳朴的风气。漓：薄。

(51)孔：很。

(52)涂之人：大路上的人，指普通人。

(53)而非尧舜：典出《孟子·告子下》：“人皆可以为尧、舜。”

【赏读】

每个读书人都有属于自己的对于书房的理想和期待，作者的书房显然是不理想的，不仅不理想，甚至可以说是比较差：处于闹市之中，面积狭小，不断有人打扰，声音嘈杂。作者也曾想办法解决，但修了篱笆，依然挡不住喧闹之声，可谓顾此失彼，其情景正如他所说的“宁静之趣，得之目而又失之耳也”。作者也很羡慕前贤山中静修读书的做法，但限于自身的物质条件，无法做到：“今欲稍离市廛，去之寻丈，不可得也。"

　　读到这里，也就明白作者写书斋铭以自警的用意了。他告诫自己，能否将书读好，固然与周围的环境有关，但更重要的是自己的心态，历史上的管宁、华歆之辨已证明了这一点。身在书斋，想的可能是市廛；身在市廛，想的则可能是书斋。读书者的心在哪里，书斋也就在哪里，这就是作者所说的"书斋可以市廛，市廛亦书斋也"。作者勉励自己，要"学颜之志"，像颜回那样，安于贫困，不羡慕那些"高堂静居"，它们与自己无关。只要自己努力，人人皆可以像孟子所说的那样，成为尧舜。

　　作者这篇《书斋铭》是写给自己的，也是写给读者的。至今读来，虽然时代已完全不同，但仍有警示意义。

送童子鸣①序　归有光

越中人多往来吾吴中②，以鬻书为业。异时童子鸣从其先人游昆山，尚少也。数年前，舣舟娄江③，余过之。子鸣示余以其诗，已能出人④。今年复来，吾友周维岳⑤见余，为念其先人相与之旧⑥，谓子鸣旅泊萧然，恨无以恤之者。已而子鸣以诗来，益清俊可诵。然子鸣依依于余，有问学之意，余尤念之。

尝见元人题其所刻之书，云自科举废而古书稍出，余盖深叹其言。夫今世进士之业⑦滋盛，士不复知有书矣。以不读书而为学，此子路之佞，而孔子之所恶⑧。无怪乎其内不知修己之道⑨，外不知临人之术⑩，纷纷然日竞于荣利，以成流俗，而天下常有乏材之患也。子鸣于书，盖历⑪能诵之。余以是益奇⑫子鸣。

夫典籍，天下之神物⑬也。人日与之居，其性灵必有能自开发者。玉在山而草木润，渊生珠而崖不枯⑭。书之所聚，当有如金宝之气⑮，如卿云轮囷⑯，覆护其上，被其润者不枯矣。庄渠先生⑰尝为余言：广东陈元诚⑱，少未尝识字，一日自感激⑲，取四子书⑳终日拜之，忽能识字。以此知书之神也。非书之能为神也，古人虽亡，而其神者未尝不存。今人虽去古之远，而其神者未尝不与之遇，此书之所以可贵也。虽然，今之学者，直㉑以为土梗㉒已耳。

子鸣鬻古之书，然且几于不自振。今欲求古书之义，吾惧其愈穷也。岁暮将往锡山㉓寓舍，还归太末㉔，书以赠之。

《震川先生集》

【注释】

①童子鸣：童佩（1524~1578），字子鸣，一字少瑜，龙游（今浙江龙游）人。以贩书为业，受业于归有光，以诗文游于公卿间，家富藏书。著有《童子鸣集》。

②越中：泛指今浙江绍兴及其周边地区。吴中：在今江苏苏州，泛指今江苏苏州一带。

③舣（yǐ）：停泊。娄江：在今江苏东南，出太湖，穿苏州娄门而东，一路迤逦百余里，由刘家港入海。

④出人：超出一般人。

⑤周维岳：归有光好友，生平事迹不详。

⑥相与之旧：指归有光、周维岳与童子鸣之父过去的情谊。

⑦进士之业：指读书人通过科举考试进入仕途。

⑧"以不读书而为学"等句：语出《论语·先进》："子路使子羔为费宰，子曰：'贼夫人之子。'子路曰：'有民人焉，有社稷焉，何必读书，然后为学？'子曰：'是故恶夫佞者。'"佞，能言善辩之人。

⑨修己之道：自我修养的道理。

⑩临人之术：治理百姓的办法。

⑪历：一一，都。

⑫奇：赏识，看重。

⑬神物：灵异、神奇之物。语出《易经·系辞上》："是故天生神物，圣人则之。"

⑭"玉在山"二句：语出《荀子·劝学》。崖，岸边。

⑮金宝之气：语出《史记·天官书》："金宝之上皆有气，不可不察。"

⑯卿云轮囷（qūn）：语出《史记·天官书》："若烟非烟，若云非云，郁郁纷纷，萧索轮囷，是为卿云。卿云见，喜气也。"卿云，祥云。轮囷，盘绕的样子。

⑰庄渠先生：魏校（1483～1543），字子才，自号庄渠。昆山（今江苏昆山）人。弘治十八年（1505）进士，历官南京刑部主事、广东提学副使、太常寺卿，著有《大学指归》《六书精蕴》《庄渠遗书》等。

⑱陈元诚：陈激衷，字符诚，号尧山，南海（今广东南海）人。嘉靖元年（1522）举人。曾任广东西樵山石泉书院山长。

⑲感激：感奋、激发。

⑳四子书：即"四书"，包括《论语》《孟子》《大学》《中庸》。

㉑直：只是，仅仅。

㉒土梗：泥塑的偶像。比喻轻贱无用之物。

㉓锡山：在今江苏无锡西志山东峰外。

㉔太末：在今浙江衢州。

【赏读】

　　这篇文章是归有光写给一位年轻人的，目的是勉励他好好读书。这位年轻人的身份很特殊，他并非一般的读书人，而是一位世代经商的书贾。这些人虽然做的是书籍的生意，但和其他商人一样，都是追逐利润的，清人洪亮吉曾将他们称作掠贩家，言语中含有不屑之意。

  但是这位名叫童佩的年轻人和市面上唯利是图的书商不同,他虽然人在生意场,心却在读书,虚心向归有光等人学习,而且小有所得。这种身份和这种学习精神让归有光很感动,为其写下这篇文章。

  让归有光感慨的不仅是童佩的学习精神,还有他对现实风气的不满。在"进士之业滋盛"的年代,士子们不过把读书当作敲门砖,很少有人认真读书,"士不复知有书矣",这让作者感到痛心。年轻书商的虚心向学与士子们的不读书形成鲜明对比,可以感受到作者难以平静的心绪。

  "夫典籍,天下之神物"这一段议论看起来似乎与论题无关,实则是深有含义的。作者所讲那位陈元诚的故事也许过于传奇,让人难以相信,但其用心则是良苦的。书不仅"可贵",而且可以改变人的性情,将一位粗俗的书商变成一位儒雅的读书人,当然也可以将一位读书人变成一个满脑子功名利禄的生意人。就像作者在其《书斋铭》一文中所说的,书斋可以是闹市,闹市也可以是书斋,关键在是否用心读书,关键在人的思想。

  作者对一位求学的书商如此用心,如此勉励,可谓古道热肠,这同样也是一种可贵的精神,一种真正的读书人的精神。

胡贸棺记[①] 唐顺之[②]

书佣胡贸,龙游人。父兄故书贾,贸少乏资,不能贾,而以善锥书[③]往来诸书肆及士人家。

余不自揆[④],尝取《左氏》[⑤]历代诸史及诸大家文字,所谓汗牛塞栋者,稍删次之,以从简约。既披阅点窜[⑥]竟,则以付贸,使裁[⑦]焉。始或篇而离之[⑧],或句而离之,甚者或字而离之;其既也篇而联之,句而联之,又字而联之;或联而复离,离而复联,错综经纬,要于各归其类而止。盖其事甚渎[⑨]且碎,非特他,书佣往往束手[⑩],虽士人细心读书者,亦多不能为此。贸于文义不甚解晓,而独能为此,盖其天窍[⑪]使然。余之于书,不能及古人蚕丝牛毛[⑫]之万一,而贸所为则蚕丝牛毛之事也。嗟乎,书契之不能还于结绳[⑬],书契又繁而不能还于简也,固也。然余所以编书之意远矣,非贸则余事无与成。然贸非余则其精技[⑭]亦无所用,岂亦所谓各致其能也哉。

贸平生无他嗜,而独好酒。佣书所得钱无少多[⑮],皆尽于酒。所佣书家,不问佣钱,必问酒能餍[⑯]否?贸无妻与子,佣书数十年,居身无一垅[⑰]之瓦,一醉之外,皆不复知也。其颠[⑱]若此,宜其天窍之亦有所发也。余年近五十,兀兀[⑲]如病僧,益知捐书[⑳]之乐,视向所谓披阅点窜若雠[㉑]我者,盖始以为甘而味之也甚深,则觉其苦而绝之也必过,其势然也。余既不复一有所披阅点窜,贸虽尚以佣书糊口诸士人家,而其精技亦虚闲而无所用。然则古所谓不能自为才者,岂独士之遇世然哉。此余与贸之相与始终,可以莞然而一笑者也。

余既不复有所披阅点窜,世事又已一切无所与,则置二杉棺以待长休㉒。贸无妻与子,无一钱之蓄,死而有棺无棺不可知,念其为我从事久也,亦以一棺畀㉓之,而书此以为之券㉔云。

呜呼!百余年后,其书或行于世,而又或偶有好之者,慨然追论其故。所删次之人,则余之勤因以不没,而贸乃无以自见,是余专㉕贸之功也。余之书此,亦以还功于贸也。虽然,余既以披阅点窜为雠,而岂欲后人又以披阅点窜知余也哉。然则贸之碑碑㉖勤苦,从事于割截离合,而一付之无何有之乡㉗也,与一醉亦无以异也,其亦何憾之有。

《荆川先生集》

【注释】

①胡贸:书商,龙游(今浙江龙游)人。棺:棺材。

②唐顺之(1507~1560):字应德,一字义修,人称荆川先生,武进(今江苏常州)人。嘉靖八年(1529)进士,历官翰林院编修、右佥都御史。为明代唐宋派代表人物之一,著有《荆川先生集》等。

③锥书:誊写整理书稿。

④不自揆:不自量力,此为作者谦辞。

⑤《左氏》:《左氏春秋》,即《左传》。

⑥点窜:改动润色字句。

⑦裁:剪裁。

⑧离之:分离,分散。

⑨淆:复杂,繁琐。

⑩书佣:以抄书为谋生手段的人。束手:没有办法。

⑪天窍:天分,天资。

⑫蚕丝牛毛:比喻多而密。

⑬书契:文字。结绳:文字产生之前,古人用绳子结扣的方式来记事。

⑭精技:精湛的技艺。

⑮无少多:无论多少。

⑯餍:满足。

⑰垅:同"垄"。

⑱颛(zhuān):通"专",专一。

⑲兀兀:昏昏沉沉的样子。

⑳捐书:废书不读。

㉑雠:怨恨,埋怨。

㉒杉棺:杉木棺材。长休:死亡,去世。

㉓畀:赠送,给予。

㉔券:契约,凭据。

㉕专:独自占有。

㉖硁硁:同"碌碌",忙碌。

㉗无何有之乡:典出《庄子·逍遥游》:"今子有大树,患其无用,何不树之于无何有之乡。"原指什么东西都没有的地方,这里泛指虚无。

【赏读】

　　这篇文章所写的也是一个书商，可以与归有光的《送童子鸣序》一文放在一起对读。两篇文章写的都是书商，但与一般人心目中的书商形象完全不同，可见这个特殊的职业群体并不都是见钱眼开的唯利是图者，其中也有一些虚心向学、身怀绝艺的高人、奇人。这篇文章采用记叙的形式，写得更为形象生动。

　　这位胡贸与归有光笔下的童佩不同，他虽然出身书商之家，由于缺少本钱，已经无力经营。但他有自己的过人之处，那就是可以协助别人整理书稿，作者对此深有体会。他在编印书籍的过程中，胡贸起了很大的作用。尽管剪裁编订稿子非常琐细，但他都能一一处理好。这远非一个普通的书佣所能胜任，实际上胡贸扮演的角色是作者的学术助手。作者为此感叹"非贸则余事无与成"。

　　但就是这样一位身怀绝技的奇人，生活相当困顿，没有家庭，没有家产，也并不是时时有活干，"其精技亦虚闲而无所用"。唯一的嗜好就是酒，也许酒可以让人暂时忘却人间的苦楚吧。作者对胡贸的境遇十分同情，担心他老无所归，就在购买棺材时，为其也买了一副。一方面是对其境遇的同情，另一方面也是出于对胡贸的感激，希望后人也能记得这么一位身怀绝技的书商。

　　也许真的像归有光所说的，书具有灵性，人和书一旦建立了关系，也会获得某种灵性。书商并非读书人，但是与书打交道久了，也能涌现一些奇才、高人。话虽然说得有些夸张，但通过上述两篇文章，可以对中国的图书文化有新的理解和认识。

书低 陈皋谟①

一秀才赁僧房②读书，惟事游玩而已。忽至午归房，呼童取书来。童持《文选》，视之曰："低。"持《汉书》，视之曰："低。"又持《史记》，视之曰："低。"僧大诧曰："此三书熟其一，足称饱学③。俱云'低'，何也？"试问之，乃取书作枕耳。

《笑倒》

【注释】

①陈皋谟（生卒年不详）：字思赞，江阴（今江苏江阴）人。嘉靖二十三年（1544）进士。曾任南京工部郎中。

②僧房：僧舍，僧人住房。

③饱学：知识渊博。

【赏读】

这是一则在明清时期广为流传的笑话，是讽刺读书人的，讽刺那种把书读得不同凡响的读书人。

这位书生不在家里用功，却偏偏跑到僧房读书，似乎是为了找个清静的地方，而实际上呢，"惟事游玩而已"，大概怕父母批评自己吧，一个人到外面可以玩个自在，所谓僧房读书，不过是个方便的借口而已。

这天午后，书生忽然回到房间，喊童子拿书过来，先是拿《文选》，再是拿《汉书》，最后是拿《史记》，都是仅看了一眼就嫌"低"，这一下将一旁观看的僧人吓坏了，要知道，这三部书精通任何一部，都可以称得上是饱学啊，这位书生竟然都嫌"低"，莫非是遇到天人？谁知道一问，人家书生说"低"不是觉得书太浅显、档次低，而是要睡觉，拿书当枕头显得低。

包袱抖开，僧人应该是目瞪口呆吧，读者自然是会心一笑。明明是个读书人，还扎着架势跑到僧房读书，结果把书当枕头，被讽刺嘲笑，自然是活该。

这样的事情也许在现实生活中没有，但类似的言行则屡屡可见，因此也不能仅将本文当笑话来读。

小青① 张大复②

长洲许仲谦见示《小青集》③,湖上④异书也。首冠一传⑤,却是俗工⑥写照,正远神情。青诗云:"瘦影自临春水照,卿须怜我我怜卿⑦。"如此流利,从何处摸捉?戋戋居士⑧,许大⑨胆识,乃尔放笔自恣⑩耶。集中书应入《昭明选》⑪,不尔《品外录》⑫中岂得无此。

《梅花草堂笔谈》

【注释】

①小青:冯玄,字小青,广陵(今江苏扬州)人,十六岁嫁杭州冯姓为妾,遭大妇妒恨,被幽禁在孤山佛舍,积怨成疾,忧郁而死。好读书,解音律,能诗善画。著有《小青集》。

②张大复(1554~1630):又名彝宣,字心期,自号寒山子,吴县(今江苏苏州)人。明代著名戏曲作家、声律家。写有杂剧、传奇多种,著有《寒山堂南曲谱》《梅花草堂笔谈》等。

③长洲:地名。今江苏苏州市。许仲谦:生平事迹不详。

④湖上:西湖之上,这里泛指杭州一带。

⑤传:传真,写真,即肖像。

⑥俗工:手艺粗劣的工匠。

⑦"瘦影"二句:语出冯小青《怨》:"新妆竟与画图争,知是昭阳第几名?瘦影自临春水照,卿须怜我我怜卿。"卿,对朋友的

爱称，这里指自己的影子。

⑧戋戋居士：其人不详，写有《小青传》。一说是冯梦龙，字犹龙，其《情史》一书中亦收录《小青传》。

⑨许大：这么大。

⑩放笔自恣：文笔酣畅。

⑪《昭明选》：《昭明文选》。

⑫《品外录》：即《古文品内外录》，明陈继儒辑，由《品内录》《品外录》组成，选收历代旨远情深之文三百篇。

【赏读】

冯小青是明末一位才女，其凄美的诗句和不幸的身世打动了很多人，有关其作品及故事在当时广为流传。这篇文章记述了作者翻阅异书《小青集》的情景。

翻开首页，是一幅冯小青的写真，遗憾的是出自俗工之手，未能画出人物神情。但这并没有影响作者的情绪，因为随后读到的凄美诗句令他感叹"如此流利，从何处摸捉"。后面所附戋戋居士的《小青传》也让作者有"放笔自恣"之感。他为这位才女的才华所倾倒，认为应当收入到《昭明文选》中，可见其对冯小青的评价之高。

这里要说明的是，明清时期有不少关于冯小青的记载，还有人将其写入到戏曲中。对于冯小青，史上是否真有其人，学界的意见并不一致。其实，其人真假并不重要，她的作品打动读者，为读者带来许多回味和思考，这也许才是最重要的。

伪古书 江盈科①

姑苏诸技艺皆精致甲天下,又善为伪古器,如画绢②之新写者,而能使之即旧;铜鼎之乍铸者,而能使之即陈。系以秦汉之款,摽③以唐宋之记。观者为其所眩,辄出数百金售之,欣然自谓获古物,而不知其赝。故吴中有"宋板《大明律》"之谣,盖以讥夫假古器耳。

有一胥史④而呆,闻人称宋板《大明律》,谓果有之,遍觅诸书肆。书肆知其呆史,遂取今刻诳之曰:"宋板也。"乃倍偿值焉,而持以去。近世好古之士见欺于姑苏之人皆若此,此犹其小者也。尝阅载籍⑤之林,其以赝为真,以今为古者,亦复不少矣。

夫结绳以后,秦火⑥以前,惟六经⑦为最古亦最真,其他若《素问》⑧之托于黄帝也,《素书》之托于黄石也⑨,《阴符》之托于太公也⑩,皆赝也。至于《汲书》也⑪、《坟》也、《典》也、《丘》也、《索》也⑫、《穆王传》也⑬,大抵有其名无其书。好事者遂撰伪书,以窃附其名而传之,而不知篇中所载制度文章,声称论议,皆属后世事,而故文之以艰深之词。此犹系新画以秦汉之款,摽时鼎以唐宋之记,愚者惑焉,识者昭然辨之矣。彼记诵剽窃之徒,尚复以此自多,而曰我能读《汲书》,我能读《三坟》《五典》《八索》《九丘》,我能习《穆王传》,而不知其伪也。此与呆史宝今刻自谓宋板《大明律》者何以异哉。

呜呼,小儿戴假面,捋髯捻须,拄杖咳嗽,谓逼真老翁,然而非真老翁也。世之以今书窃古号者,皆小儿而扮老翁者也,不可以欺有识之人也。

《雪涛小说》

【注释】

①江盈科(1553~1605):字进之,号渌萝山人,桃源(湖南桃源)人。万历二十年(1592)进士,官至四川提学副使。为明朝晚期文坛公安派重要成员,著有《江盈科集》。

②画绢:一种绘画用的纸张。

③摽:同"标"。

④胥史:胥吏,在官府中办理文书的小吏。

⑤载籍:书籍。

⑥秦火:指秦始皇焚书之事。

⑦六经:六部儒家经典的合称,即《诗》《书》《礼》《易》《乐》《春秋》。

⑧《素问》:古医书名。

⑨《素书》:古兵书名。旧题黄石公著。黄石:秦时隐士,曾传授张良兵法。

⑩《阴符》:即《阴符经》,旧题黄帝撰,中有太公注。太公:即太公望。姜姓,吕氏,名尚。得遇于周文王,后辅佐武王灭纣。

⑪《汲书》:又称汲冢书。晋太康二年(281)汲郡(今河南汲

县)人不准盗魏襄王墓,发现并出土的一批竹简古书。

⑫《坟》:《三坟》。《典》:《五典》。《丘》:《九丘》。《索》:《八索》。以上相传皆远古时期的经典。

⑬《穆王传》:《穆天子传》,记周穆王西巡狩事。

【赏读】

这篇文章谈的是当时图书业繁荣的另一面,那就是作伪。书籍要被人阅读,就得流通;流通就能产生利益;既然有利益,就会有人作假。于是就出现了宋板《大明律》之类的闹剧。据作者介绍,还真有人相信宋板《大明律》,如此送上门的肥羊,书商不宰白不宰,发了一通横财。

不过书商作伪的手段远非宋板《大明律》那么低劣,他们也会不断改进,达到以假乱真的程度,让人防不胜防。正如作者所说的"以赝为真,以今为古者,亦复不少矣"。回顾中国文化史,托名作假的书籍多了去了,稍有不慎就会上当。不过前代的作伪与明清时期有所不同。在印刷术出现之前的抄写时代,书籍保存非常困难,作者托名东方朔、班固之类的目的是想借助他们的大名将自己的书流传下去,而明清时期的作假者则没有这种考虑,仅仅是为了赚钱。

这种作伪给文化的传承人为制造了麻烦,带来许多问题。对读者来说,读书也要保持一份警惕,孟子当初就说不能尽信书,真是有先见之明啊。

书仆书佣 朱国祯①

王弇州②书室中,一老仆,能解公意。公欲取某书,某卷、某叶、某字,一脱声,即检出待用,若有夙因③。

余官南雍④,常熟陈抱冲禹谟为助教⑤,其书满家,亦有一仆如弇州。乃知文人必有助,即仆隶,天亦饶⑥之。

《涌幢小品》

【注释】

①朱国祯(1558~1632):字文宁,号平极,乌程(今浙江吴兴)人。明万历十七年(1589)进士,官至首辅大臣。著有《明史概》《大政记》《涌幢小品》《皇明纪传》等。

②王弇(yǎn)州:王世贞(1526~1590),字元美,号凤洲,又号弇州山人。太仓(今江苏太仓)人。嘉靖八年(1529)进士,历官南京刑部主事、太仆卿、右副都御史、南京刑部尚书。为明代"后七子"领袖之一。著有《弇州山人四部稿》《艺苑卮言》等。

③夙因:前世因缘。

④南雍:明时南京国子监的别称。

⑤陈抱冲禹谟:陈禹谟(1548~1618),字锡玄,号抱冲。常熟(今江苏常熟)人。万历五年(1577)进士,历官贵州布政参议、兵部侍郎,著有《经籍异同》《经言枝指》《学半斋集》等。助教:古代学官名。协助国子祭酒、博士教授生徒。

⑥饶:厚赐,厚爱。

【赏读】

俗话说，宰相府里七品官，这句话如果套在读书人身上的话，可以说是学者家里无白丁。这篇文章就讲了两个这样的故事。

书籍对人的影响是潜移默化的，平日可能习以为常，一旦显现出来，效果是惊人的。前文提到的童佩、胡贸，都是下层的书商，虽然贩卖书籍，并不算读书人，但他们以自己的努力，练就一身本领，或诗文不俗，或身怀绝技，让人叹服。这篇文章里所讲的两位仆人，身份比书商更为卑微，更是和读书无缘，但他们对书籍的熟悉程度，同样令人佩服。比如王世贞家里那位老仆，只要王世贞需要看哪部书，"某卷、某叶、某字，一脱声"，就能达到"即检出待用"的神奇程度。在读书治学方面，这位老仆扮演的是学术助手的角色。

这位老仆何以具有这样的本领？一般说来，奴仆很少有受教育的机会，最多也就认识几个字而已。这种本领的掌握显然不是作者所说的对文人"天亦饶之"，而是后天锻炼的结果。可以想象，是王世贞长期使用这位老仆去取书，日复一日，年复一年，时间久了，才练出这手绝技。连没有多少文化的仆人都能对书籍熟悉到这种程度，那些整天手不离卷的读书人如果对书陌生的话，实在是说不过去。

好书者三病 谢肇淛①

好书之人有三病：

其一，浮慕②时名，徒为架上观美，牙签锦轴③，装潢衒曜，骊牝④之外，一切不知，谓之无书可也。

其一，广收远括，毕尽心力，但图多蓄，不事讨论⑤，徒涴⑥灰尘，半束高阁，谓之书肆可也。

其一，博学多识，矻矻⑦穷年，而慧根⑧短浅，难以自运，记诵如流，寸觚莫展⑨，视之肉食面墙诚有间⑩矣，其于没世无闻，均⑪也。

夫知而能好，好而能运，古人犹难之，况今日乎？

《五杂俎》

【注释】

①谢肇淛（1567~1624）：字在杭，长乐（今福建长乐）人。万历三十年（1602）进士，曾任湖州推官，累迁工部郎中。著有《五杂俎》《万历野获编》等。

②浮慕：羡慕。

③牙签锦轴：用象牙做的书签，用丝绸装裱的书轴。

④骊牝：即牝牡骊黄，指好看的外表、形式。

⑤讨论：研究，探讨。

⑥涴（wò）：污染，弄脏。

⑦矻（kū）矻：辛苦努力的样子。
⑧慧根：本为佛教用语，这里指人的资质、才情。
⑨寸觚（gū）莫展：一个字也写不出来，比喻没有创作发挥。
⑩有间：有别，不同。
⑪均：一样，差不多。

【赏读】

不是把书弄到家里就算是有学问了，还要用心去读，作者总结了当时好书之人的三个弊病，很有警示意义。

第一种弊病是爱慕虚荣，将书当摆设。书一定要精美，书签封套都很漂亮，连书架带陈设都很讲究，看起来很像样子，但主人不过是个绣花枕头，对书一无所知，有书等于无书，不过是将书作为家具一样的摆设。

第二种弊病是有书不读。到处搜罗图书，下了不少功夫，说起来也是藏了不少书，但并不认真去读，不过是草草看上两眼就束之高阁。这样家里与其说是书房，不如说是书店、书铺。

第三种弊病则是读书不得法。按照作者的说法，这种人往往天分不高，属于死读书的那种。对书的内容也很熟悉，达到"记诵如流"的程度，但是不能灵活运用，一到动笔，就一筹莫展了，可谓徒劳无功。

这三种弊病还是比较常见的，即便是在今天，也屡见不鲜。作者举出这些，是希望读书者能克服这三种弊病，真正能读好书，会读书，正如他所说的："知而能好，好而能运。"

与董思白①书 袁宏道

一月前,石篑②见过③,剧谈五日。已乃放舟五湖④,观七十二峰⑤绝胜处,游竟后,复返衙斋⑥,摩霄极地⑦,无所不谈,病魔为之少却⑧,独恨坐无思白兄耳。

《金瓶梅》⑨从何得来?伏枕略观,云霞满纸,胜于枚生⑩《七发》多矣。后段在何处?抄竟当于何处倒换?幸一的示⑪。

《袁中郎全集》

【注释】

①董思白:董其昌(1555~1636),字玄宰,号思白、香光居士。华亭(今上海松江)人。万历十七年(1589)进士,授编修,官至礼部尚书。精于书法,为明末四大书家之一。

②石篑:陶望龄(1562~1609),字周望,号石篑。会稽(今浙江绍兴)人。万历十七年(1589)进士,历官编修、国子祭酒。著有《歇庵集》。

③见过:犹言探望我。

④五湖:泛指太湖流域一带的湖泊。

⑤七十二峰:太湖中有大小岛屿四十八个,连同沿岸山峰,号称七十二峰。

⑥衙斋:衙门中的居住之所。

⑦摩霄极地:从天上到地下。指谈论范围很广。摩,迫近。极,

尽头。

⑧少却：稍微退去。

⑨《金瓶梅》：即《金瓶梅词话》。兰陵笑笑生著，明代中后期一部描写市井生活的章回小说。

⑩枚生：即枚乘（？～前140）：字叔。淮阴（今江苏淮安）人。官至弘农都尉。长于辞赋，代表作有《七发》等。

⑪的示：明确告知。

【赏读】

　　读书要读好书，好书也需要遇到真正能读懂它的人，特别是那种具有争议性的书，比如《金瓶梅》。

　　《金瓶梅》一面世，社会上的评价就趋于两极，不喜欢它的人认为这是一部淫书，丧心败德，应该将其销毁。这种意见占主流，明清两代的禁书目录中总是可以见到这部小说的名字，《金瓶梅》也因此有了天下第一淫书的恶名。但也有称赞这部书的，比如本文。作者感觉这部小说"云霞满纸"，将其与文学史上有名的枚乘的《七发》相提并论，认为《金瓶梅》超过《七发》。

　　同样一部小说，为何会有如此完全不同的评价？这主要与读书之人的眼光、角度有关。主流文人从道德的角度来看，自然视《金瓶梅》为洪水猛兽。而袁宏道则从文学的角度来看，自然感觉是"云霞满纸"。

　　需要说明的是，这篇书信是有关《金瓶梅》的最早记载，作者无所依傍，对该书的评价完全出自个人眼光。事实证明，作者的眼光是敏锐的，他的判断也是精准的。

书宋板《世说新语》 钟惺①

  余老于②读书，而家不蓄古善本，非唯力不能购，少陵云"读书破万卷"③，一古善本价，可饱贫士数家，吾其敢破④之哉？不敢破，因是以不敢读。吾惧以不敢破之故，废吾读也，故宁勿蓄之。虽然，世之不读书者，其中决不爱且敬。

  今见新安程伸之⑤所购宋板《世说新语》，曾未读而爱敬之心从纸墨生，以此书笔舌轻滑，对之如典谟⑥然。夫如是，则亦不患无读之之道矣，安在古善本之能废吾读也？吾力不能购，姑以此自解耳。然宋板书纸墨亦不必尽妙，未有渊静⑦贞妍如此者。又闻王弇州⑧宋板《汉书》，今亦在新安某家。呜呼！人何可以无力？

《隐秀轩集》

【注释】

  ①钟惺（1574~1624）：字伯敬，一作景伯，号退谷。竟陵（今湖北天门）人。明代文学家。万历三十八年（1610）进士。官至福建提学佥士。"竟陵派"的代表人物之一，曾编选《古诗归》，著有《隐秀轩集》等。

  ②老于：熟练，熟悉。

  ③少陵：杜甫。读书破万卷：语出杜甫《奉赠韦左丞丈二十二

韵》。

④破：破坏。

⑤程伸之：人名，生平事迹不详。

⑥典谟：泛指古代圣贤留下的遗训。儒家"六经"之一的《尚书》中有《尧典》《舜典》《大禹谟》《皋陶谟》等篇，故常以《典》《谟》代指《尚书》，又泛指儒家经典。

⑦渊静：沉静恬淡。

⑧王弇州：王世贞。

【赏读】

  与那些疯狂的藏书家不同，作者也喜欢读书，但是家里不藏善本。原因很简单，不是不喜欢，而是没有财力。一部善本书，就能养活数十家穷书生，这不是谁都能买得起的。买不起，一些书就看不到。作者对此看得挺开，既然买不起、读不起，那就根本不去收藏这类书。

  看到别人购买的宋板《世说新语》，作者的心情是复杂的，一方面是珍稀善本，自己毕竟是读书人，忍不住由此产生"爱敬之心"，另一方面如此贵重的书籍，买不起而没有读过，好像也没有什么大不了的。

  看起来将善本书说得无关轻重，实际上还是非常在意的。面对宋板《世说新语》，内心仍是割舍不下的。越是轻描淡写，说明确实在乎。听说王世贞有部宋板《汉书》也存在新安某人家里，他终于难以平静，发起感慨："人何可以无力？"

古欢社约[1] 丁雄飞[2]

黄子俞邰[3]，海鹤先生[4]次郎也。先生文坛伊吕[5]，藏书甲金陵。俞邰生时，先生将七十。从锦褓[6]中便熏以诗书之气，年未二十，而问无不知，知无不举其精义。今且多方搜罗，逢人便问，吟咏声达窗外。每至予心太平庵[7]，见盈架满床[8]，色勃勃[9]动；知其心痒神飞，殆若汝阳之道逢麹车[10]者。但黄居马路[11]，予栖龙潭[12]；相去十余里，晤对为艰。如俞邰者，安可不时时晤言，取古人之精神而生活之也？尽一日之阴，探千古之秘，或彼藏阙、彼阙我藏，互相质证，当有发明。此天下最快心事。俞邰当亦踊跃趋事矣。因立约如左：

每月十三日丁至黄，二十六日黄至丁；

为日已订，先期不约，要务有妨则预辞；

不入他友，恐涉应酬，兼妨检阅；

到时果核[13]六器，茶不计；午后饭，一荤一蔬，不及酒。逾额者夺异书示罚；

舆从每名给钱三十文，不过三人；

借书不得逾半月；还书不得托人转致。

《檀几丛书》

【注释】

①古欢社约：丁雄飞与黄虞稷都以收藏、阅读书籍为快事，两人于顺治十一年（1654）成立"古欢社"，相互借抄，以通有无，并订立借阅条例，名曰《古欢社约》，盖取阅读、收藏古书而尚友古人为欢快之意。

②丁雄飞（1605~1687）：字菡生，号倦眉居士。明末清初藏书家。江浦（今属江苏南京）人。一生以藏书、读书为乐，藏书多达四万卷，著有《古今书目》等。

③黄子俞邰：黄虞稷（1629~1691），字俞邰，清初福建晋江人，随父寓居金陵（今南京）。家富藏书，曾参与纂修《明史》《一统志》，另撰有《千顷堂书目》等。

④海鹤先生：黄居中（1562~1644），黄虞稷之父，字明立，号海鹤，晋江（今福建晋江）人。明末著名藏书家。万历十三年（1585）举人，历上海教谕、南京国子监丞、黄平知州。

⑤伊吕：商朝伊尹和西周吕尚的合称，两人皆为贤臣，这里指贤能有才干的人。

⑥锦褯：襁褓。

⑦心太平庵：丁雄飞藏书之所，在今江苏南京乌龙潭。

⑧盈架满床：架上、床上摆满书籍，形容书很多。

⑨勃勃：充满兴致的样子。

⑩汝阳之道逢麹车：语出杜甫《饮中八仙歌》："汝阳三斗始朝天，道逢麹车口流涎，恨不移封向酒泉。"汝阳，在今河南汝阳。麹车，运酒的车子。

⑪马路：在今江苏南京白下区马路街附近。

⑫龙潭：在今江苏南京乌龙潭。

⑬果核：果实的种子，这里指干果一类的食物。

【赏读】

藏书家无论如何努力,都不可能将天下书籍全部搜罗,互通有无,倒不失为一个好办法。为此,作者与另一位藏书家黄虞稷结成古欢社,并订立社约,可谓深得读书之趣,显示出文人风雅的一面。

这份社约写得亦庄亦谐,从庄的一面来看,每月两人各自在固定的日期到对方家里看书,轻易不许改变,有要务须提前打招呼。去的时候只能一人过去,不许带朋友,以免有应酬浪费时间。招待也尽量简单,否则受罚。给手下的赏钱要有固定的金额。借书有固定的期限,还书不能转托他人。从谐的一面来看,对违规者的惩罚很有意思,"逾额者夺异书示罚",既然都是爱书者,那就把手中的"异书"夺走,这的确是个不小的惩罚。

社约虽然只有几条,但考虑相当周密,目的很明确,那就是保证两个人有充分的、安静的看书时间,不受外界打扰;再者保证书的安全,不许假手他人。两人的约定正如民间所说的,先小人,后君子。先将各自的权利和义务说清楚,然后再沉浸书海,以免将来产生纠纷、不欢而散,这的确是一个好办法。

《世说侯鲭录》《世说新语》跋 王士禛①

  《世说新语》《侯鲭录》二书及《白孔六帖》《万花谷》②，皆吾家旧书。时在顺治戊子、己丑③间，予尚童稚，未为诸生④也。

  予游宦三十年，不能以籯金⑤遗子孙，唯嗜书之癖老而不衰。每闻士大夫有一秘本，辄借钞其副。市肆逢善本，往往典衣购之。今予池北书库⑥所藏，虽不敢望四部七录⑦之万一，然亦可以娱吾之老而忘吾之贫。

  康熙辛未⑧，予官兵部侍郎，居京师，此二书适在笈中，翻阅怃然，如遇贫交于契阔死生之后，其悲愉感慨有出于寻常相万者。故剑之情⑨，讵可忘耶？因重装之，而手记于卷首。涑辈⑩其珍惜之。中秋前四日书。

  此本亦是吾小时故书，中有朱笔点阅者，乃顺治癸巳年⑪手迹，即长儿涑始生之岁，尔时吾年二十。今六十矣，流光如驰，不堪把玩，抚此旧物，如遇故人，儿辈其宝之。康熙癸酉莫秋十有七日⑫，阮亭书于京邸匏墨斋，时在户部。

《重辑渔洋书跋》

【注释】

  ①王士禛（1634~1711）：字子真，又字贻上，号阮亭，又号渔

洋山人。又名王士禛。新城（今山东桓台）人。清初杰出诗人、文学家。顺治十五年（1658）进士，官至刑部尚书。有《带经堂集》《渔洋山人精华录》《池北偶谈》《香祖笔记》等。

②《侯鲭录》：北宋赵令畤所撰的一部笔记著作，多记遗事琐闻。《白孔六帖》：又称《唐宋白孔六帖》，唐白居易所编的一部类书。《万花谷》：即《锦绣万花谷》，宋人所编的一部类书。

③顺治戊子、己丑：顺治五年（1648）、六年（1649）。

④诸生：考取秀才入学的生员。

⑤籯金：典出班固《汉书·韦贤传》："遗子黄金满籯，不如一经。"籯（yíng），竹笼。

⑥池北书库：王士禛藏书之所。

⑦四部七录：这里泛指所有书籍。

⑧康熙辛未：康熙三十年（1691）。

⑨故剑之情：典出《汉书·外戚传》，汉宣帝为皇曾孙时，娶许广汉女。即位后，众臣商议更立皇后，宣帝下诏求微时故剑，表明要立许女为后。

⑩涑辈：王涑等人，王涑为王士禛长子。

⑪顺治癸巳年：顺治十年（1653）。

⑫康熙癸酉：康熙三十二年（1693）。莫秋：暮秋，农历九月。

【赏读】

　　这两则题跋写得很有感情，作者虽然藏书万卷，但对那些早年读过的书籍如《侯鲭录》《世说新语》特别看重。人到晚年，喜欢怀旧，"抚此旧物，如遇故人"，为此感慨不已，于是写下了两则跋文。

　　在《世说新语》这部书上，有作者早年"朱笔点阅"的笔迹，记录着其当年伏案用功的一段难忘时光。当时作者才二十岁，那正是意气风发、对未来充满憧憬的年龄。

转眼四十多年过去，人到花甲之年。作者再次把玩《侯鲭录》《世说新语》，不仅像见到故人一样倍感亲切，而且也由此想到了自己的人生，这些书籍记载着其早年人生的轨迹。从书到人，书仍在，人已老，作者睹今思往，感慨万千，其情感"悲愉感慨有出于寻常相万者"。这种情感，非个中人是很难理解和体会的。

作者对这两部书及对其寄托的情思非常看重，他吩咐自己的孩子"珍惜之"，"宝之"，希望他们能好好保存这些寄托着父辈人生情感的书籍，将前辈的事业传承下去。

购求 孙从添①

购求书籍是最难事，亦最美事，最韵事，最乐事。知有是书而无力购求，一难也。力足以求之矣，而所好不在是，二难也。知好之而求之矣，而必欲较其值之多寡大小焉，遂致坐失于一时，不能复购于异日，三难也。不能搜之于书佣②，不能求之于旧家，四难也。但知近求，不知远购，五难也。不知鉴识真伪、检点卷数、辨论字纸，贸贸③购求，每多缺轶，终无善本，六难也。有此六难，则虽有爱书之人而能藏书者，鲜矣。

而我谓购之求之，得一善本为美事者，何也？夫天地间之有书籍也，犹人身之有性灵也。人身无性灵，则与禽兽何异。天地无书籍，则与草昧④何异。故书籍者，天下之至宝也。人心之善恶、世道之得失，莫不辨于是焉。天下惟读书之人而后能修身，而后能治国也。是书者，又人身中之至宝也。以天下之至宝而一旦得之，以人身之至宝而我独得之，又不至埋没于尘土之中，抛弃于庸夫之室，岂非人世间一大美事乎？

且与二三知己，与能识古本、今本之书籍者，并能道其源流者，能辨原板、翻板之不同者，知某书之久不印刷、某书之止有钞本者，或偕之闲访于坊家，密求于冷铺，于无心中得一最难得之书籍，不惜典衣，不顾重价，必欲得之而后止。其既得之也，胜于拱璧⑤，即觅善工装订，置之案头，手烧妙香⑥，口吃苦茶⑦，然后开卷读之，岂非人世间一大韵事乎？

至于罗列已多，收藏既富，牙签锦轴，鳞比星章，不待外求而珍宝悉备。以此为乐，胜于南面百城⑧多矣。

《藏书纪要》

【注释】

①孙从添（1691~1767）：字庆增，号石芝，常熟（今江苏常熟）人。清藏书家，诸生，藏书逾万卷。著有《藏书纪要》。

②书佣：这里指书商，书贩。

③贸贸：头脑发昏的样子。

④草昧：蒙昧，未开化。

⑤拱璧：珍贵的宝物。

⑥妙香：奇妙的香气。杜甫《大云寺赞公房》："灯影照无睡，心清闻妙香。"

⑦苦茶：具有清热去火功能的茶水。

⑧南面百城：语出《魏书·李谧传》："丈夫拥书万卷，何假南面百城？"形容尊贵富有。

【赏读】

这篇文章主要讲书籍的购求，对藏书家来说，将一部书从外人手里拿回书斋，往往要经过许多周折，每一部背后都有一个悲喜交集的故事，可谓百般滋味在心头。作者将此总结为四个方面，即"最难事，亦最美事，最韵事，最乐事"。

作者谈得最多的是"最难事"，并总结出六难。正是因为有此六难，不是谁都可以成为藏书家的。可见人和书也是需要缘分的，不是有钱就能买到，每一个环节一不小心，就往往失之交臂，那时候痛心疾首，已经于事无补。这六难可以说是作者藏书经历的一个总结，有很多甘苦在里面。

正是因为购书最难，所以也是最美、最韵和最乐的事。得到一部善本，如同得到天下之至宝，读而后藏，妥善保存，使其免于沦落庸夫之手，明珠暗投，这是最美的事情。如能重新装订，与二三知己一起把玩品读，那自然是最韵了。有了最美、最韵，那最乐自然不在话下，快乐程度甚至超过南面百城。有了这些快乐，那些困难和艰辛都是值得的。尽管书籍屡屡散失，仍有不少藏书家苦心购求，其原因和动力也正在于此。

曝书[①] 孙从添

  曝书须在伏天[②],照柜数目挨次晒,一柜一日。晒书用板四块,二尺阔,一丈五六尺长,高凳搁起,放日中,将书脑[③]放上面,两面翻晒。不用收起,连板抬风口凉透,方可上楼。遇雨,抬板连书入屋内搁起最便。摊书板上,须要早凉。恐汗手拿书,沾有痕迹。收放入柜亦然。入柜亦须早,照柜门书单点进,不致错混。倘有该装订之书,即记出书名,以便检点收拾。曝书秋初亦可。

  汉唐时有曝书会[④],后鲜有继其事者,余每慕之,而更望同志者之效法前人也。

《藏书纪要》

【注释】

  ①曝书:晒书。
  ②伏天:指三伏天,是一年中最热的时候。
  ③书脑:线装书打眼穿线的部分,即今日之书脊。
  ④曝书会:汉唐时期的曝书会,史书无载,不知作者何据。现在可以看到有关宋代的曝书会。如《麟台故事》:"绍兴十三年七月,诏秘书省依麟台故事,每岁曝书会令临安府排办。"宋赵升《朝野类要》卷一《故事·曝书》:"每岁七月七日,秘书省作曝书会,系临安府排办,应馆阁并带贴职官皆赴宴,惟大礼年及有事

则免。"

【赏读】
  这篇文章虽是谈曝书的具体步骤和注意事项,但读起来并不单调枯燥,反而觉得新奇有趣。由于纸质的关系,古书需要定时晾晒,以防虫蛀。至于如何晾晒,里面还是有很多讲究的,包括日期的选择、用板的大小、书本的摆放乃至抬板、入柜等都有讲究,大意不得。由此也可看出古人对所藏书籍的珍惜。
  这种纯机械性劳动的曝书竟然也曝出了风雅,有人组织起曝书会,大家在同一日期晒书,彼此交流心得,谈谈体会,不仅可以长见识,而且充满情趣,何乐而不为?难怪作者羡慕不已,希望将这一优秀的文化传统继承下去。

黄生①借书说 袁 枚

黄生允修借书，随园主人②授以书而告之曰：书非借不能读也。子不闻藏书者乎？七略、四库③，天子之书，然天子读书者有几？汗牛塞屋，富贵家之书，然富贵人读书者有几？其他祖父积，子孙弃者无论焉。

非独书为然，天下物皆然。非夫人④之物而强假⑤焉，必虑人逼取，而惴惴焉摩玩⑥之不已，曰："今日存，明日去，吾不得而见之矣。"若业为吾所有，必高束焉，庋⑦藏焉，曰"姑俟异日观"云尔。

余幼好书，家贫难致。有张氏藏书甚富。往借，不与，归而形诸梦，其切如是。故有所览，辄省记。通籍⑧后，俸去书来，落落大满，素蟫⑨灰丝，时蒙卷轴。然后叹借者之用心专，而少时之岁月为可惜也。

今黄生贫类予，其借书亦类予；惟予之公书⑩与张氏之吝书，若不相类。然则予固不幸而遇张乎，生固幸而遇予乎？知幸与不幸，则其读书也必专，而其归书也必速。

为一说，使与书俱。

《小仓山房诗文集》

【注释】

①黄生：黄允修，袁枚弟子，生平事迹不详。袁枚在《随园诗话》中有如下记载："布衣黄允修客死秦中，临危，嘱其家人云：'必葬我于随园之侧。'自题一联云：'生执一经为弟子，死营孤冢傍先生。'"《随园诗话》还谈到一位黄生，名之纪，号星岩，不知与黄允修是同一人否。

②随园主人：袁枚的自称。

③七略：汉成帝时刘向奉旨校中秘书，每校毕一书，写叙录一篇，奏给皇帝。刘向死后，其子刘歆继承其事业，总括群篇，撮其指要，著《七略》：一辑略，二六艺略，三诸子略，四诗赋略，五兵书略，六术数略，七方技略。四库：唐玄宗时于长安、洛阳各聚书四部，以甲、乙、丙、丁为次，列经、史、子、集四库。

④夫人：自己。

⑤强假：硬要去借。

⑥摩玩：抚摸玩赏。

⑦庋（guǐ）：放置，保存，收藏。

⑧通籍：做官。

⑨素蟫（yín）：白色的蠹鱼，一种咬衣物、书籍的小虫。

⑩公书：把自己的书公开，借给别人阅读。

【赏读】

有弟子找自己借书看，勾起了作者年轻时期的回忆，回顾平生读书治学的经历，他感慨良多，写下了这篇《黄生借书说》。

作者开宗明义，提出了一个看起来有些新奇的观点，那就是"书非借不能读也"，自己的藏书读起来不是更方便吗？为什么非要借不可？随后作者说出了自己的道理，如果说藏书，宫廷里的藏书最多，但是愿意读书的天子有几个呢？富贵之家书多，但又有几个人去看书呢？借书者因为不是自己的书，担心人家催还，再也看不到，必须抓紧时间认真阅读。可见藏书不如借书。

在此方面，作者也是有教训的，年轻时家里像黄生一样，没钱买书，想借书看，人家不答应，内心焦虑，连做梦都想着这件事。等到自己做官了，买了不少书，却没有时间也没有心思去读书了。作者这样说，固然有自谦的成分在，却也道出了实情。

与自己年轻时相比，黄生是幸运的，因为自己愿意借书给他看。作者以黄生借书为题写这篇文章，一方面是抒发个人的感慨，另一方面也是勉励黄生，要珍惜能借到书的机会，认真阅读。当然"归书也必速"。

好书之癖 袁 枚

余少贫不能买书,然好之颇切。每过书肆,垂涎翻阅。若价贵不能得,夜辄形诸梦寐。曾作诗曰:"塾远愁过市,家贫梦买书。"

及做官后,购书万卷,翻①不暇读也。有如少时牙齿坚强,贫不得食;衰年珍馐②满前,而齿脱腹果③,不能餍饫,为可叹也。偶读东坡《李氏山房藏书记》④,甚言少时得书之难,后书多而转无人读。正与此意相同。

《随园诗话》

【注释】

①翻:反而,却。
②珍馐:名贵的食物。
③腹果:果腹,吃饱。
④《李氏山房藏书记》:苏轼为其好友李公择李氏山房藏书所写的一篇文章,意在"使来者知昔之君子见书之难,而今之学者有书而不读为可惜也"。

【赏读】

这篇文章当与作者的《黄生借书说》一文放在一起对读。在《黄生借书说》一文中,袁枚以个人的读书经历为教训警示黄生,此文则专门谈自己的读书生活,而且谈得更为详细、生动。

与黄生一样,作者年轻的时候非常喜欢读书,但家贫买不起。让他在夜里萦绕梦中的不仅有张氏的藏书,还有那些自己在书肆翻过的好书,这些书价格昂贵,自己也只能翻翻而已。这是一段刻骨铭心的记忆。

做官后,终于能买得起书了,藏书万卷,读书条件非年轻时可比,但是整天事务缠身,忙于应酬,反倒没有时间也没有心境去读书了。作者所说美食的比喻非常贴切,年轻的时候牙齿坚固,但买不起美食,等到面前摆满美味佳肴的时候,却年老齿落,吃不下去了,只能徒唤奈何。

可见人生各个阶段有各个阶段的问题,年轻时不读书,将来后悔;年轻时读书,却买不起,年老的时候未必能弥补。读书是一生的事情,不能将后悔留给老年,同样年老也不是偷懒的理由。

散书记 袁枚

乾隆癸巳，天子下求书之诏①。余所藏书传抄稍希②者，皆献大府③，或假宾朋，散去十之六七。人恤然④若有所疑，余晓之曰：天下宁有不散之物乎？要使散得其所耳，要使于吾身亲见之耳。

古之藏书人，当其手抄缣易⑤，侈侈隆富⑥，未尝不十倍于余。然而身后子孙有以《论语》为薪⑦者，有以三十六万卷沉水者。牛弘所数五厄⑧，言之慨然。今区区铅椠⑨，得登圣人之兰台、石渠⑩，为书计，业已幸矣。而且大府因之见功，宾朋因之致谢，为予计，更幸矣。

不特此也，凡物恃为吾有，往往庋置焉而不甚研阅。一旦漓然⑪欲别，则郑重审谛之情生。予每散一帙，不忍决舍，必穷日夜之力，取其宏纲巨旨，与其新奇可喜者，腹存⑫而手集之。是散于人，转以聚于己也。

且夫文灭质，博溺心⑬。寡者，众之所宗也⑭。圣贤之学，未有不以返约为功者。良田千畦，食者几何耶？广厦万区，居者几何耶？从来用物宏，不如取精多。删其繁芜，然后迫之以不得不精之势，此予散书之本志也。

《小仓山房诗文集》

【注释】

①"乾隆癸巳"二句：乾隆癸巳，为编纂《四库全书》，乾隆皇帝曾发布一道求书诏谕，让臣下尽快落实。乾隆癸巳，乾隆三十八年（1773）。

②希：同"稀"。

③大府：明清时期对总督、巡抚的称呼。

④恤然：惊恐的样子。

⑤缣（jiān）易：意为用钱购得。缣，一种细绢，古时可用以代货币相赠。

⑥侈侈隆富：语出左思《蜀都赋》："侈侈隆富，卓郑埒名。"侈侈，很多的样子。

⑦薪：柴火。

⑧牛弘（545~610）：字里仁。安定（今甘肃泾川）人。仕官北周、隋，历官秘书监、吏部尚书。擅文学，通律令，撰有《开皇律》。五厄：牛弘在《请开献书之路表》中所归纳历史上五次典籍的重大散失，分别为秦始皇焚书、王莽兵起焚尽长安书、东汉末年汉献帝移都图书被毁、北魏刘石毁书、梁元帝萧绎临死前焚书。

⑨铅椠：这里泛指图书。铅，铅条，古人书写用。椠，木版。

⑩兰台、石渠：这里指宫廷藏书之所。

⑪漓然：不忍心的样子。

⑫腹存：存在肚子里，指诵读记住。

⑬"文灭质"二句：语出《庄子·缮性》。意思是说文饰会掩盖本质，博学会湮没内心。

⑭"寡者"二句：语出《周易略例·明象》。

【赏读】

书有聚就有散,但作者散书的方式与一般藏书家不同,不是散于水火灾难,也不是散于不孝子孙,而是在生前就将书散出;散出之后并没有做痛心疾首状,而是坦然处之,甚至都有些欣欣然,这是何故呢?

用作者的话说,他的书是"散得其所"。所谓"散得其所",就是说这些书要么被朝廷征走,要么被亲朋借去,但最起码还完整存于世间,相比历史上那些被作为柴烧、沉于水中的书籍,实在是够幸运的了。至于献书之后得到朝廷的表扬,借出之后得到亲朋的感谢,那更是意外的幸运了。

毕竟是自己的珍爱之物,一旦离开自己,再要看到,可就困难了。作者虽然说得很豁达,但内心的不舍还是溢于言表。好在他又找到另一个可以宽慰自己的理由。那就是自己有书而不读,书将要离开自己,"不忍决舍",一定会"穷日夜之力"认真阅读,记在脑子里,书散了,反而"转以聚于己也"。能这样想,自己就不会感到悲伤,尽管让人觉得不过是宽慰之语。

作者最后还讲到"用物宏,不如取精多"的道理,这自然也是一个能宽慰自己的理由。不管怎么说,书虽然不在自己手里,但毕竟没有被毁,还存在于世间,仅此一点,也就可以感到庆幸了。

散书后记 袁 枚

书将散矣，司书者①请问其目。余告之曰：凡书有资著作者，有备参考者。备参考者，数万卷而未足；资著作者，数千卷而有余。何也？著作者，熔②书以就己，书多则杂；参考者，劳己以徇③书，书少则漏。著作者如大匠造屋，常精思于明堂奥区之结构，而木屑、竹头非所计也；考据者如计吏持筹④，必取证于质剂⑤契约之纷繁，而圭撮⑥毫厘所必争也。二者皆非易易⑦也。

然而一主创，一主因；一凭虚而灵，一核实而滞；一耻言蹈袭，一专事依傍；一类劳心，一类劳力。二者相较，著作胜矣。且先有著作而后有书，先有书而后有考据。以故著作者，始于《六经》，盛于周秦；而考据之学，则自后汉末而始兴者。郑、马⑧笺注，业已回冗。其徒从而附益之，抨弹蹀驳⑨，弥弥滋甚。孔明厌之，故读书但观大略⑩；渊明厌之，故读书不求甚解⑪。二人者，一圣贤，一高士也。余性不耐杂，窃慕二人之所见，而又苦本朝考据之才之太多也，盍⑫以书之备参考者尽散之。

《小仓山诗文集》

【注释】

①司书者：这里指朝廷委派负责征书的官员。

②熔：熔铸，熔炼。

③徇：顺从，屈从。

④计吏：掌管簿册登记的官员。筹：一种计数的工具。

⑤质剂：买卖的契约。

⑥圭撮：古代两种很小的容量单位。

⑦易易：很容易。

⑧郑、马：郑玄、马融。两人皆是东汉经学家。

⑨抨弹踳（chuǎn）驳：批评攻击，错乱驳杂。踳，同"舛"。

⑩"孔明厌之"二句：典出《三国志·诸葛亮传》裴松之注引《魏略》："亮在荆州，以建安初与颍州石广元、徐元直、汝南孟公威等俱游学，三人务于精熟，而亮独观其大略。"

⑪"渊明厌之"二句：语出陶渊明《五柳先生传》："好读书，不求甚解；每有会意，便欣然忘食。"

⑫盍：何不。

【赏读】

这一篇接着《散书记》一文而写。《散书记》主要是宽慰自己，不要为散书而烦恼，只要"散得其所"就可以接受。这一篇讲的是，既然散书不可避免，就要认真考虑散哪些书，保存哪些书。

为了解决这一问题，作者将书籍根据不同的用途分成两类：一类是"有资著作者"，一类是"有备参考者"。在作者看来，前者不能太多，后者则是越完备越好；前者有助于著作，后者则是有助于考据。相比之下，作者觉得"著作胜矣"，更珍惜那些"有资著作者"。加之当时考据家众多,所以作者决定"以书之备参考者尽散之"。这样说,并不是说作者不喜欢那些"有备参考者",而是在散书无可避免的情况下做出的艰难选择。由散书而讲出如此一番道理,作者也真是不容易。

书痴 纪 昀

先姚安公曰①:"子弟读书之余,亦当使略知家事,略知世事,而后可以治家,可以涉世。明之季年,道学②弥尊,科甲③弥重,于是黠者坐讲心学④,以攀援⑤声气,朴者株守课册,以求取功名。致读书之人,十无二三能解事。

"崇祯壬午⑥,厚斋公⑦携家居河间,避孟村土寇⑧。厚斋公卒后,闻大兵将至河间,又拟乡居。濒行时,比邻一叟顾门神⑨叹曰:'使今日有一人如尉迟敬德、秦琼⑩,当不至此。'汝两曾伯祖,一讳景星,一讳景辰,皆名诸生也。方在门外束襥被,闻之,与辩曰:'此神荼、郁垒⑪像,非尉迟敬德、秦琼也。'叟不服,检邱处机⑫《西游记》为证,二公谓委巷⑬小说不足据,又入室取东方朔《神异经》⑭与争。时已薄暮,检寻既移时,反复讲论又移时,城门已阖,遂不能出。次日将行,而大兵已合围矣。城破,遂全家遇难。惟汝曾祖光禄公、曾伯祖镇番公及叔祖云台公存耳。死生呼吸⑮,间不容发之时,尚考证古书之真伪,岂非惟知读书,不预外事之故哉!"

姚安公此论,余初作各种笔记,皆未敢载,为涉及两曾伯祖也。今再思之,书痴尚非不佳事,古来大儒似此者不一,因补书于此。

《阅微草堂笔记》

【注释】

①先：对已去世长辈的尊称。姚安公：纪容舒，字迟叟，号竹厓。曾任云南省姚安知府。献县（今河北献县）人。康熙五十二年（1713）举人，历任刑部、户部属官。著有《唐韵考》《杜律疏》《玉台新咏考异》等。

②道学：即理学。代表人物有周敦颐、张载、程颢、程颐、朱熹等，提倡性命义理。

③科甲：即科举。

④心学：理学的一个派别，代表人物有陆九渊、王守仁等，提倡尊德性，名本心。

⑤攀援：追随，依附。

⑥崇祯壬午：崇祯十五年（1642）。

⑦厚斋公：纪坤，字厚斋。是作者高祖。明诸生，著有《花王阁剩稿》。

⑧孟村：在今河北孟村。土寇：土匪。

⑨门神：守门神。旧俗门上所贴神像，用以驱除妖邪。

⑩尉迟敬德（585~658）：尉迟恭，朔州善阳（今山西朔州）人。官至左卫率、右武侯大将军，被封吴国公。秦琼（？~638）：字叔宝，齐州历城（今山东济南）人。官至左武卫大将军，死后被追封为护国公。秦琼与尉迟恭同为唐朝开国功臣，被民间奉为门神。

⑪神荼、郁垒：传说中的门神。

⑫邱处机（1148~1227）：亦作"丘处机"。字通密，自号长春子。登州栖霞（今山东栖霞）人。全真教代表人物。清代曾误认其

为《西游记》作者。

⑬委巷：曲折、偏僻的小巷，这里代指民间。

⑭《神异经》：汉魏六朝时期的一部神怪小说，托名东方朔所著。

⑮呼吸：瞬息，顷刻之间。

【赏读】

俗话说，读万卷书，行万里路。读万卷书，解决的是理论问题，行万里路，解决的则是实践问题，两者是相辅相成的，缺一不可，否则就会出问题。这就是作者父亲所说的"读书之余，亦当使略知家事，略知世事，而后可以治家，可以涉世"。这些话都是有感而发的。

作者记录父亲的这番言论，心情是相当沉重的，因为其两位曾伯祖用自己的生命证明了这个道理。两人与邻家老者进行的辩论从学术上来讲是有意义的，这确实是一个很有意思的学术话题。两人的态度也是十分认真的，在大兵压境的危急时刻还在镇定自若地翻检资料。他们的教训就在于"不合时宜"四字。此时大兵即将到来，保全生命是第一位的，学术问题可以将来继续探讨，但生命只有一次，两人未能分清轻重，错过了逃命的时间和机会，白白送命，让人在钦佩之余，感到惋惜。

书是为人服务的，要善于用书，而不能让人成为书的奴隶，钻在书本里出不来。一般人与所谓书呆子的区别也正在于此。那些书呆子看似读了很多书，说起道理来也是一套一套的，但他们缺少对世事人情的洞察和了解，成为书的奴隶，到头来反被书误，其教训是相当沉痛的。

作者将自己的家丑写出来，与读者分享，这同样是令人钦佩的。

刘羽冲泥古 纪 昀

刘羽冲，佚其名，沧州人。先高祖厚斋公多与唱和。性孤僻，好讲古制①，实迂阔②不可行。尝倩董天士作画③，倩厚斋公题。内《秋林读书》一幅云："兀坐④秋树根，块然⑤无与伍。不知读何书，但见须眉⑥古。只愁手所持，或是井田谱⑦。"盖规⑧之也。

偶得古兵书，伏读⑨经年，自谓可将十万。会有土寇，自练乡兵与之角，全队溃覆，几为所擒。

又得古水利书，伏读经年，自谓可使千里成沃壤。绘图列说于州官。州官亦好事，使试于一村。沟洫甫成，水大至，顺渠灌入，人几为鱼。

由是抑郁不自得，恒独步庭阶，摇首自语曰："古人岂欺我哉！"如是日千百遍，惟此六字。不久，发病死。

后风清月白之夕，每见其魂在墓前松柏下，摇首独步。侧耳听之，所诵仍此六字也。或笑之，则歘⑩隐。次日伺之，复然。泥古者愚，何愚乃至是欤！

阿文勤公⑪尝教昀曰："满腹皆书能害事，腹中竟无一卷书，亦能害事。国弈⑫不废旧谱，而不执旧谱；国医⑬不泥古方，而不离古方。故曰：'神而明之，存乎其人⑭。'又曰：

'能与人规矩,不能使人巧⑮。'"

《阅微草堂笔记》

【注释】

①古制:古时旧有的制度。

②迂阔:思想、行为不切实际。

③倩:请。董天士:明末秀才,擅长丹青。

④兀坐:独自端坐不动。

⑤块然:孤独的样子。

⑥须眉:胡须,眉毛。

⑦井田谱:《周礼井田谱》,宋夏休著。

⑧规:规劝。

⑨伏读:拜读,带有敬意的阅读。

⑩欻(xū):忽然。

⑪阿文勤公:阿克敦(1685~1756),章佳氏,字仲和,一字立恒,又字恒岩,文勤为其谥号。满族正蓝旗人。康熙四十八年(1709)进士,官至刑部尚书、协办大学士。

⑫国弈:棋艺高超的国手。

⑬国医:官廷御医,这里泛指医术高明的医生。

⑭"神而明之"二句:语出《易经·系辞》。本意是易道高深玄妙,只有圣智之人才能明白。后多指对事物运用之妙,在乎各人的领悟。

⑮"能与人规矩"二句:语出《孟子·尽心下》,意思是虽然能教人方法、规矩,但却无法把其中的奥妙传给别人。

【赏读】

这一篇可与作者的《书痴》一文放在一起对读,两文讲的都是读书读出悲剧的故事。故事中的读书人都很下功夫，也读了不少书，结果都是被书所误，断送了性命。

《书痴》所写作者的曾伯祖是典型的书呆子，只顾看书，不懂世事，在大兵压境的危急时刻辩论门神问题，错失时机，白白断送了性命。本文中的刘羽冲似乎不是这样，他努力将自己所学应用到实践中，何以屡屡失败，并葬送了性命呢？

原因也很简单，那就是他的所谓应用不过是生搬硬套，未能将书中的道理与已经变化了的实际结合起来。古书所记载的是当时的情景，时代变迁，眼前的形势已完全不同，将古书记载的方法硬套到当下的实际中，其失败的结果是可以想象到的。

更为悲哀的是，刘羽冲并没有明白这个道理，他因此感到困惑："古人岂欺我哉！"这个问题直到他变成鬼魂后也未能解决，他也就只能这样无休止地追问下去。

无论是不合时宜地讨论问题，还是将古书中的方法生搬硬套，都是读书的弊病，可以说读书也是双刃剑，可以开卷有益，也可以误人。

美婢换书 吴翌凤①

　　嘉靖中，华亭朱吉士大韶②，性好藏书，尤爱宋时镂版③。访得吴门④故家⑤有宋版袁宏⑥《后汉纪》⑦，系陆放翁⑧、刘须溪⑨、谢叠山⑩三先生手评，饰以古锦玉签，遂以一美婢易之，盖非此不能得也。

　　婢临行题诗于壁曰："无端割爱出深闺，犹胜前人换马⑪时。他日相逢莫惆怅，春风吹尽道旁枝。"

　　吉士见诗惋惜，未几捐馆⑫。

《逊志堂杂钞》

【注释】

①吴翌凤：清著名藏书家。字伊仲，号枚庵，别号古欢堂主人。祖籍安徽休宁，侨居吴郡（今苏州），藏书家吴铨后裔。诸生。著有《逊志堂杂钞》《灯窗丛录》等。

②朱吉士大韶：朱大韶（1517~1577），字象玄，号文石，松江华亭（今上海）人。明藏书家，嘉靖二十六年（1547）进士，改庶吉士，官至南雍司业。

③镂版：雕版。

④吴门：苏州。

⑤故家：世代做官或有名望的人家。

⑥袁宏（328~376）：字彦伯，小字虎。陈郡阳夏（今河南太

康）人。东晋史学家，官至大司马桓温府记室、东阳太守。著有《后汉纪》。

⑦《后汉纪》：袁宏所撰的一部编年体的东汉史。记载了新莽天凤四年（17）至汉献帝延康元年（220）间史事，共三十卷。

⑧陆放翁：陆游。

⑨刘须溪：刘辰翁（1232~1297），字会孟，号须溪，吉州庐陵（今江西吉安）人。景定三年（1262）进士，以对策触犯贾似道，被置于丙等，后主持濂溪书院。宋亡后隐居不仕。

⑩谢叠山：谢枋得（1226~1289），字君直，号叠山。信州弋阳（今属江西）人。宝祐四年（1256）进士。宋亡后坚不仕元，后绝食而死。

⑪前人换马：典出祇园居士《征异录》："宋春娘，苏子瞻婢也。子瞻黄州临行，蒋运使饯之。公命春娘行酒，蒋问春娘去否？公曰：'欲还父母家。'蒋曰：'公行必须马，愿以白马易春娘，可乎？'公诺之。春娘敛衽前曰：'景公斩厩吏，而晏子谏之；夫子厩焚而不问马，皆贵人贱畜也；学士以人换马，则贵畜贱人矣。'遂下阶触槐而死。"

⑫捐馆：死亡，去世。

【赏读】

朱大韶喜欢藏书，这本是个雅好，但他为此达到近乎疯狂的程度，为了一部名人批注的宋板本，竟然用一位美婢去交换。书是得到了，但从此失去了一位才华出众的婢女。看到那位婢女的题壁诗，朱大韶终于明白过来，但为时已晚，最后在极度悔恨中死去。俗话说：君子爱财，取之有道。君子爱书，同样应该取之有道。用人去换书，就偏离了道，走上邪路。书与人，孰轻孰重，朱大韶临死前终于明白了这个道理。

朱大韶尽管如此珍爱书籍,但在他身后,那些被视为珍宝的书籍同样难逃流散的命运。据陈继儒《偃曝谈余》一书记载:"吾郡祭酒俨山最博雅,徐献臣、何良俊、张之象、朱察卿、董子元继之。朱太史文石,广蓄宋板,而钞本书亦不下诸君。捐馆之后,散落人间,孙汉阳收得之,至今借读皆朱氏收藏印记。"朱大韶上天有灵,不知当做何感想。

书痴 林 纾①

某君宿儒②也，授徒数十。中有一人王姓，昼夜研读，而文字终不了了③，众呼曰"书痴"。每先生客至，王必辍读，出向先生，指客问先生以姓氏。如是者数，先生不悦，曰："此无礼之尤，他日苟有问，宜自远而近，不应唐突至此。"王曰："何谓？"先生曰："譬如欲询来客，宜先寒暄，然后始能问姓及名，且宜闲闲④而起。"王曰："诺。"

明日，一客至，王突出问先生曰："彼黍，彼黍⑤。"先生愕然。客退，先生曰："汝言彼黍何指？"王曰："'彼黍离离，彼稷之苗。行迈靡靡，中心摇摇。知我者，谓我心忧；不知我者，谓我何求。悠悠苍天，此何人哉。'吾之所问者，客何人也，此问可云自远而造近矣。"先生知其愚，斥令后此不得面客。

《畏庐琐记》

【注释】

①林纾（1852~1924）：原名群玉，字琴南，号畏庐，别署冷红生，晚号蠡叟、践卓翁、六桥补柳翁等。福建闽县（今福建福州）人。光绪八年（1882）举人，曾任教京师大学堂，擅古文，以翻译闻名。曾翻译外国小说上百种，著有《畏庐文集》《畏庐琐记》等。

②宿儒：有声望的博学之士。
③了了：明白，清楚。
④闲闲：从容的样子。
⑤彼黍：语出《诗经·黍离》。黍，糜子，脱壳后叫黄米。

【赏读】

到底什么样的读书人才算是书痴，书痴为何可笑，具体有哪些表现？林纾这篇文章给出了形象的回答。书痴与读书是否用心无关，也与读书的多少无关，却往往与读书的实际运用相关。读书通常是为了解决人生及生活中的难题，从中得到有益的启发和借鉴。而书痴则无法将读书与生活有机地结合起来，因而常常为书所误，闹出笑话。

以本文中的这位王姓书生来说，他还是相当用功的，达到"昼夜研读"的程度，可惜书没有读好，更不会灵活运用，活生生将自己读成了废人。先生有客人，他慌得不得了，也算是热情，但直接问人家姓氏，显得很唐突，缺乏教养，这让先生感到尴尬，其心中的不快是可以想象到的，只好给他讲明道理，告诉他该怎么做。

谁知这位王姓书生听完先生的教诲之后，做得更为离谱，将自己熟悉的《诗经》搬了出来，直接套用到客人身上，估计自己还是挺满意的。只是这样一来，不仅客人莫名其妙，而且就连先生也是一头雾水。明白王姓书生的用意之后，先生也做出了自己的决定，那就是"后此不得面客"。只是不知道这位王姓书生是否明白自己屡屡挨训的真正原因，说不定还为此感到委屈呢。